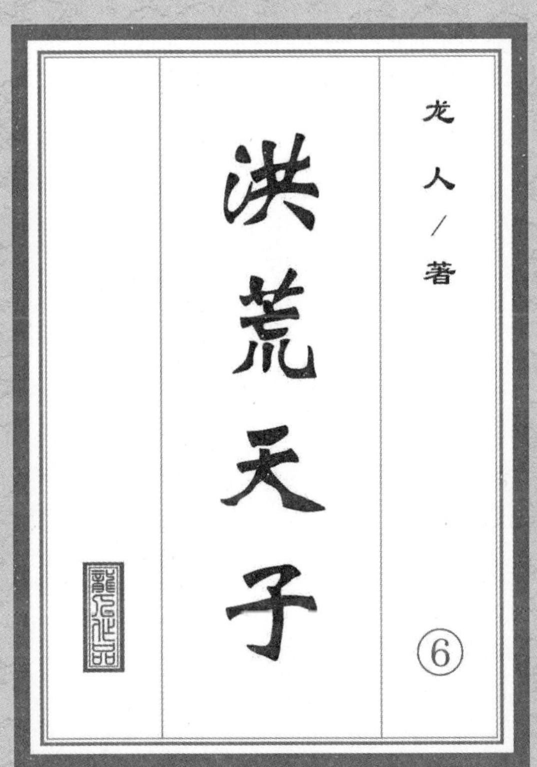

二十一世纪出版社集团
21st Century Publishing Group
全国百佳出版社

图书在版编目（CIP）数据

洪荒天子：全10册/龙人著. -- 南昌：二十一世纪出版社集团，2017.11

ISBN 978-7-5568-3103-6

Ⅰ.①洪… Ⅱ.①龙… Ⅲ.①侠义小说-中国-当代 Ⅳ.①I247.5

中国版本图书馆CIP数据核字(2017)第243742号

洪荒天子：全10册 龙 人 著

责任编辑 敖登格日乐
出版发行 二十一世纪出版社集团
（江西省南昌市子安路75号 330025）
www.21cccc.com cc21@163.net
出 版 人 张秋林
经　　销 新华书店
印　　刷 北京龙跃印务有限公司
版　　次 2018年2月第1版 2018年2月第1次印刷
开　　本 710mm×1000mm 1/16
印　　张 160
字　　数 1731千
书　　号 ISBN 978-7-5568-3103-6
定　　价 498.00元（全10册）

赣版权登字—04—2017—745

目　录

第七十六章　两情相悦

轩辕觉得一身轻松，癸城的事他只是损失了一个晚上的睡觉而已，只要他没有损伤，根本就不用去管其他的狗屁东西，那是伯夷父和圣女凤妮的事情。此刻他只是癸城的贵宾，并不想自找麻烦。对于这类麻烦，在自有侨族出来之后，他已经受够了，再也不想受这等闲气。

轩辕更不想做什么有熊族的成员，也不想成为其中的一分子，看别人脸色行事始终不是他的性格所能承受的，否则当初他也不会以一种叛逆的心理去拒绝习练蛟梦的流云剑道了。

轩辕从来都不觉得自己的脑子比别人差，从来不觉得有什么事情是别人能做到而自己不能做到的。此刻他所要想的问题并不是自己一个人的利益，而是整个龙族的利益，他已经不能够再随意行事，生命并不是只为某一个人而存在的，所以再不会如最初那般冲动。

癸城沸腾了一夜，天明之时方逐渐恢复平静，但轩辕却要走了。

轩辕提出要离开癸城之时，所有的人都不解，也都大感惊讶。

的确，圣女凤妮专程赶来癸城，虽然说是来看施妙法师的伤势，但事实上却是因为轩辕。可轩辕竟似乎不领圣女凤妮的情，提出要走，这的确让伯夷父和蒙赤武诸人不解，也感有些惊讶。

唯一高兴的人或许只有伏朗，伏朗是极不喜欢这样一个对手存在的，对他而言，轩辕最好是走得越快越好。他的确已经感觉到了来自轩辕的威胁，这自昨晚与轩辕交手之时，他便已经知道，轩辕有足够的能力威胁到他与凤妮之间的关系。虽然轩辕没有显赫的家世，但这个人却有着让人无法揣测的实力。伏朗自也听说过轩辕的龙之旅，那个让九黎头大的龙之旅。因此，这一刻他对轩辕不得不重新估计。

昨晚伏朗动用了致命杀招神魔俱损，使自身的功力损耗不少，此刻他还真没有信心能够胜过轩辕，虽然他身为三苗伏羲部的年轻第一高手，可是天外有天，人外有人，这很正常。伏朗虽然骄傲，却非不明时势之人，当然他也更坚定了要除去轩辕的决心。

轩辕并没有多少行李，而这一切都交由剑奴去打理，他根本就不用担心。

剑奴的忠心让轩辕深感庆幸，能有这样一个高手一路上相互照应，的确不是一件坏事。

“轩辕公子真的要走吗？”牧野带伤赶来，有些不舍地问道。

“天下没有不散的筵席，每个人都有自己的路要走，有自己的事要做，我也不例外，当然必须走了。”轩辕拍了拍牧野那未受伤的肩膀，淡然笑道。

“我们剑营的兄弟本想请公子去指点指点几招剑术，不想公子却要走，不知我们今后还会见面吗？”

“当然会，我相信我们是有缘的，有缘者就定得天缘，相信再见之期不会遥远！”轩辕肯定地道。

“轩辕公子，圣女想请公子一叙！”癸城长老高应分开人群来到轩辕的身前，诚恳地道。

轩辕对此并不感到惊讶，只是淡淡地向剑奴笑了笑，道：“等我回来！”

剑奴微微颔首，他自然不会在轩辕没有回来之前自行离开。

圣女凤妮的眉头皱得很紧，那种我见犹怜的深思状，更使得她那超凡脱俗的美丽增添了几分清雅。

室中极静，仅凤妮一人以手支颌而思，身子微依于红木大椅上，表情有些倦怠和疲惫，抑或是此刻她的心正陷于一个矛盾的抉择之中。

室外是一片花园，花园中绿草红花，还有一条天然的小溪淌过，但此刻花园之中的人全都抽调出去了。

轩辕是被高应领入室中的，高应随后便退了出去。

轩辕自然知道这是在为他安排与圣女独处的机会，因为整个花园之内，包括这座宽敞的房子之中，唯剩他和圣女凤妮两个人。

这种大张旗鼓的安排的确有些出乎轩辕的意料之外，他也估到凤妮一定会安排一个独处的时间给他。可是却没想到竟抽调出一个花园和如此整套房子，这种做法分明是不想让他们的谈话被任何人听到，也只有这样安排才能防备别人偷听。

轩辕走入室内，才发现室内的地面全以厚厚古朴的大青石铺就而成，而青石之间的缝隙经过特殊处理，使得地面平整而洁净。

轩辕不由得暗赞，这样的房子只怕便是土计那种精于遁地之术的人也无法窃听到任何东西，虽然轩辕心中这么想，但却不想说出来，不过他知道圣女凤妮是有备而来，他隐隐觉得事情不会如此简单。

圣女凤妮微微抬了抬头，极为幽怨地望了轩辕一眼，但却没有说什么。

轩辕的心头一颤，虽然他见过的美人不少，但是却仍无法不为圣女凤妮的眼神所动。那之中似乎包含了整个天整个地，更融入了一切人类所应有的感情。他知道，自己的心中并非全然不喜欢圣女凤妮，并非全然不爱这拥有着无可比拟的美丽女人，只是他一直回避这个问题而已。

没有男人可以拒绝凤妮的美丽，没有男人会不爱美女。当然，轩辕知道自己并不全是因为凤妮的美丽才爱她，而是在内心深处确实对她的那种高不可攀的气质有些倾倒。凤妮的美是美在那种内涵，正因为轩辕内心深处有着这么一份情愫，所以他很难释怀凤妮当初所作出的绝情决定。

“圣女叫轩辕来不知有何吩咐?”轩辕凝立半晌才开口问道，他并不想让沉默的僵局继续保持下去。

“你真的要走?”凤妮突然轻轻地叹了口气，抬头幽幽地问道。

“不错!”轩辕肯定地点了点头，这已是事实，他没有必要否认。

“你仍在生凤妮的气?”凤妮伸手做了一个“请坐下”的姿势，淡漠地问道。

“但愿我知道!”轩辕不想有太多的客气，悠然坐下，但实在不知道该如何回答圣女凤妮的问话，只得苦笑道。

圣女凤妮专注地望了轩辕一会儿，突然开口又道：“如果我请你留下来帮我，你肯吗？”

轩辕一怔，讶异地望了圣女凤妮一眼，半晌才道：“如果圣女真的需要轩辕相助的话，我定倾力相助，但此刻我必须先离开癸城！”

“为什么？”凤妮失望地问道。

“每个人都有自己应该做的事，都有自己该走的路。其实，人活着并不只是为了自己，如果圣女定要让我回答为什么的话，我想那定是因为我的朋友兄弟们需要我！”轩辕淡然道。

“凤妮是不是真的很自私？”凤妮听轩辕这么一说，竟有些诚惶诚恐之感，怯生生地问道。

轩辕也觉得凤妮的语气有些异样，她实在是完全没有必要露出如此神态，她之所以显得惶恐，定是因为她真的感受到了某种危机，已经使她失去了本应该有的镇定。

是的，凤妮的神色有些憔悴，有些倦怠，这种神情让轩辕有些心痛。他无法抗拒由内心生出的怜惜，不由起身缓步踱到凤妮的身前，轻轻地蹲下来，怜惜地抓住凤妮摆在膝头的左手，仰望着凤妮那让他心痛的俏脸，柔声问道：“告诉我，是不是有什么烦恼让你困扰难解？”

凤妮出奇地没有抽开柔荑，任由轩辕双手紧抓着她的手，并放在她的膝上，她知道轩辕此举绝没有半丝亵渎之意，一切都是那么坦然，那么真诚。她的心中甚至有些感动，从来都没有任何男人以这样的形式向她问话，那细腻的动作，那温柔的话语，以及自轩辕手心所传来的热力都让她心颤。

凤妮轻轻地叹了口气，目光似乎有些害怕与轩辕那深邃的目光相对视。

轩辕依然是半跪半蹲着，但他将凤妮的手握得更紧，命令式地道：“看着我，告诉我你想要我为你做什么？告诉我你究竟是为什么烦恼？”

凤妮似乎无法抗拒轩辕的语气，只得将目光再次移回，她发现轩辕的眸子之中如一泓清泉，平静、悠远、坚决，不含半点杂质，让人不自觉地想到那深邃得无法揣测的夜空及宁静的深海，但又让人感觉到在这平静背后那涌动的热烈感情。

“谢谢！我知道我的要求很过分，每个人都应该有自己的生活，每个人都有自己的思想，可我却自私地为了自己的利益而要别人改变生活方式，我真的是太自私了！”凤妮涩然道。

轩辕笑了笑道：“你别傻了，这个世上没有人能够改变别人的生活，只有自己才能够改变自己的生活。正如你所说，每个人都有自己的生活，每个人都有自己的思想，但生活又是什么？又有谁能够肯定地告诉自己，什么样的生活才是属于自己的，凤妮你能够吗？”

圣女凤妮一愣，旋而又茫然地摇了摇头，道：“不能！”

“这就是了，生活只是一个名字，没有任何实质的约束，行乞是一种生活，称王称霸是一种生活，杀人放火是一种生活，济世救人也同样是生活的一部分……只不过是生活的方式不同，但这种方式并不是绝对的，如兵无常胜一般，生活都会随着环境和时间的改变而改变。当然，这也与一个人所追求的目标和所面对的问题有着密切的关联。因此，没有谁能够改变别人的生活方式，只有自己才能够改变！”轩辕笑道。

顿了顿，轩辕又道：“这个世上其实也没有自私可言，说白了，也就是生活方式的不同。这是一个弱肉强食的世界，适者生存，为了生存，没有任何理由好讲，甚至是不择手段。问题只是因为人有思想，懂得如何去思考，如何去分析和取舍，这就是人与野兽的分别，这个分别便在于理智。凤妮觉得自己自私，是因为你仍是一个善良的人，你的生活方式依然有些脱离现实的残酷。”

凤妮静静地听着，她并不是一个笨人，虽然她不能全然明白轩辕每一句话，但轩辕的话的确给她造成了强烈的震撼。

“告诉我，你为何而烦？如果轩辕能够帮忙的，绝不会吝啬自己的微薄力量！”轩辕又轻柔地道。

“有熊族将面临有史以来最大的危机，我感觉到自己完全无法把握眼下的局面，犹如一叶在激浪中挣扎的小舟，这种无法踏实的日子凤妮实在是受够了！受够了！”凤妮突然神情激动地道，似乎心中所积压了许久许久的情绪终于找到了一个发泄的机会。

轩辕望着凤妮，半晌，依然姿式不改，但只是以手掌轻轻地摩擦着凤妮的手背，柔声道："我知道凤妮的心情，但我仍不觉得有熊族将会发生有史以来最大的变故。不过我可以告诉凤妮，命运本就是无法揣度的海洋，而这个世界就是上天要弄每个人命运的舞台。在这个世界中，处处存在危机，也处处存在生机。我们活在这个世上，就像是在怒海中操舟，没有此岸也没有彼岸。有时候，我们是身不由己地被推上浪头，然后又身不由己地跌入浪谷。这就是命运，不可逆转的命运。有时候，我也在想，人为什么活着？人为什么仍要作如此痛苦的挣扎？事实上，我们的心中也明白，这种挣扎是永无止境的，直到小舟沉没，生命毁灭，除非我们能找到一座岛屿。是的，我们就因为为了找到这座岛屿而顽强地活着。人，绝不能轻言放弃，绝不能放弃信念和希望，只有存在着希望，我们才能够坦然面对任何险恶的环境，冷静地与风浪相搏，只要我们熬过去了，就定能找到那座岛屿……"

"可并不是每个人都能幸运地找到那座救命的岛屿，也并不一定能撑到找到岛屿的那一刻。人是可以支撑，但我们所操的小舟若承受不起风浪，在未找到岛屿之前便支离破碎呢？你以为我只是在危言耸听吗？你以为我不想领着有熊族这只陈旧的船去找到歇足的岛屿吗？但是，你可知道，这已是一只被蛀虫咬得无法经受风浪的废船……"凤妮激动地打断轩辕的话道。

轩辕一呆，半晌未语。

凤妮望了轩辕一眼，有些歉意地道："我不该向轩辕发脾气，毕竟你有你的生活和想法，若是将你硬拉上这只破船，对你也实在是不公平的。不过，凤妮不知道将这番话向谁诉说才好，而我相信你是唯一理解我的人，你不会怪我的，是吗？"

轩辕苦笑道："我当然不会怪凤妮，反而应该感到高兴，至少，凤妮已经将我当成了朋友，只是我不明白为何凤妮将有熊族的局势想得如此糟糕，难道事情真的已经发展到了这种地步吗？"

凤妮涩然苦笑道："也许比我所说所想象的更为严重，这次有人欲置凤妮于死地，轩辕是亲眼所见的，而这些人可以用死士去称呼他们。当然，我并不惧怕这群死士，也不会害怕他们明刀明枪地对付我，但轩辕应该知道，这群人是不择手段、不讲道义的，他们只为达到目的而不惜一切，这样的人自不会明刀明枪地来杀我。其实，凤妮并不害怕死亡，死亡其实不过是一个再生的过程，个人的命运又算得了什么？可是有熊族千百年来积累的基业将随着某一种平衡的打破而毁去。凤妮之所以苦恼，是因为有熊族中几乎没有我可以完全信任的人！这使我根本就看不到希望所在，看不到前途有何光明可言！”

“怎会呢？不是仍有你王叔蒙络和创世大祭司……”

“正因为有他们的存在我才感觉自己是多么的孤单，甚至连一个说话的人也没有，现在我唯一信任的施妙法师也身受重伤，整个有熊族几乎没有人可以帮我了！”圣女凤妮打断轩辕的话，苦恼地道。

“那伏朗呢？”轩辕提醒道。

圣女凤妮不屑地一笑，道：“我最了解他的为人，更了解太昊的野心，伏朗也许会全力助我，但是他们父子所想的却也是我有熊族的不世基业。伏朗故意出卖你们，看上去像是因为嫉妒，但事实上只是不想我建立起自己的力量，要让我感到孤立无援，然后全心依赖他们父子俩。如果最后他们助我夺得了有熊族的实权之后，就会毫无顾忌地控制我，而我那时候根本就无力违抗他们的意愿。”

说到这里顿了一顿，又接着道：“我和我哥从小就离族习艺，因此，对族中的人事根本就不熟悉，我所知道的，只是我自伏羲部回来之后所了解的。事实上全族上下许许多多重要的位置都是创世大祭司的亲信或是王叔的亲信把持着。我怀疑这次计划想害死我的人可能会是创世大祭司，当然王叔也脱离不了嫌疑，也只有他们才有能力在癸城中安排一个重要的人物。事实上，有熊派人将我接回族中之事极为隐秘，只有我父王和王叔蒙络及创世大祭司三人知道，其他人根本就不知道，而这群去接我返族的人都是父王的绝对亲信。可是他们一路上中伏，甚至后来还惹来鬼方和东夷族在半途的截杀。因此，消息只可能从创世大祭司以及王叔两人的口中透漏而出。事实上，我早就猜到有今日，是以，我一路上想去有熊各支系招揽一些没有受熊城势力干扰的力量，这就是我为什么要去有侨族的原因。

而这也是太昊父子所不愿意看到的，因为太昊也知道熊城的境况，所以他便派出神庙的高手及让伏朗在暗中相护，就是为了防止我一路上发展自己的力量而影响他们对我的控制力。而后来你和叶皇他们的表现太出色了，更引起了伏朗的不安。于是他也便想借九黎人之手除掉你们，可恨那时候我自己也是身不由己，知道伏朗这一做法还是后来回到熊城之时，可是那时候已经无法挽回局面了。因此，我只希望你们仍活着，有一天能再见到你们，然后向你们解释道歉。事实上，我也不敢奢望你们能够原谅我，因为一开始我就只是把你们视为将来可以用来对付别人的武器。但是轩辕，请你千万不要认为凤妮是一个喜耍手段的人，我此刻真的感到很孤独、很渺茫、很害怕，我需要有一个强有力的臂膀来支撑我，我需要在深夜梦中惊醒之时有一个理解我的人轻声安慰我。轩辕，你明白吗?”说到最后，凤妮禁不住双手将轩辕的手紧紧相握，像是怕轩辕突然之间飞走了一般。

轩辕心中热血浮涌，他从来都没有想到自凤妮的口中竟会说出这样一番话来，如此坦诚，又如此直接，更是如此的凄惶。凤妮的每一句话都似乎嵌入了他灵魂的深处，激起了他存于骨子之中的侠气，生出誓要保护好她的动力。

对于弱者，每个人天生就会生出一种呵护的心理，何况是对于一个举世无双的美人?

轩辕并不是一个容易冲动的人，虽然他正处在冲动的年龄阶段，但他却拥有他这个年龄之人所没有的冷静。

不可否认，圣女凤妮是个极为聪慧也极为厉害的女人，更知道如何运用手段保护自己，只从她对眼下形势的分析，对每个问题的剖析，便知道这个女人不仅聪明，更有野心。也许她本性是善良的，抑或她只是迫不得已才不得不学会保护自己，可是面对这种女人，如果一不小心，就会成为她的工具，被她利用。但对于这种女人，你绝对骗不了她。

轩辕也觉得面对这种女人有些头大，但却不能说未被凤妮的真诚所感动，特别她的最后几句表白心迹的话，只要是男人就不会不为之所动。

轩辕也觉得，圣女凤妮是他见过的所有女人中最厉害的一个，但与这种女人交往却绝对是一种享受，充满刺激和玩火的享受。而若是能征服这种女人，将是男人的最大成就。当然，轩辕自不会如此说，他理了一下思绪，也不知道凤妮的话中几成为真，几成为假。

“请公子稍等，圣女吩咐过，任何人都不能入内打扰!”蒙赤武客气地阻住伏朗的来势。

“难道我也不行吗?”伏朗怒问道。

“只能请公子稍等，因为这是圣女的吩咐，我只是按照吩咐办事而已。圣女没说公子可以进去，也没说公子不可进去，我只好将公子视作任何人。”蒙赤武不卑不亢地道。

伏朗大怒，但他自不会傻得与蒙赤武交手，虽然他自问武功胜过蒙赤武许多，但是这里毕竟不是三苗，不是伏羲部，身在有熊族就得受到有熊族的约束。

伏朗身边的两名亲卫也有些怒，这两人是后来才赶到癸城的，乃是伏羲神庙中的高手，此来就是担当保护伏朗之责。

“公子先在客厅休息一会儿吧，相信圣女很快就会出来的!”伯夷父也站了出来，温和地劝阻道。

伏朗虽然气恼，但不能不给伯夷父面子，他绝不敢小看这个人，伯夷父能以一个外族人的身份担起癸城城主之职，其实力绝对不能小视。事实上，他根本就不知道伯夷父的武功深浅，但他却知道伯夷父曾经与鬼方第二高手交过手，至于结果虽然是伯夷父败了，且重伤而逃，但能够在刑天手中逃得生命，任谁都不能够轻忽。

伯夷父并不轻易出手，而且这个人的脾气极好，兼为伯夷族的首领，因此，在有熊族中极受人尊重。此刻既然他开了口，伏朗只好含愤而退。

“凤妮觉得我值得你如此信任吗?”轩辕反问道，他的语气显得极为平静，不过却将凤妮的手握得更紧。

凤妮神色间依然有些无法排解的忧郁，似乎没有什么东西能够让她真的开怀一笑，整个人有一种病态的凄艳绝美。

“我希望你能有我想象的那般值得信任。但每个人都会存在着许多幻想，每个人都有一厢情愿的想法，我也不例外。所以我才会对轩辕说出这许多话，但最终的答案却得由你来证实。”说到这里，圣女凤妮凄然一笑，又道，“也许是凤妮太傻，或许是凤妮已经受够了这种套着虚假面具过日子的生活，抑或是因为凤妮终只是个女人，始终无法摆脱世俗的束缚。一个人被孤立起来的感觉并不好受，高处不胜寒，当心灵被禁锢得久了之后，终有一天会爆发出来，只是看能否找到一个愿意静静听我诉说的人罢了。轩辕，你能告诉我，我看错你了吗？”

轩辕也涩然一笑，道：“我实在是不想骗你，因为我也不知道你是否看错了我。这个世上最不能了解的就是人的本身，此刻也许我会真心向着你，但却不能保证这一生都不会改变自己的思想，别忘了，最善变的便是人性。也许，正是因为环境的改变，人性也会随之改变。不过，凤妮请放心，轩辕绝不会将今日我们所说的话传入第三人耳中！”

“凤妮先谢过了，其实不管怎样，我始终都很感激你能静心听完凤妮的心里话，不管今后怎么发展，怎么变化，至少我们曾经真诚过，对吗？”圣女凤妮幽幽一叹道。

轩辕颔首道：“其实轩辕一直都将凤妮当作自己的红颜知己，虽然当中发过一些不愉快，但我并没有真的怪你，事实上，如果让我恨你，我也做不到。当然，气恼难免会在某一段时间里存在。”

顿了一顿，轩辕突然露出一个狡黠的笑容，又道：“不过，现在轩辕懂了，请凤妮放心，只要你不再耍我，轩辕永远都会倾力支持你！”

圣女凤妮也露出了一个难得的真诚笑容，诚恳地道：“凤妮绝不是口不对心的人，更不敢耍你！”

轩辕已被凤妮的笑给迷傻了，半晌方回过神来，傻笑道：“你笑起来这么好看，为什么要吝啬笑容呢？如果你向别人多笑几次，保证所有人都……”说到这里，轩辕突然打住话题，似乎意识到什么，不好意思地笑道，“别听我胡说，凤妮岂是那种人……”

凤妮又笑了起来，道：“你就是说了又有何关系，难道凤妮还不知道你只是在开玩笑吗？”

轩辕突地正色问道：“凤妮认为自己身边有多少人真的会听从你的指

挥调配呢？我指的是在任何危急情况下！”

凤妮知道轩辕是在说正事，立刻又恢复了冷静，淡然道：“大概只有两百人左右，这群人都是绝对忠于父王的太阳战士，他们包括三十六名金穗剑士、七十二名银穗剑士及一百零八名铜穗剑士，至于其他的实力，如十大联城之中曾受过父王大恩的人如伯夷父，他可能会帮得了我一些忙，但却并不保险。这一年多来，十大联城的势力很多都倾向于创世大祭司，也有些完全成了王叔的实力，因此难保伯夷父会没有投向这两个人的倾向。事实上，族中事务，我涉足尚浅，根本就无法把持大局，大哥或许已经意识到了这一点，所以他不是先回熊城，而是先去联络散落于各地的支系。这样一来，在他回到熊城之际，这群未曾受熊城力量干扰的实力大概可以算是一支力量，但愿这支力量能够与创世大祭司和王叔的力量相抗衡。不过，我怀疑创世大祭司和王叔已派人去对付大哥，阻止他返回熊城，或是消除他所聚集到的力量。所以，我便让施妙法师带人出城去接应大哥，却没想到法师竟遭遇了刑天诸人。”

轩辕一惊，立刻记起前晚，刑天故意在山谷间摆下疑阵，明显是早知有敌人过来。轩辕脸色变得有些难看，道：“不，是法师的队伍中出了奸细，泄露了法师的行踪，这才使法师遭遇刑天！”

“你怎会这样想？”凤妮的脸色也变得很难看，声音微变。

“因为我当时也探查过鬼方的营帐，发现他们全是虚帐以待，显然是早知法师会去，因此可推知，是有人早将法师的行踪泄露给了鬼方，才会有此一劫！”轩辕解释道。

凤妮的脸色难看至极，如果事情真如轩辕所说的话，那局势比她估计的还要糟糕。在有熊族中，她几乎是没有机会有所动作，因为她的每一次行动都将被人所监视。

轩辕看着凤妮的脸色变化不定，不由得缓缓站起身来，转到凤妮的椅侧，轻轻地拍了拍她的肩膀，安慰道：“到目前为止，他们仍不敢明目张胆地对付你，这是不争的事实，凤妮可知他们为何不敢明目张胆地对付你吗？”

“他们可能存在两个顾忌。”凤妮想了想道。

“哪两个顾忌?”轩辕来到与凤妮相距最近的一张椅上坐下，问道。

“第一，在族中仍有一群中立的长老，他们只忠于新一代太阳，同时他们也是公正的，如果谁敢明目张胆地对付我和大哥，那这人必将受到这群长老的攻击。当然，在没有正式确立新一代太阳之前，谁也无权指挥这群长老。因此，对我来说，这群力量是可望却不可及的。第二，如果谁明目张胆地对付我，必将引起神族不满，太昊绝不会放过这个机会，他定会高举伸张正义的旗帜来分占有熊的基业，这样有熊必会内部大乱，此刻又有鬼方和东夷两大敌人虎视眈眈，若是内部一乱，岂能应付外敌?所以，他们并不敢明目张胆地来对付我!”凤妮分析道。

轩辕又立身而起，缓步踱到一扇窗边，抬头望了望天空，深深吸了一口气，道:“我想，应该还有第三个可能的存在。”

“第三个可能?”凤妮讶然问道。

“对，第三个可能就是你王叔和创世大祭司手中势力不相伯仲，谁都害怕先下手会让对方抓住把柄，占去便宜。因此，两人相互较劲之下，才会使你活得依然自在。他们都不想给对方以除掉自己的借口，所以只要你小心从事，一旦他们的实力不足以完全压倒对方，就绝对没有人敢动你。当然，暗中偷袭那是有可能的，但只要你事事注意的话，他们也没有便宜可占。”轩辕分析道。

“这个可能性很大。”凤妮想了想，赞同道。

“我猜想，他们也害怕你哥哥回到熊城，一旦你与龙歌联手，新一代太阳产生，那他们将会失势，是以在龙歌回到熊城之前，他们会想尽办法除掉你。因此，你只要熬到龙歌返回熊城，就等于赢了一半!”说完轩辕转过身来面对凤妮，眸子里闪烁着智慧的光芒。

凤妮的脸色稍有些难看，她感到轩辕的分析的确有理，可是龙歌究竟什么时候才能够返回熊城呢?这一点谁也说不清楚。

“那这一段时间我该怎么办?”凤妮担心地问道，她实在是已经不知道该如何做了。

“等!只要他们不敢明目张胆地对付你就行，如果你足不出凤宫，他们就会拿你毫无办法，这期间他们可能会找种种借口要你出凤宫，你完全可以推辞，而这之中的借口我相信你一定能够找到。在熊城之中，你只要小心一些，他们也不会有机会，但请谨记，不可以走出熊城！”轩辕认真地道。

“那要等多长时间呢?”凤妮有些傻眼地问道。

“这个没人知道，但如果不等待的话，事情可能会变糟……”

“如果你在我的身边呢?”凤妮打断轩辕的话问道。

“我必须先离开有熊一段时间，待我办完一些事情才能够重返有熊找你，那时候或许我们可以作出一些反击了！”轩辕诚恳地道。

“你还要离开有熊族?”凤妮似乎有些失望。

“不错，叶皇他们仍在与九黎人交锋，还有我的那一群龙族战士，我必须先妥善地安排好他们。其中，还有君子国的一些事情需要我去处理一下。对了，还忘了告诉你，叶七和猎豹他们陷身九黎，甚至迷失了本性，我必须先救出他们，然后才能够全力来助凤妮。这些事情快则月余，慢则秋初，我定会赶回熊城找你，但在我返回熊城之前，你一定要设法保护好自己！”轩辕认真地道。

凤妮有些无可奈何地点了点头，她知道这是无法改变的事实。否则的话，轩辕也就不是轩辕了。不过，她绝对相信轩辕的办事能力，相信轩辕绝对能够将这些事情一一处理好。事实上，她也不知道为什么会对轩辕这么有信心，或许，是因为轩辕每一次都能在逆境之中做出让人意想不到的举动，以微薄的力量助她脱险。这使得她不自觉地对轩辕生出一种连她自己也无法明白的信任感。

轩辕又一次来到凤妮身前，再次握住她的柔荑，半蹲半跪道：“相信自己，一定能够渡过难关，只要有我在，任何胆敢伤害你的人，我都不会让他有好下场！轩辕永远都会支持你！”

凤妮心中大为感动，被轩辕所握的手都在轻轻颤抖，感激地望着轩辕，动情地问道：“你叫凤妮如何感激你呢?”

“别傻孩子气了，如果你当轩辕是朋友的话，就不要说出这些见外的话，别忘了，轩辕一直都当你是我的红颜知己。士为知己者死，何言相报?”轩辕坦然地笑了笑，诚恳地道。

凤妮不语，她已不知道该如何去表达自己内心的情绪，只是专注地望着轩辕，眼里流动着无法捉摸的情感。

轩辕淡淡地笑了笑，他读懂了凤妮眼里的语言，那是一种比任何语言更为精彩的表白。因此，他感到异常欣慰，同时也感到一种深沉的责任感压到了他的身上。

是的，从此以后，他将又要担起一份感情的债务，担起一份感情的责任，或许，这真的是宿命的安排，轩辕也绝不会后悔!

“我也该起程了!”轩辕与凤妮凝视了良久，才开口道。

凤妮依依起身，轩辕也起身，两人四手相握，四目相对，凤妮的眸子里闪过火一样热烈的神采。

轩辕心神一颤，忍不住轻轻地亲了凤妮一口。

凤妮并不回避，在身子忍不住轻抖一下之时，喃喃低语道：“抱紧我，我害怕不会再有明天!”

轩辕心中涌起无尽的怜惜，张臂紧紧地将凤妮拥入怀中，低声道：“相信我，不会有事的，可还记得施妙法师和天河祭司都说我是龙腾之福相？有我在，任何想害你的人，都注定会惨败而归，这就是任谁也改变不了的天命!”

凤妮的确记起了施妙法师和天河祭司曾经如此说过，但谁又真的会相信这些虚幻的天命呢？当然，神鬼之说有时候却可以稍稍安定人心。不过，以凤妮此刻的处境，她又怎能够相信？毕竟，她所面对的敌人实在太过强大。但她此刻倒在轩辕的怀中，一颗心似稍稍落实了一些。

轩辕也很享受这种销魂蚀骨的肉体交缠的感觉，特别是如凤妮这般美人，那无可挑剔的身材，骨肉细腻而匀称，高挑秀美而充满动感。不过，此刻他却绝对没有半丝欲念的存在，有的，只是一种深沉的怜惜。他似欲通过双臂，将勇气和力量全部注入凤妮的体内，让这个美丽聪慧的女人从此坚强起来。同时轩辕也明白，这个可怕女人的心又向他靠近了一步。

这很重要，轩辕当然不会是以征服女人为快乐的人，但如果真的能够得一个美丽女人的爱，那的确是一件很快乐的事情，何况轩辕对凤妮岂是无情？否则的话，他也就不会对凤妮出卖他的事久久难以释怀。

“这个世间的事，都是人做出来的，人是最善于制造奇迹的，也许此刻我的力量仍显得单薄。不过，我相信这个天下终将在我们的手中改变，就算凤妮真的无法在有熊族待下去，我们也可以建立一个比有熊族更强大的王国。以我和你的智慧相加，一定是天下无敌的组合！”轩辕充满自信和豪情地道。

凤妮似受了轩辕豪气的感染，轻轻地推开他壮伟的躯体，认真地点了点头。她毕竟是一个极有自制之力的女人，自小所修习的便是心术，她的武功也是自心术修起，可以说其心已经达到了静若止水、处变不惊的地步。起先是因为长期积压在心中的压力又加上对轩辕那似有似无的情意，又被轩辕诚恳的态度所激，一时之间心神松懈，终将满心的话语说了出来，心神也在此时放松，所以她才会感觉到脆弱无助，需要强有力的支持。但激动的情绪一旦过去，她又立刻恢复了心情的平静和冷静睿智的境界，虽然轩辕那充满阳刚气息的身体是一种极度的诱惑，但因为轩辕此刻是有情无欲，还并未让凤妮完全失去理智，她这才能够鼓起最大的意志脱离轩辕的怀抱。

轩辕眼中闪过一丝欣慰之色，他知道凤妮又恢复了往常的冷静，又开始思考了。他相信，只要这个女人保持一种冷静的思考方式，在未来的较量中绝对不会吃多大的亏。事实上，从她能够分析出太昊和伏朗的阴谋及看清眼下的形势，便足以证明她绝对不可能在这场残酷的角逐之中轻易败倒。

一个富有野心的女人是可爱的，也是很可怕的，有野心的女人有着一种常人难及的气质和魄力，那是学都学不来的魅力，这种魅力最能勾起男人的征服欲。

“好了，凤妮不必送我了，在出了这座院子的大门之后，我们要演一场戏给别人看！”

“演一场戏给别人看？”凤妮讶然问道。

“不错，既然所有人都想孤立你，让你无计可施，那我们何不让他们再得意一阵子，使他们觉得你真的已经没有人可以相助呢？”轩辕狡黠地一笑，轻声道。

凤妮的凤眸之中闪过一道亮彩，道："这样一来他们对我们的打击力度可能会减轻，甚至轻忽我们！"

"对，当他们感觉到我们并不存在威胁之时，自然就会轻忽我们。到时候，我们再让他们为这轻忽付出应该付出的代价！"轩辕认真地道，神情之中有种说不出的傲意。

凤妮觉得轩辕变了，无论是气势还是武功，都变得陌生却又让人不能不生出信赖之感，而其智慧却是全然不可揣度。她不知道这七八个月中轩辕究竟经历了一些什么，但可以肯定，轩辕的成长简直就是一个奇迹。一个人能在七八个月中有着如此天壤之别的变化，实在不能不让人感到惊讶。

其实，昨夜轩辕与伏朗交手之时，所露出的那超凡脱俗的不世武功，便让凤妮打心底惊讶，轩辕那从容不迫的气度，那诡异奇奥的攻势，竟是那般利落潇洒。其实，任谁都可以看得出，轩辕并未倾尽全力，因为从头到尾轩辕都不曾出过兵刃，他那插于背上的刀剑绝不应只是摆摆样子的。

那轩辕如果动用刀剑，其结果又将如何呢？那又会出现一种怎样的场面？这本就让人有太多的想象空间。

只用了数月时间，轩辕便由一个普通的好手跃身为超级高手，这之间的飞跃确是一个奇迹。要知道，伏朗乃伏羲部年轻一辈中的第一高手，几乎尽得太昊的真传，所欠缺的只是火候问题，其武功足以跻身于顶级高手之列。否则，太昊也不会放心地让他独当一面。

虽然伏朗少年得志，但他拥有的一切绝不如轩辕一般，是凭靠自己的血汗一步步走出来的。因此轩辕对生命的了解和对人性的了解绝对比伏朗更为深刻，也更能够承受得了挫折和打击。无论是在气势还是在眼神之中都显出一种饱经磨砺的从容，那种自信是透自骨子里的，在不经意间所流露出来的气度。

而轩辕的这种沉稳很自然地便会让人生出强烈的依赖之感，同时也激发了旁人的自信，因为他们总会觉得与轩辕在一起绝对不会有做不成的事……

第七十七章　刀幻云彩

轩辕脸色极为阴冷地走出花园的大门，阴冷得让守在门外的蒙赤武感到不解和讶异。

“公子，究竟发生了什么事？圣女呢？”天浪祭司也意识到了什么，惊奇地问道。

轩辕的眸子里闪过一丝恨意，冷厉的神采让所有想知道答案的人心头一紧。

哗……哗……花园的静室之中传来一串杯盘的碎裂之声，立刻又引起了所有人的注意，天浪祭司和蒙赤武及伯夷父立刻向院子之中冲去。

守在门外的几名长老脸色大变，高应挺身而出，挡住轩辕的去路，诚恳地道：“公子先请留步！”

那几名长老立刻将轩辕呈弧形围住，在不知道院中圣女发生了什么事之前，他们绝不想让轩辕走开。因为他们自房内杯盘碎裂的声音之中隐隐猜到刚才轩辕和圣女独处的一段时间内，可能发生了一些极不平常的事情。

“你想挡我？”轩辕冷漠地略带杀机地向高应问道。

“不敢，高应只是想请公子稍作留步，并无恶意。”高应不卑不亢地回答道，语气仍是极为客气，毕竟轩辕是有熊族的贵宾，又救了施妙法师和圣女诸人一命，在没有弄清楚究竟发生了什么事之前，他们绝不敢对轩辕动手。

“让开，我没兴趣再留在这儿……”

“轩辕兄弟为何发这么大的火呢？”伏朗强装笑脸走过来问道，他自然看出了轩辕的脸色不善，也听到了花园静室中杯盘碎裂的声音。

轩辕望了伏朗一眼，神色没有一点缓和，反而绷得更紧，丝毫不客气地回应道："你又何须问我？去问问你们那自以为是的圣女吧！"

所有人都为之一愣，自轩辕的话中可以听出他定是受了圣女的闷气和委屈，这才愤然要走，且说话中多了几分愤怒之情。

"轩辕兄弟何用生这么大的气？也许这中间有些误会……"

"哼，误会？说得倒轻巧，你们可知道我那群有邑族的兄弟仍在九黎受着非人的折磨，这是谁的错？这是误会吗？我没有闲情解释，只是为兄弟感到不值！让开！我还要回去救出我的兄弟！"轩辕打断伏朗的话，冷笑着讥讽道，声音极大，连远在十余丈外的人都听到了，院子中的伯夷父诸人当然也听到了。

伏朗脸上一红，他自然知道轩辕语意所指，这之中的情由他是明白的，不过他并不恼怒，反而暗自高兴，这样看来，轩辕与凤妮已闹得不欢而散，这便是他所希望看到的最好结局。

"让他走好了！"凤妮冷冷的声音自花园门口传了出来，只见她一脸寒气，冷峻得让人心惊，谁都可以知道她也在生气。

伯夷父和天浪祭司诸人陪在凤妮的身边，一个个面色都显得极为难看。

高应和那群长老忙让开身形，轩辕扭过头来冷冷地望了凤妮一眼，不屑地冷哼一声，然后拂袖转身，头也不回地离去了。

望着轩辕的背影消失在远处的转弯处，凤妮感到一阵从未有过的疲惫袭上心头，但又觉得心中暖暖的。

轩辕没有再回头，但他的脚步声却是那般沉稳，沉稳得连伯夷父心中也暗暗叹息了一声，他深深地为轩辕的离去而惋惜，因为他知道轩辕绝对是一个不可多得的人才。在这个充满活力和生机的年轻人身上，他看到了很多很耀眼的东西，也想到了很多很多……但是，他又能如何？或许这只是命运，命运要让他与这个年轻人失之交臂。

凤妮望着轩辕消失的方向发了一会儿呆，伏朗疾步行了过来，关心地问道："师妹，你没事吧？"

凤妮这才回过神来，神情疲惫地抬头望着天空，轻轻地嘘了口气道："我好累，想休息一会儿，希望你们不要来打扰我。"说完转身便向花园的另一个方向走去。

"师妹……"

"师兄不必劝我了，我只想静静地一个人想些问题。"凤妮背对着伏朗，平静而落寞地打断他的话道。

伯夷父此刻竟似乎能够深深地读懂圣女凤妮的心境，如果换成是他，大概也会如此。

还有谁会不明白凤妮不高兴的原因，除非他是傻子。但每个人都在怪轩辕有些不识抬举，不过，每个人都觉得，轩辕的确是一个与众不同的人，也绝对是一个难缠的人物。

伏朗虽然被凤妮的态度弄得有些不高兴，但是能够看到轩辕负气而走，他的心情又立刻好了起来。对伏朗来说，这或许应该算是最好的收获，若轩辕与凤妮翻脸成仇，他当然更是求之不得。

本来伏朗对轩辕怀有满腔杀机，但此刻竟也消减了不少，而来自轩辕的威胁也降低到了最低限度。

望着凤妮在四个剑婢的相拥之下远去，所有人都陷入了沉默之中。

伏朗看了一眼房中的碎杯碎盘，便心满意足地退了出去，不过他也有些惊讶。其实，伯夷父和蒙赤武归初进去之时也大吃一惊。

他们当然不会不明白这是圣女凤妮的杰作，只是他们很难想象，以圣女凤妮的克制力，竟也有摔盘砸杯的时候，可见当时她心中生气到了什么样的程度。

伏朗最清楚凤妮的性格，她从来都是一个极为乖巧的女孩子，甚至从来都很少生气，至于砸盘子之事更是不可能，但这次因为轩辕而气得砸盘子，可见她的确是被轩辕激怒了。

凤妮放走轩辕，或许是因为这些年来的心灵修为，使她以最大的理智控制住了自己的情绪。

其实，伯夷父和蒙赤武走进花园静室时，圣女只是愣坐在大椅上发呆，并没有亲眼见她摔东西。不过，他们似乎理解凤妮此刻的心情。

伏朗心中的疑虑尽去，整个人都显得轻松至极，而这个时候，却有剑营的兄弟来报。

“公子，不好了，你的剑手被轩辕公子的属下给打伤了!”

“什么?”伏朗望了那赶来报信的汉子一眼，惊奇地问道。同时，他立刻想起了刚才让他手下的剑手罗满去挑衅剑奴的事情。

“他们在哪里？带我去!”伏朗急问道，此刻他心中有些后悔，早知道轩辕和凤妮闹成这个结局，他又何必派罗满去对付剑奴呢？他本想给轩辕一点教训，却没想到轩辕属下的剑奴竟如此厉害，连来自伏羲神庙的剑手也不是其对手。

罗满伤势并不是太重，但肩肋处竟被划开近五寸长的血槽，幸亏不是要害部位，否则可有得他受了。

轩辕满脸阴云，杀气腾腾，浑身似乎燃起了一团魔焰，气势逼人。

伏朗属下几名剑手神情竟显得有些紧张。

剑奴的肩头也有点血迹，那是在他击败罗满之时，被一名剑手偷袭留下的。是以，轩辕这才杀机大动。

剑营中的弟子大为剑奴叫屈，若非剑营中的兄弟们对轩辕的印象极好，对剑奴也极维护，只怕剑奴势必受到伏朗属下的群攻。不过，剑营中的弟子不敢太过得罪伏朗，是以，也无法阻止这一场比斗。当然，轩辕回来得正是时候。

剑奴也极怒，刚才他对罗满已经手下留情了，他并不明白轩辕跟伏朗之间的关系，也不敢乱伤人，但罗满也是一个极为可怕的剑手，剑奴想留情也不能够完全控制。

剑营中的兄弟索性旁观，对于伏朗手下这群目空一切的剑手，他们是没有半点好感的，如果轩辕能够教训他们一顿自是好极。在他们眼里，轩辕乃是圣女的贵宾，就算伤了伏朗的人，也没有谁敢多说什么，因为罗满诸人惹事和不讲道理在先，他们完全可以做证。同时，他们从未见过轩辕出手，但据说轩辕在君子国表现极好，而昨夜一招便击毙八名敌人，更从那些银穗剑士的口中得知轩辕的武功已经达到了出神入化之境，他们也想看看轩辕的武功究竟厉害到什么程度。

轩辕所代表的毕竟是年轻人的这个群体，而且这群剑营的战士们对轩辕的一些事迹心仪已久。当然，并不是因为轩辕的武功高到什么程度才受到他们的敬仰，而是因轩辕的斗志和智慧，以及那以弱战强的豪情。在这个弱肉强食的世界，轩辕能一步步走出来，这之中的过程的确是值得每一个身处逆境的人所应该学习的。是以，如牧野这群人对轩辕好感极甚，或许是因为圣女凤妮的原因，使他们爱屋及乌。

“如果你们不赔礼道歉，我就只好代伏朗教训教训你们了！”轩辕霸气逼人地望着那四名来自伏羲神庙的剑手，冷然道。

“你以为你是谁？是圣女的贵宾就有什么了不起吗？”罗满不屑地道。

“我给你十息时间考虑，否则别怪我不客气！”轩辕杀气渐浓，沉声道。

“十、九、八、七……三、二……一！”

“杀！”罗满在轩辕数出最后一个数字之时蓦地暴喝道，如果叫他们赔礼道歉，他们自是不愿意的。因此，他们只好选择攻击，其实他们也明白伏朗与轩辕的关系，就算真的出了事也有伏朗担待，而他们根本就不相信以轩辕这样的年龄能有什么厉害。他们并未见到昨晚轩辕与伏朗交手的场面，因此他们只想借眼下的机会将轩辕顺手解决掉，哪怕只是击个残废。

锵……轩辕背上的刀自行脱鞘而出，化成一道虹芒迎向罗满四人，速度快得让人心悸目眩。

牧野等剑营的战士只看得心惊不已，他们根本就没有看到轩辕是怎么出手的，但他们却清楚地看见轩辕的利刃自行脱鞘而出，像是在玩魔法一般。

当所有人听清轩辕不屑的冷哼之时，轩辕的身影已经消失在一片刀芒之中。

刀芒迅速扩张，杀意和刀气使得虚空中的空气像是被抽干一般，无可抗拒的压力自每一个人的心底升起。

罗满诸人大惊，似乎没有料到轩辕的攻势，竟如此快捷而凌厉，后发先至。

四柄利剑，在虚空中卷起千层剑浪，直迎向轩辕的那一幕刀光。

铮……一声龙吟般的轻响，刀光再亮，犹如一团光雾，迅速将罗满四人吞噬于其中，然后便不再发出金铁交鸣之声，只是刀芒一亮再亮，使得每人眼里都是混沌一片，根本就分不清几条人影的去向，更是无法分辨是什么招式。

“住手!”伏朗的声音远远地传来，显得有些急切，伯夷父诸人的身形也迅速出现在牧野等剑营剑士的视线之中。

铮铮……一串疾响过后，轩辕身子如归巢之燕般倒掠两丈，表情冷漠地静立，但眼里却有一丝傲然不屑的神采。

罗满诸人踉跄而退，衣衫之上血迹斑斑，形状极为狼狈不堪，尤其是罗满，他本就已经受伤，此刻再与轩辕交手，身上又多添了几道伤口。

“还不向轩辕公子道歉？你们想在这里干什么？胆敢如此无礼!”伏朗飞身落入几人之间，看也不看轩辕和剑奴便向罗满诸人叱道。

罗满诸人大愕，不知道伏朗为何不但不帮他们说话，还要让他们向轩辕道歉，一时全都以为自己听错了，不由忙解释道：“他……”

“难道你们没有听到我的话吗？立刻向轩辕公子道歉!”伏朗打断罗满的解释，似乎动了真怒。

伏朗的态度之坚决就连伯夷父都觉得有些意外，以伏朗如此高傲的人，竟然不问情由地向轩辕低头，这确实有些出乎众人的意料之外，唯轩辕心中有数，却淡然道：“道歉倒没有必要，轩辕脾气有些粗暴，已代伏朗兄教训了他们，这喧宾夺主的行为实是对伏朗兄有些不敬，还望伏朗兄见谅!”

伏朗微愕，对轩辕的话有些意外，轩辕的话意虽然贬低了罗满诸人，却抬高了伏朗，是以伏朗与罗满听起来，却是两种截然不同的味道。

伯夷父此刻已自牧野口中得知详情，对罗满诸人也是极为鄙视，听得轩辕如此一说，心中也在叫好，他更感到轩辕这个年轻人的确不简单，只从说话的学问上就可以看出。而轩辕竟能以一人之力胜过罗满等四位高手，这也不能不让伯夷父吃惊。看轩辕的样子，取胜显得极为轻松，而且更似手下留情，未下杀手。

其实，伯夷父注意到的不仅仅是轩辕，还有剑奴，这也是一个不可轻忽的高手。轩辕有这样的高手相助，也难怪能够名声鹊起，便连鬼方和九黎族也都在他手中吃了大亏。

“好说，轩辕兄弟教训与我教训并无分别，既然兄弟不怪，此事就此作罢！”伏朗大度地道，说完又扭头向罗满诸人叱道，“还不谢谢轩辕公子的手下留情?!”

罗满诸人满心的不情愿，但是却不敢有违伏朗的意思，只好忍气吞声地齐声道：“谢谢公子手下留情！”

轩辕淡漠地回应了一下，便向伯夷父客气地道：“轩辕叨扰了城主，还得多谢城主这一晚的招待，他日若有机会，轩辕再来拜访城主以表谢意！”

“公子言重了，公子救了法师和圣女，我们犹未能一表谢意便要走了，作为一城之主，实觉得有些过意不去。如果有机会，我将热烈欢迎公子的到访。”伯夷父也客气至极地道。

轩辕笑了笑，道：“法师若是醒了，请代轩辕向其问好。”

“一定！”蒙赤武肯定地答道。

“好了，我们也该起程了。”轩辕扭头向剑奴淡淡地道。

剑奴没说什么，只是拿起早已准备好的行囊，以及牧野诸人送给他们的一些东西，眼也不瞅一下罗满等人，跟在轩辕身后向西北城门行去。

轩辕离开癸城，圣女凤妮于当日下午在伯夷父调派的大量高手的相护下返回熊城。

圣女凤妮没有向任何人透露过一句有关她与轩辕在花园静室中的对话，所有欲问她内情的人，都被她那倦怠而疲惫的神情给逼得将问话咽了回去。

伏朗不死心地欲知详情，却被凤妮以“我很累，只想好好地休息，静静地想一想”为由拒绝了。

伏朗当然不敢在火上加油，他与凤妮相处的时间极长，知道凤妮如果不想回答某一个问题，任你如何问都不会有结果，那样反而会引起凤妮的反感。在有熊族中，他也不敢太过张扬。其实，便是在三苗，他也同样拿凤妮没有办法，虽然他们之间的关系本来很好，但伏朗却始终看不透凤妮，就是因为凤妮的兰心蕙质。有些东西在含蓄之中才能够展现出最强的魅力，而凤妮正是这样子。在伏朗的眼里，凤妮是可望而不可即的，这是一种很矛盾也很要命的感觉。是以，伏朗也是不自觉地陷入了凤妮的温柔之中。

在三苗族中，美女如云，多不胜数，以伏朗的身份、地位、武功、才智，身边的美女更是成群，而这种轻易获得的美女反而无法勾起伏朗的兴趣，但凤妮却绝不会如其他的美女那般，她表现得是那么高不可攀，清丽脱俗，仿若不是红尘中的人物，有着一种让人不敢仰视的气质，更对伏朗爱理不理，立刻将伏朗身边的所有女人都给比了下去，这也是伏朗会在意凤妮、害怕凤妮的原因。

关于凤妮和轩辕的谈话，在癸城和熊城之中有很多猜测。

凤妮一回到熊城便返回凤宫闭门不出，就连许多本该她参加的会议，也很少参加。于是，所有人都认为圣女可能仍在生轩辕的气，被轩辕气病了，许多人也都在怪轩辕不识抬举，居然连凤妮都不放在眼里。

也有人猜想，轩辕可能是怪凤妮当初弃他们而不顾，因此奚落了圣女凤妮一顿，两人吵了一架，这才有轩辕愤然离去，圣女负气不出的结果。

还有猜测甚至认为圣女凤妮爱上了轩辕，而轩辕却毫不领情，圣女这才会因轩辕愤然离去伤心欲绝，但圣女凤妮心高气傲，又不愿向轩辕低头，这才使得轩辕愤然而去……

总之，有关于圣女凤妮与轩辕在那静室中谈话的内容有许许多多的猜测，但所有的猜测都只是以圣女凤妮与轩辕的不欢而散为根本，而圣女凤妮也没有出面辟谣，任由各种谣言四处传播。

圣女与轩辕的不欢而散，有人欢喜有人忧。不过，轩辕在数日之间，成为有熊族人话题的焦点那倒是不争的事实。

其实，在金穗剑士和银穗剑士之中都传颂着轩辕与伏朗交手的精彩场面，还有轩辕在癸城之中的事情，这使得轩辕的知名度大涨。

由金穗剑士将轩辕的故事传遍两百多太阳剑士的耳中，又由两百多太阳剑士将这些传说传到各部高手耳中，最后连七大营的高手也在议论轩辕的武功。

当然，七大营自是最先自剑营传开。他们之所以乐道轩辕这个话题，那是因为这个话题之中牵涉到了有熊族有史以来最美丽的圣女凤妮，同时也是因为轩辕与他们同样年轻。当然，这群人的生活单调也应是其中的一个原因，单调枯燥的生活得找一些调味剂，而这个时候莫过于有女人和武士的话题可以议论。于是，轩辕与圣女凤妮及伏朗之间的关系被许多人说得越来越复杂，当然，这些人绝不敢公开议论圣女凤妮，都只是私下传播。

其实，这个时候并不是只有轩辕、圣女凤妮及伏朗的三角关系和一些让人充满想象的事件，还有另外几个让人期待的消息。

第一个消息便是王子龙歌正在返族途中，而且带了大批高手，这是仅次于轩辕和圣女凤妮的话题，因为这个消息中没有美女。

第二个消息便是被唤作龙族战士的神秘组织使得东夷诸族吃了几次暗亏，更让九黎族损失惨重。因为传说九黎王风绝已在君子国一役中身受重伤，使得九黎族内部骚乱，而驻守神谷的谷主风骚欲乘机争夺王位，因此被龙族战士有机可乘。在九黎族大受创伤的同时，龙族战士这个组织也迅速壮大，名声鹊起，使得许多饱受九黎欺压的小族纷纷依附。更有传说称九黎王风绝是伤在新崛起的年轻高手轩辕的手下，当然，对于这一点有熊族的战士自是不相信，不过在有熊族之外的各部落却将这个传说传得似模似样，甚至有人还说轩辕乃是神族的后人，而龙族战士也是神族的战士……

不过，这段日子以来，轩辕的名声的确火了起来，在这个信息不通的年代，那些过往的商旅成了重要的传播途径，而关于轩辕的消息最主要的却是出自君子国四处散落的子民的口中。

君子国有数千子民，四分五裂，各奔东西，因此在短短的时日之中，哪里出现了君子国的子民和君子国的商旅，哪里就会有关于轩辕那神秘的传说。

于是，许许多多弱小的部落都向往着这个神秘的人物，都期待着这个神秘人物以及龙族战士的保护，因为所有关于龙族战士的传说都声称龙族战士是正义的，是天下弱者的保护伞。因此，它才会与凶恶残暴的九黎族作战。在人们的印象中，神族代表的始终是正义，所以龙族战士自也成了正义之师。

其实，这个时代并不如数百年前那么闭塞，自从神族势力大旺之后，便开辟了许多商道，产生了一种以物易物的交易方式，更有一些浪人般的流动者，他们没有固定的居所，靠着双手打猎，一路走一路交易，就这样坚强地活着，而这些人多是因自己的种族灭亡或没落或被吞并的亡族之人。当然，这类人都绝对不是庸手，至少他们有能力保护自己。于是水路、陆路经数百年乃至上千年的发展，逐渐成形，各地交流也渐多。同时带动了各种先进事物的发展，比如刀耕火种，五谷的兴起，家畜家禽驯养技术的流通，兵刃饰物的发展，各种来自神族的文化风格逐渐影响各地，包括房屋宫殿的建造，渔业的发展，织布养蚕之道的发展，使得天下间逐渐变得活跃起来，也使得许多以前很难流通的消息变得天下皆知，或许这便是人类的进步了。

这个世界变化其实很快，而这个快却是因为战争。

自从有了人类开始，便有了斗争，先是与自然、与野兽斗争，后来人类竟与自己的同类发生了斗争，于是便有了盘古始祖建立起自己的族别，建立起自己的王国，他也便被世人尊称为最古老的大神，认为是他开辟了天地。

当然，天地是自古就存在的，没有人知道天地自什么时候开始就存在的，就如没有人知道人类的最初始祖是谁。其实，大家都明白，在盘古大神之前，这个世界也存在着许许多多的人，存在着各种各样的家庭。而只是当大智慧的盘古氏始祖出现之后，人类也便改变了自己的生存方式，也使得人类的力量越来越强大，甚至逐渐成了这个世界的主宰，乃为百灵之长。

没有哪种生物有人类发展迅速，在发展过程中，武学的发展，氏族的形成，部落的形成，再到统一的大族。人类的智慧也在突飞猛进，不断学习新的东西，不断创造新的东西。而这个学习与创造的结果，却是将战争推向更为残酷的境地，便这是人类发展所必经之路，谁也无法逆转。

轩辕追上君子国大部队人马是在离开癸城后的第三天。

君子国的大部队人马驻扎于常山脚下一片谷地中，所有人都开始伐木筑寨，垒土为城，看来柳洪有意让族人迁居于此。其实，这里离君子国最初的东山口并不是很远，这些天来他们只不过是顺着那陷落的大湖泊周围走了大半圈，然后找到这个定居之所。这里距那大湖泊也不过只有百余里而已。

大批人马迁徙的过程极为费事，最费事的却是要找到一个好的迁居之地。这才使得柳洪的行程并不是很远，尽管行走了许多天。

轩辕和剑奴的回返，使得正在忙碌的君子国子民们大为欢呼，立刻有人去向柳洪诸人传讯。

此刻君子国的子民仍有千余人，而这只是往日君子国的一半实力，抑或是一半都不到，可见有许多人先一步而行，分散到各地，或是自找地方另立门户，便如跂踵族和青丘国，他们都是君子国的支系，却又能够自立门户独成一体。

闻说轩辕和剑奴归来，尤扬和柳洪亲自出迎，更带了一帮君子国的重要剑手。

“圣王终于回来了，我们可盼了好久!”尤扬欢笑着极为客气地行来与轩辕把臂言欢。

轩辕淡淡一笑，也说了几句客气话，但他心中隐隐感到有些不对劲，问道：“尤长老，护法和跂燕没来吗?”

“哦，他们不知道圣王今日回来，都到山上去采集了，我已派人上山找他们回来，相信很快就能与圣王相见!”尤扬坦然一笑道。

轩辕这才微微释然，跟柳洪再闲聊了几句，也便进入了临时搭起的木屋之中。屋顶以茅草所盖，这只是作为暂时寄身之所，是以并没有过多地修葺，而真正的住宅正在修建之中。

这里有君子国的许多巧手工匠，懂得如何烧砖制瓦，只要有一年的时间，这里定能够建立起一片美丽的庄园。

坐于屋中，立刻有人为轩辕和剑奴诸人倒了一杯水递上。

“圣王此次有熊族之行可有什么收获?”尤扬问道。

轩辕一怔，心想：“可能思过已将他的消息全都说了，包括封神台发生的事，否则的话尤扬怎会不问关于柳静和跂通的消息呢?”不过轩辕很快便回过神来，端起木杯轻呷了一口，道：“很难说收获如何，尤长老想问的究竟是哪个方面的收获呢?”

尤扬也一怔，不由一笑，倒是柳洪插口道：“听说有熊族的圣女国色天香，不知轩辕可有缘相见?”

轩辕不由得也笑了起来，道：“只是这个吗?其实我在半年之前就已见到她了。”

“哦!”

“那她真的如人们所传乃人间尤物吗?”柳洪有些意外，好奇地问道。

轩辕将杯中的水一饮而尽，肯定地点点头道：“这自是当然……”话说到这里，剑奴突然垂着脑袋伏倒在桌上。

轩辕大惊，立身而起，呼道：“剑奴……”此刻他也觉得一阵热力上冲，脑子有些昏沉，同时他更捕捉到了尤扬和柳洪脸上露出的一丝诡异笑容，他立刻明白是怎么回事，但却只是说了一个“你……”便悠然倒下，身后的椅子也被冲到一边去了。

“想不到吧?任你奸滑如鬼也逃不过我尤扬的五指山!”尤扬此刻站起身来，冷酷地笑道。

“现在该怎么办?”柳洪问道。

“你们干得很好，把他交给我好了，剑奴便拉去与那群废物关在一起。”一个娇脆的声音传了过来，走进门的赫然就是曾被轩辕所制交由柳洪看管的假圣女雅倩!

“雅倩该怎么谢我?”柳洪似是邀功一般邪异地笑道。

“当然是一切由你所想啰，只要我能做到的无不相依!”雅倩的语调中充满了无尽的诱惑，只听得柳洪骨头都酥掉了。

尤扬的眸子里闪过一丝妒火，但很快便隐没，神情变得恭敬：“我已替你们完成了任务，现在该给我解药了吧?”

“尤长老不用心急，雅倩说过的话一定算数，何况以尤长老这样的人才，今后借助之处尚多，我怎会对长老失信呢？雅倩甚至可以担保长老能享尽荣华富贵……”

“如果真是这样，我希望能够得到百合和丁香二女！”尤扬打断雅倩的话道。

“哦，这很好说，只要长老喜欢，尽管去享受。”雅倩大方地道。

柳洪也闪过一丝妒色，但他的心神又立刻被眼前这风华绝代的妖女占据了。

尤扬深深地吸了口气，道：“那我就先告辞了，希望你能守信。”他自然知道就算逼这妖女也不会有用处，此刻命已捏在对方的手中，唯一可做的便是顺服，是以他只得转身离去。

“长老玩得开心一些。”雅倩娇笑着回应了一声，轻迈莲步来到倒地的轩辕身边，望着轩辕那似熟睡的脸庞，露出了一个得意的笑容。

“轩辕呀轩辕，你终究还是要落在我的手中，像你这样的人才若是死去那可真是太可惜了，不过我别无选择！”

“让我杀了他好了！”柳洪走过来意欲代劳。

雅倩瞟了柳洪一眼，淡然道：“不，我要他慢慢地死去，如果在他无知无觉中杀了他，岂不是太便宜他了？”

柳洪一愣，他对雅倩的话似乎是言听计从，根本就不知道反驳，不过他有些担心：“如果族中其他的人知道我把轩辕杀了，只怕后果很难预料。”

“不必担心，我会用这几天时间将族中其他重要人物全都掌握在手中，就不会出什么问题了，到时候我可以去见我师尊，至于你，爱怎么享乐就怎么享乐！”

“我只要你！”柳洪道。

“我当然是你的人了。”雅倩媚声道，说话间伸手在轩辕胸腹之间摸了一下，眼中闪过一丝讶然。

嘶……雅倩撕开了轩辕的胸衣，却发现几片闪着幽光的巨大鳞片平贴在轩辕那宽阔的胸腹之间。

“这是什么东西?”柳洪也有些讶异地拾起一块鳞片，只觉入手轻巧，但却异常坚硬。

“他竟能弄到奇兽罗罗的鳞片。”雅倩大惊，暗忖道：“难怪那天我必杀的牛毛针竟无法让他中计，看来是因为他早有防备，以罗罗鳞承受了那一簇牛毛针的攻击。”到此刻，雅倩才恍然大悟，她一直想不通轩辕为什么会不受制，此刻发现这个秘密，她不由得大感好笑。

“我还以为你刀枪不入，原来却是这个鬼把戏!”雅倩将罗罗鳞悠然地放在桌面之上。

“这小子诡计多端，狡猾如狐，若不是倩儿的醉神丹，只怕还不能让他中计，这无色无味的药丸可真管用。”柳洪阿谀奉承道。

“那当然，不过这小子的功力也的确骇人，竟能够比剑奴后倒下如此长的时间……啊……”雅倩的话刚说到这里，突然发出一声惊呼，只觉全身穴道被制。

柳洪也在同时一惊，因为在他尚未能作出反应之时，一柄刀已架在了他的脖子上。

刀是轩辕的刀，而雅倩连手指也无法动一根，只是骇然地望着自地上坐起来的轩辕，颤声道：“你……你根本就没有受制?”

“你说对了，天下间已没有什么毒物可以让我受到半点损伤!”轩辕傲然地伸手拉了一下胸衣，目光阴冷地落在柳洪的脸上，淡漠地向雅倩答道。

“你想怎样?”柳洪无论如何也没有料到轩辕的动作竟如此之快，他竟连接触兵刃的机会也没有，抑或只是因为他太疏忽大意了，根本就不曾想到会有这样一个意外出现，所以才会着了轩辕的道。

事实上，以柳洪的武功，就是在全神贯注的情况下，大概也难挡轩辕三招。

“你以为我想怎样?你可知道她是我的女人?”轩辕冷漠得不带半点感情。他当然不会是因为这个原因，但他却气恼柳洪竟如此不知自爱与这妖女勾搭，不仅如此，还出卖了他和思过诸人，就连百合和丁香也出卖了。刚才三人的对话他自然一丝不漏地听到了，而且，更清楚此刻尤扬是去找百合和丁香的麻烦了，这让他感到有些痛心，至少尤扬原本还算是个人物，或是个朋友，可是……

柳洪和雅倩似乎并没有想到轩辕竟是这般回答，柳洪不是没曾想过这个问题，但是却无法拒绝雅倩的魅力，这才成为其石榴裙下的俘虏。因此，他一直不去想象后果，同时也增添了对轩辕的杀机。

雅倩属于轩辕的女人，这是君子国许多人都知道的事情，更得女王柳静和跂通认可，其合法程度在君子国是不可更改的，虽然雅倩不是真正的圣女，但这个事实仍在，而此刻柳洪却勾搭上了君子国新一代圣王轩辕的女人，轩辕的确有怪他的理由。

轩辕当然明白，柳洪无法抗拒雅倩专门魅惑男人的魔气，这在桃红身上他深有体会，柳洪绝不像他那般有着丰富的经验和坚强的意志力，在功力之上更是相差太远，因此遇上了雅倩这种媚术高手，还不是唯有举手投降的份儿？但若换成尤扬，只怕情况就会两样了。是以，这两人竟以药物控制尤扬，也是雅倩对自己媚术不是太有信心的表现，就如对轩辕也毫无用处一般。

“思过护法被关在哪里？”轩辕冷冷地逼问道。

柳洪和雅倩对望了一眼，均显出了彼此的惊骇，但他们却拿轩辕没有办法。

噗……轩辕还刀入鞘，一脚踹在柳洪的腹间，柳洪闷哼着颓然倒地，显然也是被轩辕制住了穴道。

轩辕在屋中找来了一些冷水，浇到剑奴的脸上。

剑奴一惊而醒，惊讶地打量着眼前的一切，哪里还会不明白发生了什么事情？禁不住大怒，不过，他并不知道这假圣女的身份，但却明白自己刚才遭了暗算。

“你这女人啊，我才几天没守着你，就去勾引别的男人，真是让为夫不知该怎么教训你。”轩辕像是调笑一般屈身轻轻地拍了拍雅倩的俏脸，悠然道。

雅倩自然知道轩辕绝对不会在意她，但他这么说却将她气得够呛，若是换成别人或许她根本就不会生气，但作为她这般对自己的容貌绝对自信的美人，一向心高气傲，却一再败在轩辕的手上，而轩辕对她竟似乎毫不动心，怎叫她不心中大恨？

“你想杀便杀，我斗不过你，但总有人会为我讨回公道！”雅倩愤然道。

“哈，这不应该是你的性格，居然也会生气！”轩辕不怒反笑道，同时对剑奴吩咐道，“带王子去放出思过护法和百合诸人，小心尤扬，谁敢乱来，杀无赦！”

剑奴哪会不明白？虽然柳洪乃是君子国的王子，但他的命已由柳静交给了圣王轩辕，轩辕才是他的主人。在柳洪犯了错误之时，他会毫不犹豫地执行轩辕的命令，而且，在他的心目之中，轩辕才是最合适掌管君子国的人。无论是武功还是智慧，绝对不是柳洪所能比拟的，只有让轩辕领导君子国，君子国才有可能发展壮大，成为一大强族。

剑奴提着柳洪行出，他自然知道该如何掩饰柳洪受制的样子，柳洪更不敢呼叫，他了解剑奴的性格，知道剑奴绝对不会手下留情，而他更不想死，是以不能不配合剑奴。

屋外的君子国护卫显然是被调开了，尤扬并不想让族人知道他们对付轩辕和剑奴的事，因为他们找不到向族人解释的理由，何况轩辕的身份早被君子国的子民接受了，虽然柳静此刻生死未卜，但却没有人敢不尊重柳静曾经的决定。就算尤扬要处死轩辕，他也唯有声称轩辕暴毙而亡，而不能让族人知道真相。

雅倩为轩辕的话镇住了，并不是因为轩辕让剑奴提走柳洪，而是轩辕那漫不经心对她的回答。

是的，她也发现自己面对轩辕时竟会如此轻易地动怒动气，甚至有着深刻的恨意，而这种恨并不是因为轩辕破坏了她的计划，反而只是因为轩辕对她那丝毫不在意的态度，这的确是一个可怕的改变。

轩辕望着雅倩那变幻莫测的脸色，闪过一丝悠然而冷峻的笑意，但又似乎有一种黯然的伤感，他只是轻轻地叹了口气。

雅倩有些讶异，轩辕竟然也会叹气，这让她对眼前这个完全无法揣度的男人又多了一份好奇与不解。

“你有什么好叹息的？赢了难道还不满意？”雅倩冷然反问道。

“赢又如何？输又如何？人无常胜，世事难定，我为什么要满意现状？你以为我赢了你便值得高兴吗？”轩辕淡然反问道。

雅倩不语，轩辕的话并没有说错，不过她却始终斗不过轩辕。

“童旦死了，帝恨也死了，风绝受了重伤，至今生死未卜，你们的计划完全失败，难道你还想去将功折罪吗？”轩辕叹了口气，反问道。

“什么？”雅倩大震。

“不可能！”她还是第一次知道其中的内情，但她怎么也不敢相信童旦、帝恨这样的高手会如此轻易死去，何况轩辕所说的人中还包括风绝！

“这个世上没有什么不可能的事，只有人想不到的事！”轩辕蹲下身来与雅倩面面相对道。

雅倩愣了半晌，被轩辕那锋锐的目光看得有些不自在，问道：“你对我说这些是什么意思？”

“我希望你能跟我合作！”轩辕直截了当地回答道。

“跟你合作？”雅倩一愣，但随即又冷笑着问道，“有这个可能吗？”

“自然有！我相信你是个很聪明的女人，我并不想杀你，所以只能要求你与我合作。”轩辕语气肯定地回答道。

“哼，我聪明？我聪明就不会老是被你算计！”雅倩自嘲道。

“那是因为我比你更聪明，所以你只有跟我合作才会有出路。”轩辕狡黠地笑了笑，自信地道。

雅倩也不由得笑了，她是笑轩辕那有些夸张的自信，不过她也恢复了本应有的洒脱，淡然的语调中有些揶揄的成分：“你倒很自信。”

“因为我有这个条件，有这个能力，也应该自信！”

“与你合作又有什么好处？”雅倩突然问道。

“有，自然有好处。首先你不用去死；然后，你可以成为君子国的圣女，完全可以组成一支与九黎相抗衡的力量；还有便是你可以脱离往日荒淫无道的生活圈，可以不做别人的附庸，开创自己的事业，甚至连狐姬也无法拿你怎样！”轩辕悠然道。

“呵呵……”雅倩一阵轻笑，眼中闪过一丝不信的神色，冷问道，“哼，你以为我是小孩子吗？你会将君子国送给我？你会让我拥有强大的力量？那你呢？”

“我是你的丈夫，你说我会干什么？”轩辕也笑了起来。

雅倩一呆，脸色一阵青红，冷哼道：“说白了只不过让我做一个傀儡而已，我早知道世间没有这么便宜的事！”

“世间当然不会存在不劳而获的便宜事，那如果我让你去掌管神谷中的事呢？”

“你以为你是什么人？真是笑话！要杀便杀，何必当我像傻子一样作出这般的盘问？你不觉得实在很没趣吗？如果你以为有很多时间可以浪费的话，我不在乎与你对话！”雅倩似乎真的被激怒了，但她却没有办法反抗。

“如果我此刻放你回去，你猜猜后果会如何？”轩辕冷漠地反问道。

雅倩的脸上闪过一丝惊惧之色。是的，轩辕的话似乎正击中了她的心病，如果事实真如轩辕所说，童旦死了，帝恨死了，就连风绝也身受重伤，无功而返，若她此刻又空手而回的话，那等待她的将是一群男人的魔爪，她再也不能够保证自身的完整，甚至会像最初的桃红与一些师妹一般成为一群有身份的客卿的玩物。她之所以能够一直保证自身不受侵犯，是因为她将承担起冒充君子国圣女的任务，而圣女绝不能有损处子之身。可如今她的任务失败了，将再也不会存在任何理由，就是狐姬也不可能保证。何况，狐姬只是一个纵容他们乱来的女魔头。

第七十八章　霸意无限

轩辕自然明白其中的一些利害关系，因为他从桃红口中的确得到了许多关于狐姬的传闻。对于女人的心理他也并不陌生，除非这个女人天生淫贱，否则绝对不想自己沦为人尽可夫的玩物，而雅倩在神谷之中曾有过一段风光的经历，又怎甘心成为别人的玩物？这简直比要她的命更为残酷。

眼下的世界本就是残酷的，何况在九黎这个男人当道的族系之中，女人只是附庸，若想生存，也便只有以自身的本钱去奋斗，绝不会如君子国这般仍保留着一半母系氏族的传统，女人的地位仍然极高，甚至超过男人，这对雅倩而言不能说不是一种诱惑。

“你应该知道你已经没有选择的余地，因为你的任务永远都不可能完成。君子国已经陷入地下，那里变成了一片汪洋，如果你不与我合作的话，等待着你的将是没有任何尊严可讲的糜烂生活。我相信你会爱惜自己的一切，当然，如果你能杀死我，能够将君子国的力量引入九黎族的话，你可能会将功折罪。可是，就算你能成功，最多也只能如狐姬一样，做一个放荡淫邪的供奉，你根本就没有属于自己的生活，没有属于自己的天地！”轩辕淡然道，顿了一顿，又接着道，“每个人都有自己生存的权利，虽不能如鸟儿一样自由飞翔，可是上天赋予我们生命，我们就不能让自己的生命禁锢在一片狭窄的天地中发霉变质，而要在广阔的天空之下将自己生命的光辉自由自在地绽放，这才不枉此生。你我皆很年轻，在这个已经陈俗腐旧的世界之中，你我完全可以去开创一个年轻而崭新的世界。我不想杀你，是因为你有野心，而这个崭新的世界必须是具有野心的人才敢才愿意去尝试。因此，我希望你能与我合作。”

雅倩的秀眸瞪得极大极圆，最开始她的脸色变幻不定，可轩辕说到后来，她的确有些动心了，但是说到最后，她却有些愕然不知所措。

轩辕的话的确让她大感意外，轩辕只是因为她富有野心，这才与之合作，这简直是从未听过的谬论，但是她仔细一想，事实也确有些道理。

雅倩冷冷地望着轩辕，半晌突地露出了一个甜甜的笑容，语气极为缓和，疑问道："你不觉得将一个有野心的人留在你身边，会是一件很危险的事吗?"

"如果不是一件危险的事那就没趣了!"轩辕自信地笑了笑，顿了顿又道，"不过话又说回来，有野心的女人必定是聪明的女人，聪明人当会分析形势和利害关系，如果有我这么好的合作伙伴，还要自斩臂膀的话，那种人根本就不配成就大事，我相信你绝不会傻得倒戈相向。"

"你这么自信?"

"当然，我们不仅仅是利益的结合，更有感情的结合，舍我之外，你绝对找不到比我更好的合作伙伴，而且若想对付我，你将会付出很大的代价。你说如果我们结合，你还会对付我吗?"轩辕悠然笑问道。

"那你要我怎么做?"雅倩神情冷漠地问道。

"首先，我们要确立自己的敌人，那就是九黎人。当然，这样我们的敌人就会是整个东夷。"轩辕也肃然道。

"你以为你斗得过他们?"雅倩不屑地反问道。

"这就要看我们的能力和智慧了，战争并不一定要硬拼，更多的时候还是要利用形势和智慧!"轩辕眸子之中闪过无比的自信。

轩辕说完望了雅倩一眼，又认真地接着道："我的目的不只是九黎和东夷，而是要让天下各族全都归属于我的统治!"

"天下都归属于你的统治?"雅倩失声地望着轩辕，像是在看一个不自量力的疯子说痴话。

"你或许当我是说疯话，但我必须去努力尝试，因为要阻止战争的最好方法就是建立起一个和睦协调统一的大族，只有让那些相互争斗的部落成为兄弟，成为利益相结合的盟友，这才能够阻止各部落之间血腥事件的发生，人们才能够安心地耕作享受快乐。也只有那个时候，这个世界才是真正美好的，也就是我所说的一个崭新的世界。眼下的世界处处充满杀戮，处处充满血腥，已经是一个残暴不仁的旧世界。所以，我要破旧立新，让男人和女人和平共处，相亲相爱，那才是我最终的梦想。”轩辕神情肃穆，言语极为坚决和肯定。

雅倩也禁不住呆呆地望着轩辕，她似乎刚刚才认识轩辕一般，但她可以肯定，以前她看错了轩辕，这在她内心深处也激起了层层浪涛。其实她的本性并不坏，在她的梦想中或许也曾出现过这个美好的世界，但她从不敢去想，可是轩辕此刻却激昂地将之说了出来，实在让她深深地为之震撼，也对轩辕那伟大的理想心生向往。

不自觉中，雅倩更对轩辕生出一种前所未有的敬意。

“好，我愿意与你合作，只要你说的是真话，我雅倩绝不会吝啬自己的绵薄之力!”雅倩认真地道。

轩辕欣慰地望了雅倩一眼，伸手解开她被制的穴道，道：“当然，首先我们要强大君子国，你就是君子国的女王!”

“你真的要让我成为君子国的女王?”雅倩惊讶地问道。

“不错，我想当初九黎在陪养你这个人才时绝对花了很大的力气，我不想再让柳洪这个人掌握君子国的权力，否则君子国会在他的手中败亡，这绝对不是虚妄之言!”轩辕肯定。

雅倩自然知道轩辕所说的话的确如此，在她的眼里，柳洪根本就不够资格打理君子国的事务，而且太嫩了，更是经不起任何冲击和诱惑。若非尤扬为柳洪罩着，只怕君子国会更乱。但尤扬也是一个极有野心的人，只想柳洪成为他的傀儡，却没料到雅倩先一步下手，控制了柳洪，再在尤扬毫无防备中下毒，进而控制了尤扬，这才使得柳洪和尤扬不得不听雅倩的话。但说到斗智斗勇，雅倩唯在轩辕的手中显得束手无策之外，其他人根本就不是她的对手。那或许是因为雅倩自小所受的调教便是如何控制君子国。

“可是你不怕我当权后突然背你而去吗?”雅倩突然反问道。

“怕，我怕得要命，但我相信你不会，因为我知道你是一个有极强责任心且极富野心的女人，你不会愿意让别人控制你。而你若是主持君子国之事，并不受我控制，我们只是合作关系，是好朋友，除非你天生自甘下贱！”轩辕并不作隐瞒。

轩辕顿了一顿，又接着道：“当然，君子国也不会只有你一个人主事，别忘了我也是君子国的圣王，我还会安排一些人助你。”

“监视我吧？”

“可以这么说，当你向我证实你已真正与九黎和狐姬翻脸之后，君子国的权力才能够交由你，在你没有正式与九黎翻脸之前，我自然不能拿数千人的生命去作赌注！”轩辕并不否认，而且开出了条件。

雅倩又为之沉默，她自然知道轩辕是有条件的。因此，她很平静地道：“你直说，要我如何帮你？”

“我要使我的兄弟们恢复本性，脱离狐姬的控制！”轩辕沉声道。

“啊？”雅倩低低惊呼一声。

“有什么不妥吗？”轩辕冷问道。

“你认为我有这个能力？”雅倩微有些涩然。

“只要有你的帮助，我想我会有办法让他们恢复本性。”轩辕想到了桃红所说的一切。

“猎杀三十六使将会在近些时候向这边赶来，他们的目标却是龙歌，同时也会有人来助我控制君子国的力量，这一切，你就看着安排吧。”雅倩轻轻地嘘了一口气道。

“仍有三十六人吗？不是已经被我杀了几人吗？”轩辕讶然问道。

“你可以杀，他们自然也可以重新训练，这有什么好奇怪的？不过，你不要小看这三十六杀手，他们的身体得到药物的催逼，功力大增，与当初不可同日而语。”雅倩淡漠地道。

轩辕不置可否，因为当初他击杀那几名杀手之时虽然有些艰难，但此刻他的功力与当时更是不可同日而语。是以，他根本就不会在意雅倩所说的话。

雅倩当然不知道轩辕心中在想些什么，但她却以为轩辕是在担心那猎杀三十六使的实力难以对付，不由得心中有些不以为然。不过，此刻她竟对轩辕生不出恨意，因为她感到轩辕此刻是坦诚相待。对于她来说，或许真的只有轩辕才能够改变她的命运，事实上，她也对轩辕所述的理想世界动心了。

“如此一来，我要你先将这群来助你的九黎高手干掉，至于那猎杀三十六使就交由我去办好了！”轩辕自信地道。

对于剑奴的出现，尤扬的确感到很意外，意外之中又多了几分惶恐，他自然知道剑奴的剑术比之四大护法更为可怕，那是因为剑奴曾随柳静赴神族学剑，而且这数十年一直都在封神台练剑，其剑道境界之高在君子国中除了柳静之外，大概就只有跂通有与之一战之力，尤扬自问不是剑奴之敌。

其实，剑奴一出现，尤扬便已知道了事情不妙，那证明轩辕并未受制，受制的人只是柳洪而已。

轩辕绝对是一个可怕的对手，尤扬比任何人都清楚这一点，所以当他看到剑奴与柳洪双双出现时，就已感到事情糟了。

这是一个山洞，洞中空间还算宽阔，也极为干燥，在这夏日里，山洞中显得特别阴凉。

百合和丁香及思过诸人皆囚禁于此，柳庄与那一群剑士却不知道是囚于何处。

“剑奴！”百合诸人见剑奴赶来了，自然是惊喜异常。

“圣王呢？”思过也斗志大旺地问道。

剑奴未答，只是将提在手中的柳洪抛到一边，柳洪如一摊烂泥般瘫在地上，也不知道剑奴用了什么手法。

“你将王子怎样了？”思过吃了一惊，毕竟柳洪乃是君子国的王子，虽然此次犯了大错，但如思过这般的元老仍不得不关心。他与剑奴不同，剑奴与柳洪之间仅见数面而已，根本就谈不上什么感情之类的，所以剑奴绝不会在意对柳洪下重手。

“你敢伤王子？”尤扬怒吼道。

“任何对我君子国图谋不轨之人，我都杀，何况只是伤人而已！”剑奴的声音很冷。

思过和尤扬知道剑奴之语绝非虚言，剑奴本有四人，但已有三人战死，这四人可以说是族中的最高元老，所代表的只是整个君子国的利益。在他们的眼中，绝没有谁主谁仆之念，谁能让君子国强大，他们就支持谁，但谁若有不利于君子国的行为，他们也绝不会留情。论辈分，剑奴比女王柳静还高一辈，乃是上代女王柳摇红的剑童。因此，在君子国之中地位超然，的确没有什么他们所不敢杀的人。

“为他们打开牢门，我尚可以放你一马，否则休怪我剑下无情！”剑奴杀气腾腾地对尤扬冷然道。

尤扬心中极为矛盾，他知道以他的武功的确不是剑奴之敌，可是若他放出了思过诸人，哪还有机会立足于君子国？那他这么多年的心血也就全都等于白费了。当然，他是一个很明智的人，知道此刻不宜与剑奴对着干，因为无论是引来了族人还是不引来族人，对他都不会有半点好处，族人绝对不允许他私押思过，若没有招来族人，他更无法敌过剑奴手中的剑。是以，他只得打开囚笼之门，同时也跪下向剑奴认错。

剑奴乃是尤扬父辈之人，与尤扬之父也曾并肩作战过，是以，尤扬明白硬来不行，只好软求。

君子国，第一次召开全体子民大会，却是由轩辕和雅倩主持。

八大长老、四大护法已经只剩下四大长老、一大护法。

在这次子民大会前，轩辕首先便与除尤扬之外的三大长老交谈了一阵。轩辕身怀圣王之令，又得柳静女王之令，数位长老岂能不听话？何况，轩辕已得到了剑奴、思过和百合、丁香诸人的支持，连柳洪和尤扬也表示支持轩辕。

当然，三大长老并不知道柳洪和尤扬是迫于无奈才无条件地支持轩辕，因此，君子国的主要力量几乎完全支持轩辕统领君子国。

三大长老中唯一的女性乃是思过之堂妹思雨，另两位却是忠于圣王跂通的莫雷、鱼发，他们对轩辕的圣王令确认无疑，自然愿听轩辕指挥。他们并不知道尤扬和柳洪在暗中曾做过一些手脚，此刻众人之间并无芥蒂。

轩辕立刻提出将君子国重组，并解释用雅倩的意图，同时将丁香插入长老的位置，百合则担当护法之职，然后便将君子国的事务明细分工。众长老各司一职，不能越权，各长老的职务中事，护法有权细查，重大事件则需提出，由长老会讨论才得出结果。雅倩仍为圣女，因为除了轩辕和尤扬、柳洪之外并无人知道真相，柳静和跂通虽知，但他们如今生死未卜。思过和剑奴、丁香诸人也知，可他们绝对相信轩辕的安排。何况，轩辕如此安排等于将圣女的权力架空。圣女并无多大实权，只不过作为君子国的一个象征而已。当然，圣女也有自己的特权，却只是局限在某一范围之内，柳洪的权力却如圣女一样被架空。但他却无可奈何，没有尤扬的支持，他根本就无法斗过轩辕，何况此刻圣王令和女王令都在轩辕手中，众长老皆归服于轩辕，他大势已去。

尤扬很庆幸，轩辕并不追究其责任，而且仍重用他，他不得不心存感激，是以，他只好对轩辕忠心了，何况他知道轩辕的名气在下层剑士心中的地位很高。不可否认，轩辕已成为君子国子民们心中的英雄。这也不能怪别人，尤扬知道这只能怪自己当初为了对付雅倩而在君子国中散出轩辕的事迹，甚至有些夸大，所以无形中帮轩辕在君子国中建立起了极高的声誉，此刻想后悔也来不及了。何况，轩辕早被君子国的子民认同了，不仅仅是因为他是圣王及其深不可测的武功，更因为柳静说轩辕是来自神族，更是剑神传人。所以，君子国人都已认同轩辕，只要有这群长老们的支持，轩辕实际上已是君子国的真正首领。

君子国子民大会之上，轩辕宣布了各长老分管的职责，同时他更将君子国的一千四百名子民分成十四组，每组百人，各选出正副组长三名，一正两副，而且将君子国的剑士、妇孺、长老合理分配于十四组之中，以便统一调配，统一安排，同时也便于执行各自的任务，明确分工。

正组长一般取各组德高望重的人担当，这些人直接与各长老和护法交流，受长老们的安排。两位副组长，一位是自剑士中挑选，一位自妇女中挑选，剑士副组长专门负责组中剑士的调动分配、训练之类，而妇女则协助正组长安排组中的大小事务，但不负责剑士们的安排。然后各组再以家庭编户，分配极为仔细。

五大长老和两大护法不得不承认，轩辕的出现将整个君子国的局面都扭转了过来，本来凌乱毫无斗志的君子国子民，在一天之中变得有秩序、有目标，斗志变得更为高昂，因为每个人都知道该干什么，不该干什么，再也不会乱了秩序而浪费许多没有必要的精力。

事实也确是如此，君子国经受这次大劫难后，众人总免不了有许多颓丧之感，心神不定，而且这一千余人又毫无规章可循，都只是有一搭没一搭地做事，整个人都似乎失去了目标，又没有具体的组织。因此，这一路上有许多人独自去自谋生路，也有许多人到了常山后脱离大部队独自远走，因为这群背井离乡者看不到任何希望。

此刻，轩辕大刀阔斧地改革，一下子使得每个人心中都注入了无穷的活力，希望似乎也在此同时产生。虽然他们悲痛柳静和跂通的死去，但轩辕一席高昂的话激得每个人都热血沸腾。

轩辕有一个最大的优点，那就是能以自己的信心去带动大家的信心，以自己的斗志激活大家的斗志，使君子国子民的热情激昂到了最高点。

效果很易见到，就连雅倩也不得不佩服轩辕的能耐，也难怪轩辕以区区数百奴隶兄弟让强大的九黎损兵折将，而他的龙族战士更能迅速崛起，这一切绝对不是偶然。

一连五天，轩辕与各大长老不停地在人群中打气，也亲自与大家一起干活、训练，君子国的子民都感到了每个人内心和精神上翻天覆地的变化，无人不对轩辕涌起了崇高的敬意。这一切，全都是轩辕所带来的。

但强族需强兵，轩辕以训练龙族战士的方式对君子国的剑士强化训练，在体能各方面都以最高的要求去对待这群人，绝没有半点情面可讲，而这训练的任务却是交由莫雷负责。

莫雷也不能不心惊轩辕的训练方式，但是却知道这种方式绝对可以训练出超一流的战士，虽然有些残酷，但绝对是为君子国的强大作根基。如果这群战士真能达到轩辕的要求，那君子国绝对可以中兴、强大。

轩辕离开君子国于常山的驻点是离开癸城后的第十一天，与之一起的只有剑奴、跂燕和柳庄，以及柳庄所带的二十名一流剑手。百合本也欲跟轩辕同行，但却被轩辕留在君子国中，此时此刻，君子国最重要的就是休生养息，恢复元气。

轩辕有自己的打算，他既知花猛诸人去对付龙歌了，那他也便正好顺便去看看这热闹的聚会。不过，他只能根据传说去找寻龙歌的行踪……

太行山畔，陶唐氏也是一个极大的部落，陶唐氏本是神族一个强大的依附，与夏后氏、有虞氏、高阳氏和高辛氏并成为五虎族，但后来神族分裂，五虎族各成一支，分处不同地段。

陶唐氏土地肥沃，人丁极旺，虽比不上有熊，但也绝不能轻视。此地水路并非十分方便，但陆路却不差，更因地处南北太行山之间，是以一些西去采集之人和越过太行山的人多到陶唐氏所辖之地交易。

陶唐与有熊及九黎，其实呈三角分布，三族分处三点，但有熊所承受的压力要比陶唐氏大得多，皆因有熊族有个让人心动的传说，那就是伏羲大神所留的河图洛书中蕴藏的先天八卦密图与大神所留下的通天之术。因此，有熊族便成了必争之地，而陶唐却偷得偏安。

陶唐与有熊有交情，而且交情非同一般，其实五虎族与有熊的交情都极好，那是因为他们曾共属神族之臣。

叶皇到陶唐氏已经数日，但却并没有龙歌的消息，似乎龙歌根本就不存在，只是一个虚幻的影子，倒是闻听了有关于一群年轻高手的传说，抑或并不是一群年轻的高手。

鬼方的血鬼部和林胡两部曾在汾河河畔几乎全军覆灭，伤亡之惨重使得两部几乎是一蹶不振，这使得龙歌名声大震。但也有人说这并不是由龙歌所指挥的，而是由一队自西边来的高手所为。

有人说这可能是来自西部昆仑山王母国的高手，要知道，太虚王母乃是与女娲、伏羲齐名的绝世高手，同出自神族。因此，自然不会有人怀疑鬼方会在这群高手手中吃亏了。当然，也有人说这并不是来自西部的高手，而是有熊族分散于各地的高手聚合，与三苗并无多大关系。不过，传说始终是传说，消息传到陶唐氏极快，因为许多采集者和落脚之商在陶唐之地流动较大，所以这里流传有许多关于各地所发生的事，比如轩辕和龙族战士的事，比如君子国之事，在陶唐之地早已大量流传。

叶皇等人也是以落脚商的身份出现于陶唐，不过，他们始终密切注视着九黎人的动作，如果不是共工氏传来了重大的消息，叶皇定不想错过陶唐氏这热闹的集会。

共工氏传来的消息非常紧急，那就是火神祝融复出，对共工氏的生存造成了极大的威胁和破坏，已经有数十名共工氏的高手死于火神祝融的手下，就连柔水的兄长也身受重伤。

祝融氏与共工氏向来是宿敌，曾同为神族八圣的祝融和共工更是水火不融。只不过，谁也没有想到一直龟缩了数十年的祝融氏在突然之间张狂起来，而且来势如此之凶。

水神共工终于准备出手，于是便与火神祝融约定了决斗的时间。

这的确是一件惊心动魄的事，当世两大绝世高手相约决斗，对于任何武者来说，都是值得向往之事，何况祝融和共工都曾是神族八圣中的人物，其武功之高早在数十年前便已名震天下。不过，此刻为了各自族人的利益，不得不再一次出手。

水神共工几乎已闭关六十年，柔水已将其当作神一般看待。在共工氏中，水神共工乃是族人的保护神，只要有他的存在，就可保族人长盛不衰。

事实上，水神共工已经是一百多岁的高龄，在共工氏中，的确可算是老祖宗。从来没有人会想到，在水神闭关六十年后，又要请出老祖宗。

当然，对于共工这种绝世高手来说，活上一百多岁那的确是一件轻而易举的事，他们所差的便是悟透生死，如伏羲、女娲等大神一般破开虚空与天地同寿。不过，欲破开虚空与天地同寿，所需的不仅仅是武功，更需要拥有机缘，同时也要配以无上的智慧，方能悟透最后一层，破玄关而出。

水神与火神之战定在七月十五，这是天地间阴气最盛的一天，地点却是在归山之顶。

对于此事，叶皇和柔水的震撼的确很大，也使得柔水不得不返回共工氏主持大局。作为共工氏的公主，又是水神极为疼爱的晚辈，她实应该回去看看，叶皇本想仍留在陶唐氏，但是他不放心柔水和共工氏的事情，也只得将手中的事情交给郎氏三兄弟，同时也让他们去与轩辕取得联系。

陶唐氏与范林相去并不甚远，最妙的就是，龙族战士本就没有一个真正固定的据点，这也可以说是一群流浪着的战士，他们除了以最残酷的形式训练自己外，便是狩猎，同时也会进行交易，易回自己必须的东西，比如粮食、盐巴与一些兵器之类的，以便壮大自己的同时也储存足够的财物。

当然，龙族战士依然是分散训练，唯有贰负身边有两百名精选的战士，这是常备的战士，另外还有分布于各族的战士，那些人只是不定期地前来接受贰负的训练，另外的时间都在各族之中。因此，并没有多少人知道龙族战士究竟有多少人，就是如哈莫、蝎王、猛禽这样的内层人物都不是非常清楚龙族战士究竟有多少人，但他们却知道龙族战士的力量每天都在壮大，每天都有许多的小族依附于他们所属的小部落，于是龙族战士每天都在不知不觉中壮大。

真正清楚龙族战士究竟有多少人的，大概只有贰负和叶皇等有限的几人，因为每当龙族战士增添一个新成员，都要由其所在地的首领向贰负汇报，然后统一安排训练，这种方式却是出自于轩辕的脑袋。事实上这种方式的效果是显而易见的，这使得龙族在壮大的同时更保持着高度的神秘。

贰负和所有龙族的核心人物无不对轩辕敬服，也只有轩辕的脑子才能够想出这种绝妙的方式休养生息，而轩辕所用的训练之法更是使每个龙族战士以超乎常人想象的速度进步，无论是这群人的心智还是斗志、体能都提高到一个让人吃惊的层次，这才是龙族战士真正可怕之处。而此际天下风起云涌，龙族自然不甘寂寞。

贰负终于决定伺机而动，他在等，等待轩辕的归来。

时值盛夏，在森林密布的原野之中，有些闷热，这里的道路都极为曲折，因为森林之中太多荆棘，这些所谓的路只是在荆棘和灌木丛中开辟的窄小道路。

自常山到陶唐氏的水路并不通畅，陆路只能以步行的方式通过，根本就无法通车。而在荆棘丛中更有很多毒蛇、毒虫。

离开君子国营地，轩辕走了两天方到陶唐氏，不过他并无意进入集市，让他感兴趣的，不仅仅是龙歌等一群高手的行踪，还有另一种叫作马的动物也让他大感兴趣。

其实轩辕也并非第一次见到马，在以前，他也见过多次，但却因为野马奔跑的速度极快，竟被它们给逃了。当然，就算轩辕射杀了其中的一匹，但却只是一具尸体而已，从来都没有被轩辕弄到活的。

轩辕这次却发现了成百上千的野马聚于山谷之中悠闲地啃草，那种感觉确有些惊心动魄。最为惊心动魄的却是当千百匹野马喷鼻嘶啸，向谷口和山野中奔驰时，犹如潮水一般，长鬃后飘，蹄声更是震得人心神摇曳。

轩辕更感兴趣的却是发现在群马之中突然多出一个人来，三十开外，灵动犹如一匹奔腾的野马。

此人手中拿着一根长长的绳索，绳索的顶端似乎有一个套子，这群野马便是被此人所惊动。

跂燕简直不敢张眼去细看此人被群马踏于蹄下的惨景，但此人在如潮水般的野马群中竟穿插自如，纵跃如飞。

“那人在干什么?”柳庄惊讶地问道。

“你们在这里等我，我去去就来!”轩辕将大弓向背上一负，对身边的剑奴诸人稍作叮嘱，身子如一只林鸟般向群马追去。

轩辕不仅对这群野马感兴趣，对这个人也同样有着浓厚的兴趣，因为他发现这个人的目的似乎是生擒其中的某匹野马。

马群逐渐散开，原野也更显得平阔，只有几匹野马依然奋蹄而驰，尘土高扬半空。

轩辕狂追了十余里，却发现那人已经翻上了马背，手中依然拿着那根绳套。不过，一头已经套在马脖子上，那人在马背上颠簸犹如置身于惊涛骇浪中的一叶小舟，似乎随时都有倾覆的危险，但那人依然死命地抓紧马的鬃毛，以稳住自己的身子。

轩辕掠走的速度比野马的速度在短距离中要快，但他却并不欲立刻现身，因为他想看看这人究竟意欲何为。

噗……那人终于自马背上翻落在地，野马发起狂来再次加速，只见那人全身犹如装有弹簧似的，一落地便迅速弹起，但野马突然加速，使他的身子一个踉跄横撞上一棵树干。

那人惨哼一声，欲将绳索绕树而缠，但野马的速度太快，根本就不给他时间和机会，再次将他拖倒在地。

那野马腿长身高，神峻至极，不过此时也似发了怒，拖着那人飞奔。

那人似乎绝不肯松手，双手死拽着那根绳索，整个身躯在地上被拖得如纸鸢一般，偶尔以脚在某根树干上撑一下，似想阻止野马的狂奔，但却无济于事，反而身子被撞得四下狂跌。

轩辕暗暗心惊，却知道这人是想活抓这匹野马，不过看来却是难以成功，反把自己陷进去了。轩辕让这人那股狠劲给打动了，事实上这人奔跑的速度也能赶上野马，否则这十余里他也不会一直追着马后狂奔。

轩辕蓦地加速，身子犹如飞鸟一般自树枝之上狂掠。

“畜牲！哪里走？”轩辕大喝一声，身形飞投至野马的前头，阻住野马的去路。

野马似乎野性大发，哪里会把轩辕放在眼里？疯狂地向轩辕没头没脑地举蹄便踏。

轩辕一声轻啸，他怎会将一匹野马放在心上？身子一偏，竟一下子抓住了拖着那汉子的绳套。

野马双蹄落地，一声长嘶，竟然硬生生地止步，因为它根本就无法拖动稳如山岳的轩辕，轩辕手臂上的力量何止千钧？

那被拖了几里路的汉子几近昏迷，但仍死死地抓住绳套，不过此刻因绳套突住，身子不由得翻滚了两下，呻吟声中却发现立如天神的轩辕。

野马见无法逃脱，扭头便向轩辕冲来，那犹如铜铃般的眼睛瞪得血红，似乎要噬人一般。

轩辕想不到这畜牲如此凶，在那野马再次举蹄来踏之时，他双手疾伸，竟将野马的双蹄抓住。

野马大概也不会想到自己这最有效的攻击武器竟被对方轻易化解，这更激发了它的野性，张嘴便向轩辕咬来。

轩辕没料到野马会有此招，不由得心中又惊又好笑，双臂一运力，竟将野马掀翻在地。

那被拖得遍体鳞伤的汉子此刻也爬了起来，却为轩辕那惊人的神力给震住了，他还从来都没有想过有这样将野马制住的方法。

野马一声狂嘶，背脊着地。

“不要这样，它会死去的！”那汉子惊呼。

轩辕可不管，他其实根本就不在意这匹野马，因为以他的武功和功力，区区一匹或一群野马根本就不算回事。

“这位兄台不碍事吧？”轩辕扭过头来，向那汉子问道。

那汉子身子不高，短小精悍，只着一条短裤，身上肌肉如铁，腿极粗却是生满浓密的黑毛。但这汉子并没有理会轩辕，只是抢着将绳套一头系于身边的一棵大树之上，这才不理那野马的挣扎，向轩辕感激地道：“谢谢公子相救之恩，在下并无大碍。”

“你要抓这野马干吗？用弓弩射杀岂不是省事多了？也少受些苦。”轩辕不解地问道。

“公子有所不知，我们正是需要活马，我们是想驯服它们做坐骑，以它们的体力和速度，比那群鹿之类的定会强上许多，更比牛的速度快得多，而野马的力量更不会比牛差。因此，我们族人便想驯养这些畜牲，这才需要活捉它们。”那汉子并不隐瞒。

“驯养它们？”轩辕有些惊讶。

“是的，我们族人已经花了十多年来观察这群野马，基本上已经熟悉了它们的习性，但始终无法捕捉到一匹活着的野马。今日若不是公子出手相助，大概我仍只能是空手而归了。”那汉子无可奈何地道。

“不会吧，十多年都没有抓到一匹活着的野马？”轩辕难以置信地问道。

“事实的确如此。”那汉子苦笑着回答，同时扭头向那匹野马望去，又道，“它们总是成群出没，我们已有数十名族中勇士死于它们的铁蹄之下。虽然我们挖陷阱、设伏，但却无济于事，要么便是弄断了它们的腿，断腿之马自是等同于废物。”

轩辕想不到要抓一匹野马也这么难，不过想到刚才那成百上千的野马疯狂奔走的场景，心中也有些微微震撼。在那种情况下，的确心生有力难施之感，也难怪他的族人被野马踏死。

野马在惊嘶，但却无法挣脱绳套之缚，此刻野马似乎也意识到了轩辕的可怕，竟不敢对轩辕发动攻袭，只是红着铜铃大眼瞪着轩辕，像是在戒备着。

那汉子望着野马心中又爱又恨，又望了望轩辕，不由开口道："公子，这野马对你极为畏惧，如果由公子驯服它大概会事半功倍，不如这马就交给公子好了。"

"我驯服它？怎么驯？"轩辕奇怪地问道。

"如果公子能以武力制伏它，骑上它的背而不被其摔下，直到它不挣扎之时，就表示它已经服了你，甚至终生都会认你为主人。"那汉子似乎对马性极为熟悉，无私地向轩辕讲解道。

"哦，会这么简单吗？"轩辕有些不敢相信，又道，"让我试试吧！"

那汉子大喜，忙将绳索解开交给轩辕，道："公子也不能对它太过粗暴，适时而止那才是最好的！"

轩辕接过绳索，心中涌起了万丈豪情，暗忖道："如果连这匹野马都驯服不了，还有脸去见人吗？"

野马见绳索解开，立刻开始挣扎，轩辕却一声长啸，飞身掠上了马背。

跂燕诸人正等得心焦之时，轩辕却已骑着直喘粗气的野马缓缓踱来，马旁却跟着刚才套马的汉子，只不过绳套此刻却在轩辕手中。

剑奴和柳庄诸人都瞪大了眼睛，弄不清楚怎么回事。

跂燕更是欢呼着奔近轩辕，但是却被那马一个喷鼻吓得倒退数步，只逗得众人又是稀奇又是好笑。

"来见识一下我收服的坐骑！"轩辕欢笑着跃下马背高声道。

那马并不因轩辕落下马背而焦躁，只是轻轻地喷着鼻息，温驯地紧靠着轩辕。

"这位是我新认识的朋友盖危，他是来自盖山氏的勇士！"轩辕拉过那立在马旁有些怯生生的汉子道。

盖危有些拘束地向众人点点头，却不说话。

众人最初都见盖危那灵活的身法和奔走如疾马的速度，都不敢小看这个瘦巧而精悍的汉子。

“呀……”一名剑士突然惨哼一声，竟自马屁股之后跌了出去，显然是被这马重重地踢了一脚。

“阿虎，怎么了？”柳庄望了望那名龇牙咧嘴的剑士，惊奇地问道。

“这畜牲踢了我一脚。”那叫阿虎的剑士愤然道。

“马的屁股是不能摸的。”盖危忙道。

众人这才知道阿虎是心中好奇时，伸手拍了一下马屁股，这才挨了一脚，不由得哄然大笑。

“它很凶啊！”跂燕指着那高大的野马皱眉道。

“野性未除，当然凶喽。”轩辕也笑了起来，然后便与众人讲起刚才驯野马的经历，只让众人听得意兴盎然。

轩辕接受了盖危的邀请，去见其族人。

盖危似乎极为激动兴奋，因为他知道眼前的年轻人竟是名动君子国、威震九黎的轩辕，而眼前这群人更是来自君子国的高手，兼且盖危还听说过关于龙族战士的传闻，所以他显得极为兴奋。

轩辕对盖危也很有好感，只看他那股狠劲和不屈的韧性，便知这个人是一个极有个性的人，而轩辕更感兴趣的却是盖山氏对马性的熟悉。

第七十九章　弱肉强食

盖危的言语让轩辕知道盖山氏对龙族极为向往，有依附龙族的意思，所以轩辕对盖危自是欢迎。如果有盖山氏为龙族战士训练出一批战马来，那时候只怕九黎和东夷的鹿骑营也不是对手。

野马比野鹿膘肥粗壮，更为高大，马背之上的空间比鹿背上的空间大，而且在纵跃和灵动性上，战鹿与战马相比却要相去甚远。同时，战马自身也具有攻击力和冲击力，这对敌人的威胁极大，而战鹿却绝无法达到这种效果。因为它的体形根本经不起冲击，如果说单只论速度，战鹿或许可以与战马一较长短，但战争之中，速度只是取胜的一个条件，若在速度上再多一些因素，自然是胜算更大。

想到那数以千计的野马，轩辕的心便开始雀跃，大自然真是神奇，这些野马竟也如人类一般群聚而牧。对于这样的马群，便是虎狼也不敢轻迎其锋，那铁蹄之威便是轩辕都有些心惊。

领路的盖危突然停步轻嗅，神色间露出一丝紧张而又有些惶恐的神色。

“发生了什么事?”轩辕也发现了盖危的表情，不由惊奇地问道。

“刚才定是有沚曲人从这里经过!”盖危肯定地道。

轩辕见盖危的鼻翼在翕动，不由讶然问道：“你嗅出了他们的味道?”

剑奴神色也为之一紧，他自然也知道沚曲乃鬼方十族的一部，实力之强大几可与九黎相比。在鬼方十族之中，只有荤育部、刑天部和山戎部比沚曲强大，其他各部却是相去甚远。但是轩辕却有些奇怪盖危为什么如此肯定刚才有沚曲人自这里经过，而他却没有嗅出一点异味来。

“我得赶快去通知族人小心，我想沚曲人定是又来找我们麻烦了!”盖危担心地道。

轩辕一向自诩嗅觉灵敏，但也并未发现什么特别异常的味道，不由问道：“你怎能肯定他们刚才自这里经过？”

“沚曲人无论老幼都喜食一种带异香的草，而这却是外人难以下咽的东西，但这种香味也很独特，经常吞食这种草的人，他们身体会生出一种体气，如果不是清楚内情之人绝难知道其中的玄秘，而我天生就对这气味极为敏感，所以我可以肯定他们刚才自这里经过！”盖危解释道，同时加快了脚步。

轩辕诸人也是半懂不懂的，但却大概明白了是什么意思。

轩辕心头一动，沚曲人来到此地应当不会仅仅是为找盖山人如此简单，忖道：“如果鬼方真的来了大批人马的话，那说明龙歌可能真的已经到了陶唐氏的地域，或许连刑天也来了，这也不是没有可能的事，只不知道东夷族又来了多少高手？”

“那你能不能根据气息找到他们的所在？”轩辕突然开口问道。

盖危肯定地点点头道：“正因为我能够找到他们的行踪，所以他们极欲除掉我和我的族人！”

“那好，我就是想知道他们在哪里！”轩辕喜道，旋即又道，“我相信他们这次前来定不是对付你的族人，而是对付有熊族的龙歌王子！”

盖危听到轩辕这么肯定的说法，不由得有些将信将疑，但他却听说过有熊族龙歌王子的传闻，又对轩辕极为敬服，凭他的敏锐直觉，几可断定轩辕绝对是个深不可测的高手。既然有轩辕在旁，他也便减少了许多疑虑，点头应允。

轩辕并不觉得马儿好骑，不过他此刻已经掌握了骑马的窍门，那种推浪式的波动正是一种规律。只要依照这个规律去相应运动，也便会轻松省力多了，以他这样的武功若要掌握这一些技巧那的确是一件轻而易举的事。不过，对于马首的方向依然不好控制，所以轩辕并不打算骑马前去，那样对于他来说更容易暴露行踪。

柳庄带着跂燕及十五名剑手由盖危找一个极隐秘的山洞等候，而轩辕则与剑奴及另五名剑手在盖危的引领下迅速赶去。

那是一片河谷，其实也不能算是河谷，只因为此刻这里只有一条小溪，大概是因为春天水涨，或在山洪暴发之时冲出的一片狭长的平坦之地，所以并不能算是河谷。

这里并无大树，但却有浑圆的石头，怪石嶙峋，几顶牛皮帐篷横搭于山脚之下，依盖危所说，这里便应是沚曲人的驻点。

轩辕仔细地打量着那河谷中的环境，此刻他所在的地点却是河谷对面的山坡之上。他并不想太过靠近对方，因为他清楚地感觉到，在对方的营帐之中存在着极厉害的高手。目前他仍不想与对方发生正面冲突，那对他并没有好处。

“公子，你看，那里似乎有人向河谷靠近！”盖危突然指着对面山头那片微有些晃动的茅草道。

轩辕和剑奴举目相望，果见对面茅草林中的动静，若不是轩辕看到了隐隐的衣影，还真会认为只是野兽在潜行。

“似乎并不止一人！”剑奴补充道。

轩辕自然知道不止一人，他一向对自己的眼力颇为自负。是以，他也看到了十余条人影悄悄地向那河谷中的营地靠去。

“似乎是沚曲人的敌人，否则的话这群人不应该如此小心翼翼！”轩辕肯定地道。

“沚曲人应该有数十人之多，这么几个人能有什么大的作为？”剑奴显然也发现了这群人的人数，不由不屑地道。

“不要小看了这群人，如果这群人敢向沚曲人挑衅的话，应该有些实力，自不会有人傻得去送死。只看这群人行动之小心，就知道他们并不是不清楚沚曲人的实力！”轩辕认真地道。

“公子教训得是。”剑奴点了点头，受教地道，他虽然剑术绝佳，但却将一生的大部分时间留在了封神台那弹丸之地，根本就没有什么机会接触战争，甚至更多的人。是以，对于武学之外的东西，他根本无法与轩辕相比，而轩辕的一切战斗经验都是自实战中得来的，自小便靠狩猎为生，岂是剑奴这靠别人猎食之人所能比拟的？事实上，剑奴对轩辕的智慧绝对信服，因为他的思想本身就比较单纯。

“如果他们与沚曲人打了起来，我们要不要去趁乱捣上一回乱？”阿虎出言道。

“见机行事，我们此刻没有必要与鬼方为敌，毕竟这与我们并不相干。”轩辕说完心中盘算着，他知道自己虽然与鬼方交过手，但那却是迫于形势，真正恨他的人可能只有土计和刑天，因为他杀了土计的弟子吸血鬼和刑天之弟刑月，但对于鬼方的其他人，与他没有发生什么冲突。倒是东夷与他已形同水火，只凭他杀了童旦，伤了帝恨及数百九黎战士，便已与东夷结下了不解之仇。而且，他又与渠瘦和花蟆人数度交手，更杀了对方不少高手，东夷人绝对也不会放过他。

当然，轩辕并没有想东夷人放过他，打一开始，他便在与东夷人周旋。在这强者生存的年代，他终会去面对更强大的敌人，这个世间的真理便是森林之法则——弱肉强食。其实，他也知道，终有一天会与鬼方开战，但如果能够将这个时间延续，待他真正强大之时，那自比此刻就去招惹这个大敌要强得多。事有先后轻重缓急，此时的龙族正在发展之中，实不易太多地树敌。轩辕此刻做事自不能凭意气用事，他所要考虑的却是那群跟随他的人的利益，生命并不只是他自己的。

此刻的轩辕已不同于往日的轩辕，正因为他也随着环境不断成长，不断地成熟。

“果然是沚曲人！”盖危指了指两名在小河中取水的人低声道，同时抬头向轩辕望去，他却发现轩辕只是呆呆地望着那微微晃动的灌木发呆，竟似乎没有听到他说话。

“公子，你怎么了？”盖危顺着轩辕的目光望去，却见那灌木丛中一颗脑袋缩了进去，不由得惊奇地问道。

“怎么会？怎么会？”轩辕仍似乎未听到盖危的问话，只是在喃喃自语。

剑奴也发现了轩辕的异样，不由得一拉轩辕，惊奇地问道：“圣王，你怎么了？”

轩辕一惊而醒，望了望剑奴，又望了望盖危，突然露出狂喜而激动的神色道："我认识对面山头那批神秘人！"

剑奴诸人大愕，却不明白为何轩辕如此激动，就算认识那些人又有什么了不起，怎值得如此失态？当然，他们并不知道如何去说轩辕，只是感到不解和惊讶而已。

"那我们要不要去帮他们？"阿虎试探着问道，他自轩辕的神态中似乎觉察到了一些什么。

"当然！"轩辕毫不犹豫地道。

剑奴和盖危诸人再次愕然，刚才轩辕还说见机行事，不宜招惹沚曲人，但此刻他好像突然忘记了刚才所说的话。

"那群人是圣王的朋友吗？"剑奴试探着问道。

"他们不仅是我的朋友，更是我的好兄弟！"轩辕说话间，身子已经开始向对面山头掠去，神色间的激动和欢欣之色不但没有减少，反而更加明显。

轩辕的反常只让所有人都不解，但却只得跟在轩辕身后向那边山头靠去。

轩辕心头的激动是无与伦比的，刚才那张面孔他实在太熟悉了，甚至不知多少次出现在他的梦中。

虽然他距那边山头极远，但他仍然看清了，那竟是白夜！已经有一年多未曾相见的有侨勇士白夜。

轩辕绝对不会怀疑自己的眼睛，但却有些怀疑这是在梦中，否则的话怎会在这远离故土数千里的地方再见到这群自小玩到大的伙伴？那日轩辕与巨蛇交战之时，白夜便在他身边，这个人虽然对蛟龙极好，但却并不是一个讨厌的人。此刻轩辕清醒地知道自己不是置身梦中，所以他才会激动，才会欢欣。

轩辕心中雀跃，白夜既然出现在这里，那黑豆呢？竹山呢？还有蛟梦、木青……还有蛟龙，此刻他一点也不恨蛟龙，哪怕向蛟龙低头，他也不会皱眉。只有在离开亲人、离开故土之后，才知道亲人和故乡是多么重要，是多么亲切。或许只是因为轩辕这一年多来都是在生与死的边缘挣扎，尤其是落难之时，故乡和亲人的记忆更是亲切。所以，他无法让自己不激动，他甚至在想，这群人见到他会有什么表情？想到这里，另外一个问题也同样出现在轩辕心中。

“白夜为什么会在这里出现？他是来对付这些沚曲人的吗？难道他也和自己一样身不由己地离开了族人？但他又凭什么去对付这群比他人数多的沚曲人呢？”轩辕心中迅速盘算着这些问题，但目光却并没有离开河谷和白夜所潜藏的地方。

沚曲人显然也设下了哨口，以便监视四周的动静，不过这些人所立的位置却是河谷的四角。他们之所以将营扎于此处，大概是因为取水方便，而且不用费太多的力气去伐木找营地，比在别的地方扎营防敌更方便一些。

轩辕的确没有看错，那群神秘的人物正是白夜、姬成、姬山及竹山，其中还包括少典氏的四神将之一姜昆，蛟梦、蛟龙也在其中，一行十二人。这股实力的确应属强大，这群人全都是精英高手。

木青被沚曲人掳走，是因为木青为了掩护同伴这才被掳走，所以蛟梦绝对不会不救木青。

木青被掳走之时，蛟梦并不在场，但木青乃是有侨族年轻一辈中最为杰出的人物，比之蛟龙都有过之而无不及，或许是因继承了其父的天分，在剑道上的修为已经直追蛟梦。兼且，其人品极好，极具正义感，也很得族人喜欢，甚至于可以说是有侨族长的继承人。这次掩护其他兄弟撤走的行为更让族人深受感动，不过这之间的许多事还要自有侨和少典结盟谈起。

同为有熊分系的两族结盟已经有八个月之久，而这一切却是因为有侨族那神秘的来客，也就因为那神秘的来客，将有侨和少典引上了与鬼方诸族斗争的旋涡中。

此刻，姜昆和竹山及蛟龙三人以神不知鬼不觉的行动潜至那几名哨兵的身后丈许，借树干相掩，而蛟梦却已拉满了弓，准确地对准那名离山脚稍远的哨兵。在白夜诸人将要潜近那顶帐篷之时，蛟梦松弦，竹山、蛟龙和姜昆犹如出林之豹标射而出，在三名哨兵尚未来得及反应之时，便已勒住其脖子，稍一用力，那几人的脖子立断，连惨叫声和惊呼声也没有来得及发出。

蛟梦的箭准确得让人吃惊，在那人欲惊叫之时，利箭已穿喉而过。那哨兵的声音涌到喉间立刻变为沙哑的呵呵声，但只是挣扎了一下，即刻断气。

白夜和姬成诸人再不犹豫，身子疾滚出山林，借河谷中的石头相掩向营地靠去。

蛟梦疾步跟出，此刻，他心中涌出了无尽的战意。对于汕曲人，他并不是十分在意，因为他自探子的口中得知，这次汕曲王曲妙和两大护法曲终和曲靖并未亲来。在汕曲人当中，蛟梦唯一担心的便是曲妙，此人在鬼方高手排行榜中能列入第六位，比之鬼方八杰更要厉害，而两大护法的武功应是跟蛟梦在伯仲之间。因此，只要这三人不在这里，蛟梦就有足够的信心对付这群人，虽然对方占了人数上的优势，但兵贵在精而不是多。

蛟梦在靠近营地之时突然感到有些不对劲，不对劲是在于他感到一股浓烈的杀气犹如滚滚浪潮一般向他罩来。

姜昆突地驻足，脸色显得有些难看，他也清楚地感觉到这股浓烈的杀机。拥有如此杀机之人，绝对是一个不世高手，可探子不是说曲妙并未来吗？那前来之人究竟是谁呢？

噗噗噗……一阵剧烈犹如擂鼓的心跳之声突然响起，犹如一面巨大的皮鼓置于水中，被人疯狂地敲响，而蛟梦诸人则成了水中的鱼儿。

这不是心跳声，但又确实是心跳声。姜昆骇然地捂住胸口，却无法压住狂跳的心。这股震动似乎是来自灵魂深处，又或是内心深处的某个魔魂复活了过来，而使得心躁动起来。

蛟龙的脸上血色尽褪，唯蛟梦在深吸口气后强以功力使心跳稍稍平复，但他却骇然发现身边诸人心脏部位的衣衫在跃动，一颗颗心脏几乎是呼之欲出。

白夜和竹山惊骇着倒退，这犹如恶魔般的震动其实早就已经在他们的心底烙上了深深的印象，他们到死也不会忘记。

“是他，一定是他!”蛟龙捂住狂跳的心脏，惊骇地道。

“是谁?”蛟梦也发现蛟龙表情的异样，不由得问道，姜昆的表情也同样有些惊讶。

“就是那唤出神龙的魔头!”蛟龙对当初那晚的怪异之声记忆犹新，因为那的确是极为惊魂动魄的一晚。

蛟梦脸色也变了，他自然知道蛟龙所说的是谁，正是那晚唤出神龙的鬼三，而那晚感触最深者便是蛟龙、雁菲菲、白夜和竹山等几人，而轩辕便是在那晚葬身于巨蛇之腹，却没想到在这个地方竟会再遇到那魔头。

蛟梦自也见过那晚鬼三惊世骇俗的武功，自知根本就不是其敌，心头不由大急。

白夜和竹山诸人自也清楚了此刻所面对的对手，所以他们立刻自营帐边撤退。

“想走吗?”一声长长的冷笑，一道红影犹如闪电一般自营地之中掠出，直扑白夜和姬成诸人。

蛟梦和蛟龙诸人对这道红影并不陌生，正是去年引出神龙且与歧富交手的鬼三，无论是速度还是气势都有着让人无法挑剔的精彩，但这种精彩却是很要命的。

嗖……蛟梦知道自己根本就来不及出手相助，但他却知道以白夜和姬成几人的武功绝难挡住鬼三这雷霆万钧的一击，所以他射出了手中的箭。

箭快，但鬼三的身形更不慢，箭对鬼三似乎根本就不存在威胁，因为当箭射来之时，鬼三的身形早已移开。

蛟梦也为鬼三的速度所震撼，更没想到自己的箭竟追不上鬼三的速度。不过，蛟梦旋即又有了另一种惊讶，同样是一支利箭。

这支利箭似隐带风雷之声，只是射在白夜和鬼三之间的虚空，更不存在任何目标，但鬼三却一声怪啸，身子向侧里斜翻。他必须这么做，因为他若不改变身法和冲势的话，就必定会撞上那支利箭，这支箭似乎已经算准了他的速度和他掠身的弧迹。因此，这看似没有目标的箭才是最为可怕的杀招。

蛟梦本身就是一个了不起的高手，最开始并未意识到这支神秘之箭的精妙所在，但当鬼三突然翻身让开之时，立刻意识到这不知来自何处的一箭是如何的绝妙，如何的神奇，更让他吃惊的却是这一箭之中似夹带着开碑裂石的霸烈气势。

白夜和姬成诸人迅速退开，他们也感觉到了鬼三给他们所造成的压力突然之间一轻，若是此时不退，只怕再没有机会了。他们并不是一群不识时务的人，对于如此强敌，他们绝不会贸然出击，那种结果他们其实心中早就知道。他们不畏死，但若死得不明不白，却并非他们所愿。

蛟梦和姜昆不再犹豫，以极速出招，他们心中很清楚，如果不缠住鬼三这强敌，以其神鬼莫测之速，只怕他们今日来的所有人将会尽成阶下之囚。

当然，若对方只是鬼三一人，他们并无所惧，问题是沚曲人仍有高手在，而且人数又占着极大的优势，怎叫他们不担心？

蛟梦知道今次可能是失算了，失算了这里居然还存在着一个如此可怕的对手。

鬼三心中也惊，惊的是这射出暗箭之人竟然能够算准他的行动，由此可见，这潜在暗处的敌人也绝对是一个可怕的高手，单凭这一箭的气势就可以知道。但蛟梦的剑，他避无可避。

只因那一箭使得鬼三的身形停滞了瞬间，其实只要有瞬间的时间便足够蛟梦做很多事情。

嗖……那营地之间飞射出一阵乱箭，却是向白夜、姬成诸人射到，显然是沚曲人也知道有敌来犯，此刻哪会客气？

蛟龙的身子翻出，借河谷中的大石头之利，在石隙中滚过，同时手中的玄竹剑轻而易举地挑散了射来的利箭。

“呀……”几声惨叫自营帐边传来，那群沚曲人注意的只是河谷中的敌人，却没有想到在山坡间仍有潜伏的敌人，竟被一阵来自山坡高处的劲箭射得阵脚大乱，伤亡了七八人。

山坡之上树林极密，再加上灌木和草丛，根本就无法分清敌人是潜藏于哪个地方，沚曲人只得根据敌箭射出的方向还击，但这却根本无济于事。

白夜和竹山诸人一会合，立刻就地向营地极速冲去，他们所寻求的是近身相搏，否则让沚曲人占了优势，乱箭相缠，那的确是一件极为麻烦的事。何况，鬼方地处极北的高原，箭术极为惊人，虽然他们都是族中最优秀的战士兼猎手，但也不一定便能比沚曲战士的箭法更精明厉害。

对于沚曲人来说，近身搏击却是弱项，因为他们所处之地多为广阔的草原，根本就没有什么高山峻岭，也不存在洪荒的古森林。是以，白夜诸人无论是身法还是速度都要胜过沚曲人，而且对于腾挪纵跃的灵活度，更是沚曲人难以比拟的。皆因白夜诸人自小便在山林中与猿猴相戏，每天都须翻山越岭，这使得其体能和动作的灵活度有着沚曲人无法比拟的优势。这大概也是鬼方人无法攻破有熊族的封锁线，而不能控制河内各族的原因。

不过，这些年来，鬼方人大概也意识到这方面的缺陷，所以在这些方面也加强了训练，是以近年来鬼方也是高手辈出，此际更是蠢蠢欲动征服河内诸族。

蛟梦的剑犹如一片浮动的云彩，包括他自身也幻成了一抹白云，浮过虚空，给人以美丽洒脱到极点的震撼。

剑，本就是一件艺术品，而好的剑法不仅仅会杀人，更能给人以美的享受。事实上，杀人也是一种艺术，有人杀人如屠夫宰猪，而有人杀人却如美人拈花，这是两种不同的境界，虽然目的和结果是相同的，但各自的修养绝对不同。而蛟梦本身的修养就已经达到了极高的境界，所以他使出的杀招也带着梦幻般的凄美。

“好!”鬼三也忍不住叫了声好，他并没有必要吝啬自己的赞美。不过，他并不在意蛟梦的剑，这是他的自信。

鬼三一向都极为自信，是以他出手的招式是那么悠闲，但其速度之快几已达到了匪夷所思的境界。

蛟梦发现自己的剑并不能阻止鬼三的动作，他甚至清晰地感觉到，如果他仍要继续使出这一招的话，鬼三的爪子会先一步掏空他的心窝。

武学之道，没有什么真正的花巧，一切都只有一个目的，击倒对方!而这之中最重要的便是快、准、狠，如果你永远都能保证比别人快一步，那么你就足以立于不败之地。鬼三更是武学宗师级的人物，他自然看出了蛟梦剑法的玄奇精奥，若单论剑法，蛟梦的剑法确是无可挑剔，所以鬼三化繁杂为简单，以直来直去的速度和功力制胜，这正是他的长处也是蛟梦的弱点。

鬼三的修罗鬼手本就属于极为阴狠的武功，此刻化繁杂为简单，竟然唯剩杀招，而且招招夺命。

蛟梦确实对鬼三的攻击有些意外，虽然这一剑或许可以击伤鬼三，但他所付出的代价将是生命。是以，蛟梦绝对不想做这样的蠢事，他只得将剑招使出一半后回撤救护，而且身子倒踏两步，与此同时，姜昆的巨斧已自他身边破空而至。

轰……鬼三竟硬生生地一拳击在斧面上，一切的动作利落灵动至极，也准确得骇人。

姜昆竟被震得倒跌出六步，手臂几欲折断，那巨斧险些脱手而出。

鬼三未再继续攻击，而是撤步，如一团旋风般绕过蛟梦的剑，眨眼间已到了蛟梦的身后。

蛟梦心中极惊，他自然知道鬼三已经到了身后，那几缕风声他自然能够清楚地辨出。他并不欲转身，但却必须回剑，依然如行云流水一般，飘逸轻灵之中蕴含着强大的杀机。鬼三的武功之怪确有些超乎他的意料之外，虽然他已经将鬼三看得够厉害的，但双方一旦交手，才发现自己原来仍低估了这个可怕的对手。

哧……蛟梦发现自己的剑竟如同刺入了坚硬的岩石中，竟是被鬼三以那如僵尸一般的爪子所钳住，而鬼三的脚也在此时踢了过来。

蛟梦大惊，却不肯松手，唯有出脚与鬼三相对。

轰……蛟梦身子一阵狂摇，噔噔噔倒退出五步才稳住身子。

鬼三也松脱了蛟梦的剑，禁不住退了一小步。毕竟他所抓住的剑锋不好用力，所以在这狂震之下，只得让蛟梦的剑松脱。

嗖……蛟梦一声惨哼，在他刚刹住身子欲再举步攻击之时，竟有一支暗箭射入他的肩头，而鬼三此时得势不饶人，飞身再攻，幻出漫天的爪影封锁了蛟梦进退的所有方向。

蛟梦大惊，姜昆也大惊，但他欲救不能，因为鬼三的速度实在太快，而且想救也是心有余而力不足。

蛟梦疾退，这是在作垂死挣扎，如果他的肩头不受伤，倒并不担心鬼三这一轮攻击，但此刻他的肩头却受了伤，而鬼三又有了必杀之心，他唯有暗叹："吾命休矣!"他根本就没法与鬼三比速度，欲躲也不能。

蛟龙诸人此刻已经靠近营帐，他们甚至没时间注意蛟梦二人是否遇险了，在他们的心中，对蛟梦极有信心，何况还有姜昆与之相配合。不过，此刻就是蛟龙诸人知道蛟梦遇险了也是枉然，他们更是来不及回救。

呼……一股强大无伦又炽热无比的气劲犹如风暴一般突然刮起，又像是突然赶至的一个巨大浪头，直挤入蛟梦和鬼三之间的空间。

蛟梦身形无法自制地被这汹涌的气劲冲得飘向一旁，他本来疾退的身形成了踉跄横移，而在他的感觉中，身前突然多了一团熊熊燃烧的烈焰，充满狂野生机、霸烈而炽热的烈焰。

轰……鬼三所带起的千万爪影完全击落于这团烈焰之上，四面八方犹如网罗一般无法尽束烈焰之中燃烧的生机。

火焰一缩变为一个火球，然后再突然扩张，如长江大河般倾泻而出的力量毫无阻隔地冲击在鬼三那虚实难测的爪影之间，那本来让人眼花缭乱的爪影瞬间爆散成破碎的气流逆冲而去。

鬼三的身形也无法控制地倒射而出。

火球震裂，火星在奔散的气劲中，在疯狂四射的沙石中犹如漫天的流萤，化出一片凄迷。

鬼三飘退两丈而立，便已看清火球后的身影，不由得骇然轻震，微微惊讶地低呼："是你!"来者正是曾与鬼三有两面之缘的轩辕。

"是我，想不到我们又见面了!"轩辕静立如岳，豪气飞扬地淡然笑道，那伟岸的身躯在卓立间自然迸射出一派王者之气，霸烈而又傲然。

鬼三脸色微变，他绝没有想到会在这里遇到轩辕，而且轩辕一出手就将他逼退，这让他想起了在封神台之时，轩辕竟以一人之力硬拼四大绝世高手，反而将童旦震落绝崖深渊，又在一招间重创风绝，那是何等的功力和神勇，此刻再遇轩辕，鬼三打心底生出了惧意，对这个高深莫测的年轻人的畏惧。不过，他也知道轩辕正是来自蛟梦一族，轩辕的出手自是情理之中。

蛟梦呆住了，眼睛瞪得如铜铃，像是一个从未见过世面的傻子，定定地望着气概不可一世的轩辕，几疑此际置身梦中。姜昆并不认识轩辕是谁，但他对这个突然出现的年轻人有着与鬼三同样的震骇，不仅仅是因为轩辕刚才那有若鬼魅的身法，更因为轩辕那诡异而超霸的功力。若轩辕是一个四五十岁的中年人，拥有如此修为，他或许还能接受这一切，但轩辕却是如此年轻！他心中惊骇的，还有自轩辕身上散露出来的王者霸杀之气，使他有种不敢大声喘气的压力。

这是一股自然存在的压力，或是来自内心的震撼，来自外在的气场所引起的情绪波动。

轩辕一袭灰衫，紧身而扎的腰裤并没有半点火灼的痕迹，背上依然交叉插着一刀一剑。

“轩辕，真的是你吗?”蛟梦的声音中多了一丝激动，多了一丝狂喜。

“不错，这里就交给我好了，梦伯去帮助蛟龙他们吧!”轩辕心中不敢有丝毫的波动，因为他知道鬼三绝对不是一个好惹的角色，此刻他实不宜太过有情绪的波动，那只会被鬼三有机可乘。

蛟梦望了望已一年多未见且生死未卜的轩辕恍若隔世，他的确没想到轩辕还活着，更没想到轩辕会在他生死之分的最紧要关头出现。

轩辕的确已经长大了，无论是气势还是表情之中，多了一份往日所没有的高度自信，更有着一种让人心折的气度。只简单的几句话，便有着让人无法生出抗拒之心的力量。蛟梦发现轩辕真的变了，再不是一年多前有侨族的那个另类少年，再不是往日沉默寡言、落寞独行的轩辕，但也变得更让人无法揣测，只看他那双深邃得像是孕育着整个世界的眼睛，就知道轩辕比一年前不知道改变了多少。

鬼三冷哼一声后，竟在怪啸之中如一团火影般向河谷的对面飞掠而去。

鬼三竟选择不战，这的确是一个很大的意外。不管是轩辕，还是蛟梦，都感到大为愕然，皆不明白为什么鬼三竟然不战而退。但轩辕却不想追，一来是因为鬼三的速度太快，二来也因即使能够追上，也不会占到太大的优势。因为他还需去面对洀曲人，如果鬼三就这样离去，他更少了一个强敌，也好专心对付洀曲人，所以轩辕没有追，尽管以他的身法自不会比鬼三慢。

剑奴诸人也全都加入了战团，面对鬼方的人，他并不想客气，毕竟他也曾代表神族的一员。而盖危对洀曲人更是恨之入骨，阿虎那五名剑手对轩辕的吩咐是唯命是从，既然洀曲人是轩辕朋友的敌人，那他们自然也杀得不亦乐乎。

当然，洀曲人也并不是好惹的，不仅在人数上仍占了些优势，之中更有几个极为厉害的高手，蛟龙也只有挨打的份，剑奴却是应付有余，以一敌二仍然丝毫不乱。

蛟龙和白夜诸人都感到有些意外，不过却大为感激，如果不是剑奴出现分去对方两个最厉害的高手，只怕此刻他们的十人中已有几人倒下。不过，此刻仍好不了多少，只有挨打的份，已有两人受伤，连白夜和竹山也难幸免。

蛟梦和轩辕知道此刻不是说话的时候，立刻加入战团，轩辕更呼啸着如一道风影一般掠过，背上的刀长吟一声，自动弹出鞘外，化成一道虚幻的长虹划破长空。

蛟梦几疑自己看花了眼，但这的确是轩辕的刀。其实，已经分不出轩辕和刀，刀便是轩辕，轩辕亦即是刀，人刀合一，全都化成一道长虹，一道轻风，而此刻这道长虹已没入了营地之中。

惨叫声从这一刻起变得野性、狂烈、密集。

是因为轩辕的刀，蛟梦可以说从未见过如此快的刀，如此快的身法，竟然没有人能够抗拒轩辕两刀，没有人能够让轩辕的身子稍顿半刻，这简直是洀曲人的悲哀。

轩辕所过之处，那群洀曲人全都受伤倒地，但却没有一人死在轩辕的刀下，这群人的伤或轻或重，有的被震伤，有的被砍伤，有的被封住了穴道。

泚曲高手迅速自营地中冲出，但看到营外的景象不由得全都呆住了。鬼三不战而走，仅留下他们，他们根本就不敢想象如何与轩辕抗衡。

有几人亲眼见到鬼三不战而走，斗志早去，哪里还敢与轩辕交手？也迅速逸去，轩辕所到之处，泚曲人纷纷避走，没有人敢轻迎其锋。轩辕整个人便像是一柄无坚不摧的利刃，强大的气势几乎让人喘不过气来。

“撤!”泚曲人终于知道大势已去，只要有轩辕在，他们几乎没有可能出现胜望，虽然所有人的力量加起来比轩辕强大，可是谁能够与轩辕比拼速度呢？只要轩辕没有被缠住，那他们的末日就不是很远，而鬼三又不战而走，根本就没有人可以成为轩辕的对手。

鬼三并不想与轩辕交手，那是因为他始终记得在封神台上轩辕那有若天神般的表现，那是他切身所体会到的。所以，他比任何人都怕面对轩辕，试问，能在一招之间将风绝击成重伤，这是何等的武功？而且能以一人之力击败四大绝世高手，单凭土计和风绝这两人任何一人的力量都不会逊于他，而童旦也不会相去很远，但轩辕却能在一招之间，在这四大高手的联击之下将功力最弱的童旦击飞于深渊中，这是何等的功力？是以，鬼三此刻单独面对轩辕时，他确实没有勇气与之对抗，唯有选择一走了之。

鬼三当然不知道当日封神台上的轩辕与此时的轩辕实有着极大的区别，那是在一种特殊情况下才能够发挥出如此惊人的功力。而现实之中，轩辕却再难拥有那日的功力，除非他真能够完全突破龙丹的障碍，与之合为一体。

轰……轰……一阵惊天动地的巨响由远而近，整个山谷都似乎在摇晃，在震动。

这突然而来的声音让轩辕都为之色变，而这种声音对于他来说，也并不陌生，不由得惊呼道：“快撤!”说话间迅速为剑奴接下那两名高手的攻击。

剑奴并不明白发生了什么事，但这种声音却让他想起了君子国在地火发生前那毁灭性的震荡，其实君子国的几名剑手也都联想到了同样一个问题，是以在轩辕这样一呼之间都迅速向山坡上狂掠而去。

蛟梦并没有离开的意思，因为木青未曾救出，他怎能就此撤离？有侨族的儿郎们都没有撤走的意思。

轩辕却已急了，吼道："还不快走?！泥石流与山洪来了！"

轩辕如此一吼，声震五岳，所有人闻言都不免吃了一惊，若说是泥石流和山洪来了，这怎么可能？此刻是晴天，如果换了昨日说这话或许还有人相信，因为昨天曾下了一阵暴雨，此刻若说有泥石流涌来，实难让人相信。

"木青在他们的手中！"蛟梦也呼道。

此刻有侨族的儿郎们才发现这个挡者披靡之人竟是在他们心中已经死去了的轩辕，所有人都禁不住震骇和吃惊，只看那群人呆若木鸡的样子，确实让人发笑，但轩辕此刻却没有心情笑。

"轩辕，你没死?！"白夜和竹山齐声欢呼，刚才因为轩辕的速度太快，他们竟未曾看清其面目，此刻一看清，怎叫他们不欢呼雀跃?

蛟龙脸色阴沉，当他发现这挡者披靡的神秘高手竟是已经死去了一年多的冤家轩辕时，心中的感受实在是难以描述，而这种感觉却是外人完全无法理解的。

轩辕不仅仅是他的情敌，更影响了他的前途，就是因为轩辕而使得雁菲菲不嫁，也使他失去了有虢族继承人的资格。如果说轩辕死了，他自不想再与一个死人计较，且轩辕死得壮烈，连他也不得不佩服。在他的心中，容下一个死人还是没问题的。这一年多来，在没有轩辕的日子里，他对轩辕的恨意已经逐渐磨灭，可是此刻突然知道轩辕没有死，那种感觉可想而知。

"你们先走！"轩辕向蛟梦诸人吼道，那群泏曲人也迅速向另一边山坡上冲去，他们对轩辕已经生出了强烈的畏怯心理，而头目又下了撤退的命令，他们巴不得早点离开这个鬼地方，离轩辕越远越好。是以，他们顾不了已经受伤的同伴迅速撤离。

轩辕再不理众人，飞身投入营帐中，既然木青被这群人所擒，很有可能就在营帐之中，他自不能让木青就这样死去，否则他也会对不起青云。是以，他以最快的速度破帐而入。

蛟梦自然也跟在轩辕之后冲入那几个营帐之中。

“真的是山洪！”白夜和姜昆不由得惊呼，这里是一个河谷，而它的上游却是一条极陡的河道，当他们发现那汹涌的怒涛滚来之时，山洪只距他们十数丈远。

蛟龙诸人的脸色全都变了，包括那已经快到山坡的剑奴等人。

剑奴等人自然不惧这山洪抑或是泥石流，因为他们所在的地方不会受到多大的冲击，但是身在河谷之中的轩辕诸人又是另一回事。

“快走！”蛟龙高呼，再也顾不了这许多，抽身便向剑奴诸人所在的方向冲去。此刻他们大概也知道了情况不妙，面对如此狂暴的山洪，人力的确显得有些单薄，那高达数丈的浪头卷着巨石和断木挟着万钧力道汹涌而来，若是被这浪头卷去，休想活命。

蛟梦也大吃一惊，此时才知道轩辕的话并不是吓唬人的，但他却不明白这种天气之下怎会有泥石流山洪暴发，即使要出现也应是昨日。虽然这件事情令人有些费解，但蛟梦却没有时间细想，向轩辕吼道：“快走！”他也知道若在这种情况下再去闯破其他几个营帐，根本就不可能有时间，那样只可能被巨大的浪头卷走。

“你先走！”轩辕不理蛟梦，如果蛟梦不曾告诉他木青可能在这些营帐之中，轩辕绝对会立刻抽身而退，但这一刻却又是另一回事。他的一切也可以说是木青所赐，木青是他的大恩人，而且他与木青的关系一向都极好，同时又答应了青云，他怎能弃木青而不顾？当然，他自小便在瀑布山洪中练功，对山洪和泥石流的认识绝对比别人更为深刻，以他此时的功力，面对这山洪，也并不觉得很可怕。

第八十章　凌空虚度

蛟梦一看，山洪那巨大的浪头犹如硕大雕鹏的魔嘴，急速地吞噬河谷中的一切，距他也只有七八丈远，他根本就没有多余的时间考虑，此刻他也顾不了轩辕或是木青，极速向山坡之上掠去。

“圣王!”阿虎和剑奴也都大声惊呼，在这种情况下，轩辕仍要不顾一切地去搜寻另外几个营帐，可谓是不知轻重，不爱惜自己的生命。

盖危有些不忍目睹轩辕被巨涛吞噬的场景，却为轩辕不顾生命危险去搜救伙伴的精神所感。

有侨族的儿郎们没命地向山坡上纵跃，对于这奇怪的山洪，他们想都不敢想被其吞没会是怎样的后果，也根本没有机会回头看看河谷中的一切。

轩辕终于冲入最后一个营帐之中，里面却是空空如也，有的只是一些凌乱的杂物，或者可以说这之中根本就没有住人。

此刻轩辕心中突然有所悟，以这几十个泏曲人，根本就不需要这许多营帐，而此地的营帐竟有几十个之多，显然只是虚张声势，但他们为什么要弄此假象呢?

轩辕没有机会细想，巨大的浪头已经吞没了他所在的营帐。

蛟梦还未能赶到山坡边，巨大的浪头已经向他卷到。

“接着!”盖危突地一声暴喝，那根套马之绳已经急速抛出。

蛟梦大喜，急忙抓住绳套，巨浪立刻将他卷起，但他却觉得身子飞速向距有数丈远的山坡射去。

哗……蛟梦发现自己已破开浪涛，身子凌空被提起，不由得一声长啸，翻落于山坡下安全之地。

白夜和竹山诸人险些被巨浪卷走，但却被剑奴和阿虎诸人拉住，这才险险避过一劫。不过，轩辕和那数十个营帐已经深深地淹没于洪流中。那巨大的浪头依然以雷霆之势向河谷下游急速推进，而在巨浪之后的水面则稍微平静一些。

“轩辕……”“圣王……”白夜和剑奴诸人不由得惨呼，正在此时，那巨浪与第三层浪谷之间的水面突然哗的一声炸开，一道灰影犹如冲天云雀破水而出。

“圣王!”剑奴大喜呼道。

“轩辕……”有侨族的儿郎们又惊又喜，但见这几乎不可能的事情真的是轩辕所为，又不由得有些难以置信。

姜昆也瞪大了眼睛，但他知道这破开水面犹如天神般的灰影正是轩辕，而且在轩辕的腋下似还夹着一个人。

轩辕的身子拖起一蓬亮丽的水花，一升再升，竟犹如攀登天梯一般，在力竭欲坠之时，以左脚轻踏右脚脚面，身形再次升起，如此连续数次，竟距水面达七八丈之高。

所有人都为之震撼，或许只有剑奴显得平静一些，因为剑奴曾在封神台见过满苍夷的绝世身法，是以此刻轩辕虽然升上如此高空，却并不是太过惊讶。若是自河谷底部算起，这浪头之下的水面至少有丈多深，这般加起来，轩辕的高度应在十丈左右，而此刻他的腋下竟仍夹着一个人，这的确让人有些匪夷所思，除剑奴之外，所有人都怔立当场。

“圣王!”剑奴高喝一声，顺手折下一根断树枝，甩手向轩辕射去，在轩辕身子欲落之际，断树枝刚好已到其脚下。

轩辕一声长啸，足尖在那截横穿近二十丈虚空的树枝上轻轻一点，身子借那微薄之力再次向山坡斜掠。

剑奴双手连甩，树枝如一支支劲箭般破空向轩辕射去，而且都准确地在轩辕力将尽时送至其脚下。

蛟梦此刻惊醒，大喜之下，也学着剑奴甩手射出树枝，以使轩辕在空中能有借力之处。

轩辕也确实十分了得，身子在虚空之中连踏树枝，犹如飞鸟一般直向山坡上横飞而过。

当剑奴甩出第二十根树枝，蛟梦甩出第十根树枝之时，轩辕已稍显狼狈地落脚于山坡上，脚步着地时，一个踉跄，险些摔倒，他怀中的人也重重落在地上。

“圣王!”剑奴竟比蛟梦快一步扶住直喘粗气的轩辕。

“轩辕，你没事吧?”蛟梦很快赶了过来，关切地问道。

轩辕深深地吸了一口气，身上仍在滴水，显然是刚才虚耗真气过甚，半晌才回过神来，摇摇头道：“没事!”

“不是木青大哥!”蛟龙诸人此时才发现那被轩辕挟上岸的人竟是沚曲人，不由得有些惊讶地叫了起来。

蛟梦的脸色也微微变了，扭头望了那正在呻吟之人一眼，惊奇地问道：“这是怎么回事?”

阿虎等几名君子国剑士护在轩辕身边，他们对轩辕倒是极为忠心，虽然明知这群人是轩辕的朋友，但仍然要防一手。

轩辕抹了一下脸上的水珠，脸色微有些苍白，并未回答蛟梦的话，只是向四周机警地扫视一眼，沉声道：“你们可能中了沚曲人的计，木青大哥根本就不在河谷的营帐中。如果我猜测没错的话，沚曲真正的高手此时可能正在某个暗处看着我们狼狈的样子，这山洪也定是他们弄的鬼!”

蛟梦的脸色刹那间变得极为难看，便连姜昆也不例外，白夜和竹山诸人更是立刻箭上弓弦，准备一战，唯蛟龙冷哼着不置可否。

“轩辕怎会有这个想法?”蛟梦深深地吸了口气，他毕竟是一族之长，绝不是遇事便慌了手脚的人，此刻他甚至来不及询问轩辕为什么还活着，这一年究竟去了什么地方，怎会拥有如此绝世的武学。因为他所关心的并不只是某一个人，而是所有人的安危，因此，他不能不放弃那极具诱惑力的问题而询问轩辕正事。

轩辕的话自有一种让人不得不信的气势，或许是因为他那超凡脱俗的武功，或是那逐渐磨砺出的王者霸气慑服了人心，所以，此刻轩辕的每一句话都显得极有分量。

“单凭河谷之中的那些人，根本就用不了这许多营帐，即使每人住一个帐篷也足够，这种浪费力气的事有必要做吗？如果有必要，那定是疑兵之计。之所以疑兵，是因为他们算准你们定会前来救人，这才设下如此多帐篷。这样既不便让人搜索，也不利于我们找到目标。只要我们想尽搜所有帐篷，他们就有足够的时间制造这山洪。在这种天气制造山洪，定是他们在上游造了大堤，如果我估计没错，他们可能以为你们会带来大批人手，那样，他们制造这场山洪暴发所花的力气也就值得了。但他们想错了，却没料到你们只来了这么一些人。可能是因为我的出现，他们才不得不依计划制造这山洪，而他们的人定在河谷附近准备对我们这群疲兵大举攻击，以达到一举歼灭我们的目的！”轩辕悠然地坐下缓缓分析道。

“那我们该怎么办？”白夜忍不住出言道。

蛟梦脸色数变，点头肯定地道：“轩辕说得没错，我们本来的确是准备大举来战，但后来有另外的事待办，这才只有我们十二人前来。”

“如此说来，在你们的队伍中定有内奸！”轩辕肯定地道。

“你的话只是在危言耸听，想……”

“蛟龙！”蛟梦脸色极为难看地打断蛟龙的话，叱道。

蛟龙却不敢与蛟梦顶嘴，只得悻悻地瞪了轩辕一眼。

“那我们此刻该怎么办？”蛟梦吸了口气，向轩辕问道。

“静观其变，修心养息，争取最短的时间能恢复最多的战斗力，各人分守周围重要的位置，对任何风吹草动都要仔细观察，而且要不露痕迹！”轩辕沉声道。

蛟梦抬头四处望了一眼，只见四周都是密林，的确无法发现敌踪，在这种环境之中如果处在被动状态只怕唯有惨败一途。轩辕的话正是化被动为主动的唯一办法，只有引来敌人强攻，那便可化被动为主动了。

“就依轩辕的吩咐，各司其职！”蛟梦沉声吩咐道。

“阿虎，你们也不要闲着，只需剑奴和盖危留在我身边就行了。”轩辕吩咐道，他知道，凭蛟梦还指挥不了阿虎诸人，这群剑士在君子国之中也都是精英之旅，人人心高气傲，只服轩辕，自然并不太在意蛟梦和蛟龙这些人，只是因为这群人是轩辕的朋友，他们才会好言以对。

蛟龙心中虽然懊恼不已，对轩辕是一百二十个不满，但却不敢在蛟梦的面前表露出来。而且，以轩辕那惊世骇俗的武功，更是他望尘莫及的，即使是轩辕的这群手下也没有一个不是高手，尤其是剑奴，只看那气势，便知这里除轩辕之外，大概只有蛟梦可以做他的对手。由此可见，今日的轩辕已再非一年前有侨族的轩辕了，但这一年之中究竟是什么使轩辕改变这么多呢？蛟龙虽满心的疑问，但却无从问起。轩辕此刻已经闭目调息，似乎进入了半梦半醒之境。

剑奴也在轩辕身边抱剑而坐，唯盖危为轩辕拿着大弓，表情极为沉着冷静，他知道轩辕已经将他视为自己人，而能为轩辕办事却是他的骄傲。不过，此刻他身上也有一些小伤，这是被战马所拖。不过，幸亏他皮坚肉厚，肌肤如铁，否则只怕早已伤痕累累了。当然，此刻盖危身上的伤势并无大碍。

蛟梦和姜昆一把提起那名呻吟的泚曲人，移到一边审问去了，留得轩辕在这里清静。而白夜和竹山等十余名战士将箭弩全都备好，分守在方圆三十丈内的各要点，只要一有动静，就立刻可以相互呼应，迅速发出攻击，同时也借各种外物掩护休息。此刻，每个人心中都充满了斗志。

蛟龙则带着几名兄弟四处设下小巧的机关，对于他们这群惯于野外生存的人来说，哪怕只有一枚小针，也足以设成要命的机关。所以，蛟龙也绝不会浪费每一点人力和时机，这是作为一名优秀猎手最起码的准则。

蛟梦对这泚曲人的审问很快便有了结果，所得的答案果然与轩辕的推测基本相同，但当他得知泚曲人竟动用了近百好手来对付他们之时，心中便充满了忧虑。

此刻己方便是加上轩辕与剑奴等也只不过二十人，而泚曲人竟拥有五倍的人力，如果这场仗需要硬碰的话，蛟梦感觉不到一点希望的存在。就算他拥有轩辕这个不世高手，但泚曲人也同样拥有鬼三这类的高手，而且此次的主使人正是泚曲族两大护法之一的曲靖。

曲靖，绝对可算得上是个极为可怕的高手，蛟梦没有信心能胜过曲靖，这人乃是鬼方八杰之后的杰出高手。

蛟梦知道轩辕所猜并没有错，沚曲人以为他们会大举来犯，但却没想到此次来的只是十余人而已。事实上，如果有侨族真是大举来犯，此刻伤亡绝对会大得多。曲靖这一百多名好手本就是为了蛟梦那大批人马所设，只不过他没有料到此刻蛟梦所带来的人少得可怜。

此刻，蛟梦绝对相信轩辕的推断，在他们之中出了奸细，这才会让曲靖能够清楚地掌握到他们的动态，而布下这个陷阱。

事实上，如果不是轩辕突然出现，根本就不用那场山洪，就能让蛟梦等人全军覆灭，那是因为鬼三的存在，单凭鬼三这个可怕的高手就无人能敌。是以，轩辕的出现实是等同于救了蛟梦等十二条人命。而蛟梦此刻也明白，他所谓得到的有关于沚曲族的消息也应该是不真实的。同时，若不是轩辕预先提醒是山洪涌来，只怕此刻能够逃过此劫的人也没有几个。

轩辕自小便是在瀑布和山洪之中练功，是以对这类声音极为敏感，一听到这声音，就知道是山洪即将涌来，这才提醒了所有人。

蛟梦和姜昆来到轩辕的身边，望着正在凝神闭眸的轩辕，心中涌起一种莫名的感觉，尤其是蛟梦。因为他是看着轩辕长大的，可是一直以来，他却始终无法看透轩辕，甚至有一段时间他认为这是一个堕落的人，可后来事实证明他错了，轩辕不仅未曾堕落，更在暗中自强不息地苦练武学。无论武功和智慧，这个有些另类的年轻人都是有侨族中最好的。

轩辕那光秃秃的脑袋之上仍有几颗晶莹的水珠，那种感觉让人想笑，但却没有谁能够笑得出来，谁都明白此刻事情的严重性。

蛟梦轻轻地叹息了一声，轩辕的打扮依然有些另类，他自不知道轩辕的头发是被火神的烈火神功所烧，再加上地火的热力，使得头发尽数脱落，而并非轩辕故意这样装扮。不过，就算轩辕是一副另类的打扮，但其周身散发出来的气势是不可否认的。即使静坐，也有着稳如泰山般的气势，整个人静若深海，让人完全无法猜透其内心的任何情绪，只有一股无形的生气在涌动，在膨胀，又像是在吸纳虚空中那些虚无的流质。

“他们来了，让大家小心了！”轩辕突然间开口，倒让蛟梦吓了一跳，他刚才想问题想得太入神了。

轩辕突然睁开双眸，眼中闪烁着深邃难测的精芒。

剑奴先一步立起身来，他似已经感应到了轩辕心中所想。

盖危也同样立起身来，因为他已经嗅到了那种奇怪的味道，而这正是泚曲人所独有的。他知道大战即将来临。

轩辕的目光却是投向河谷，河谷之中的水流已经减缓，但河水却比之最初要深了一些。如果想自河水中蹚过，并不是一件容易的事。

轩辕心中却有了办法，身形迅速向河谷之中掠去，手中却拿着盖危套马的绳索。

林间，战云密布，蛟梦的神色冷硬如铁，他已经感应到了那山雨欲来的压力，但是他却仍在等待，等待最佳的一刻到来。

泚曲人果然已经等得不耐烦了，而此刻蛟梦诸人已经恢复了元气。事实上，轩辕所布下的策略的确是最佳的。如果他们一开始便贸然撤退的话，此刻大概已经中了敌人的伏击，甚至是全军覆灭，至死都不会明白是怎么回事。但此刻却又是另一回事，他们只要稳守着这方寸之地，将敌人引出来，再打乱对方的阵脚，也不是没有逃生的可能。

当然，这将是极为艰苦的一战，皆因泚曲人有着比他们多五倍的实力。这对于任何人来说都是一个很难承受的数字。

蛟梦自然知道为什么泚曲人会如此在意他们，为何会不惜代价来对付他们，皆因他们让血鬼和林胡两部吃了大亏，其中的另一个原因却是因为他是有熊族的分系，更是龙歌的战斗力。

是的，那能够让有侨氏和少典氏结合的人，正是龙歌，也只有龙歌才有这个分量和力量。此次来的并不只有少典氏和有侨氏的勇士，还自其他的几部之中也抽调了一些高手，这一行人，组织成了一百五十多人的超强组合，然后一路东进。这支队伍更不断地壮大，而后分三路向有熊进发，每一队的实力都足以抗衡一个强部的攻击。

少典和有侨两部所组合的精英更是这群战士中的精英，也是最勇武的一队。一路上，竟使鬼方铩羽而归，更让东夷族也吃了几次亏。

由于这批人分成了三路，也使得鬼方和东夷摸不清龙歌究竟是跟随在哪一路，只好将实力分散来对付每一路人马，而他们最主要的目的也便是龙歌。

而少典和有侨两部所面临的攻击力便要大得多了，因为他们的锋芒太露，几乎引来了对方大部分的攻击力，对方很多人都以为龙歌一定是由这一路人护送。所以，鬼方一路追到陶唐氏附近，务必要截下龙歌。陶唐氏距有熊族本就不远，如果再错过机会的话，只怕再也没有机会对付龙歌了。而当初对付圣女凤妮时，他们已经失策，那是因为圣女凤妮所选的道路太过接近东夷诸族，鬼方几乎很难插手，而且也被九黎人给算计了，这才失去了俘获圣女凤妮的机会。

这之中自然关系到一个传说，抑或并不是传说。在鬼方和东夷人的心中，他们并不当这是个传说，那就是伏羲所留下来的河图洛书及神门的钥匙，这是谁都想得到的至宝，谁不想拥有至高无上的力量？谁不想成为继伏羲之后通天入地的不死之神？就算是能够得到关于先天八卦的一些皮毛，便足够让人享用不尽。这当然是一种诱惑，同时也是一种威胁。

如果让有熊开启了神门，获得伏羲那通天入地的武学，这个天下将会成为有熊族的，到时另外一个强大无匹的神族崛起并不是没有可能。那时候，东夷、鬼方甚至三苗也都要臣服于有熊族。当然，三苗或可例外，因为他们本就是与有熊唇齿相依。所以，最不想河图洛书合一的便是东夷和鬼方。是以，他们也必定会不惜一切的代价来毁掉龙歌，毁掉龙歌身上的河图。

当然，如果能够夺得河图那是最好的结果，所以鬼方已经调动了极强大的实力来组织这一场阻击战。

蛟梦曾是有熊族的后裔，又是一族之长，自然听过这个传说，所以他也意识到了这件事情唯有以血方能解决，除此之外再没有另外一种更好的办法。是以，他清楚沚曲人绝对不会放过他们。

“哎哟……”有人落入了蛟龙所设的机关中。

蛟龙匆忙中所设下的机关并不算太过繁杂，是以杀伤力也不是很大，但足够让一些人失去战斗力。

嗖嗖……数十支劲箭自不同的方位和不同的角度射出，更借树枝的掩护，立刻将那群茫然不知身在何处的沚曲人射得惨叫连天，前行的步子立刻缓了下来。每个人都依附着树干，小心地注视着四面的动静。

白夜诸人巧妙地借树身树枝的掩护放箭，那群人在进入了射程后依然懵然不觉，这才使得白夜诸人箭无虚发。

哗哗……白夜诸人犹如松鼠一般自树干上跃到另一根树枝上，以极快的速度在身子移动中再次射出一轮劲箭。他们绝对是极优秀的猎手，在移动之中由于方位和角度的改变，原来无法出现在视线中的敌人，在此时也全都暴露于箭矢之下。

那群沚曲人似乎没有想到有侨战士竟如此勇悍，而且箭术如此了得，身子在空中移动时箭矢也准得骇人，立刻又有十余人中箭而倒。

白夜诸人在山林之中的活动，绝对不会输给猴子，身子灵活得让人叹为观止。在他们的身子跃到另一棵树干之时，双脚急速钩住树身上横出的枝干，如长尾猴一般身子由下划过一道圆弧荡起。当身子荡上树干之上的最高点时，第三轮劲箭又射了出去。

有侨族的儿郎们似乎都拥有着这般超乎寻常的战斗力，便是君子国那几名剑手也大为惊叹，他们绝对想不到世上会有如此灵动的箭术，如此机敏灵活的打法。不过，他们除了大弓之外还有弩箭，这补充了他们在身法上的不足，但他们的杀伤力比之有侨族的儿郎却要逊色了许多。

蛟梦的箭绝没有一支虚发，四支连珠射出，便是四人倒下，那力道之猛也让人心胆俱寒。

沚曲人一上来便死了三四十人，却连敌人的影子都未曾遇到，这让他们的心里都有些慌乱。

嗖嗖……沚曲人也立刻还以颜色，但却已是迟了一些，蛟龙诸人连发三箭之后立刻估到对方会还击，所以在出其不备的情况下一击立躲，同时也趁此时再扣箭上弦。

林中箭雨乱飞，但落空居多，因为白夜诸人所选的位置都是经过精心计算的易攻易守之位，哪是这群仓促来犯的沚曲战士所能比的?

而在这群沚曲战士一碰上机关露出身形之时，立刻成为弩箭的活靶子。在山林之中，对于白夜诸人来说就像是在自己的家中一般轻松惬意，而对于沚曲人来说，却有些缚手缚脚。不过，在沚曲人当中也有一些高手，又占着人多的优势，虽然有所死伤，但依然丝毫不停地向蛟梦诸人逼近。这群人当然知道，若双方在林间进行暗杀，相互对峙，吃亏的绝对是自己。他们必须将人多的优势发挥出来，那就得进行近身相搏。是以，他们借树干的掩护迅速向前逼进。

所幸，鬼三似乎并不在这群沚曲人当中，如果鬼三在的话，只怕此刻早已突破了白夜诸人利箭的防线杀了过来。

既然鬼三不在，蛟梦也稍稍松了口气，他所惧怕的人，就是那武功深不可测的鬼三。当日连那神龙都难奈鬼三何，可见其武功达到何种地步，实非一般高手所能比拟。

本来是沚曲人欲伏击蛟梦诸人，此刻却变成了沚曲人遭受蛟梦诸人的伏击，整个战局似乎有点异样，也显得对蛟梦诸人更有利。当然，这个有利只是相对而言的，沚曲人仍有六七十可战之人，至少也是蛟梦诸人的三倍多，蛟梦诸人又凭什么战胜这群实力强大的敌人呢？

“撤！”轩辕突然出现在蛟梦的身边。

蛟梦一惊，有些愕然地问道：“如何撤？”

“我已在河中系上了一根绳子到对岸，只要我们渡至对岸，就可迅速逸去。此刻他们的力量已经基本上聚在这边，对岸的十几个伏兵我已经解决了！”轩辕自信地道。

蛟梦大惊，但又不能不佩服轩辕的能耐，竟能在如此短的时间内将对岸的十几名敌人全部解决，且留下退路，这的确是个最佳的策略，也难怪刚才没见轩辕前来助战。

“撤！”蛟梦立刻向身边的人密传口令，调回人手，迅速向河谷处靠近。而轩辕则与之正好相反，拉起大弓直向沚曲人逼去。

轩辕的脚步发出一种惊人心魄的闷响，在地面上犹如巨斧伐木一般，一步一声砰的大响。而且脚步并非以直线踏出，竟似踩出花来，左移右晃，手中的箭矢以最快的速度连珠射出，几乎没有人可以挡得了他的箭。

他的箭像是长了眼睛一般，只射对方要害，甚至透过树干，射杀躲在树干另一面的敌人，那种无可抗拒的威胁只让人心胆俱寒。

当轩辕一连射杀四人时，已有一敌迎面扑来。

轩辕一声长啸，大弓脱手甩出，挽起一股强霸的旋风直向扑来的敌人撞去。

那人也是一声长啸，手中的长枪化成漫天枪雨向轩辕洒落，他也是一开始便丝毫不留手，因为他感到面前这个秃着头顶的年轻人确实是他所遇到的最为强悍的对手。不过，他却没有躲避的意思，事实上也没有躲避的可能。

轰……枪影散漫成星星点点的斑痕，轩辕的大弓也裂成三截，连弦丝也在所难免。

轩辕大吼一声："轩辕在此，谁敢不让?!"大吼声中，轩辕已身随刀起，化成一道冲天长虹，疯狂地向那使枪的汉子劈落。

林间立刻陷入一片肃杀的宁静之中，天地似乎因为轩辕那一声狂吼而改变，也似乎因轩辕这一刀而静止。

声未落刀已落。

那使枪的高手在震碎轩辕的大弓之时，根本就没有机会重整枪势，整个人便已被轩辕刀锋中所夹的杀气紧裹其中。

轰……那汉子双手举枪，硬架轩辕这一刀，但身子却不由自主地噔噔倒退五步，撞断一棵小树，再退一步，然后随着折断的小树轰然倒下，双手各握一截枪身。

轩辕犹如天神一般横刀而立，双眸之中闪过无限幽冷而肃杀的寒芒，浑身犹如罩上了一层无形的魔火，散射着逼人的气势。在他的身边更似有一股无法停竭的旋风，将地上的小草、沙石吹得轻轻飞舞，而他的衣服也是在无风自动地飘扬着。

所有人都为轩辕这一刀给镇住了，天空中突地飘下无数被割碎的树叶，犹如千万只绿色的蝴蝶，翩翩起舞，又像是一阵绿色的雨雾，使得每个人的视线全都变得模糊起来。

没有人会不知道这千万片碎叶是轩辕刚才那一刀所散发出的刀气所切，只是刀速太快，当一切静止之时，那割碎的树叶才开始飘落。

"好刀法!"一声若洪钟般的声音传了过来，同时林间刮起了一阵强风，无论是树枝还是灌木丛，全都狂舞起来，所有自空中飘落的碎叶竟突然旋成一条绿色的狂龙，向轩辕狂噬而至。

轩辕微惊，真正的高手终于出现了。他知道真正的挑战刚刚开始，而这将是拿生命去博彩。不过，他心中却很期待真有这么一个高手的存在，也只有这样的对手才会更有意义。

轩辕陡地消失，消失在一片绿色的幻影中，化成了一阵风，一阵旋转的风，那本来如狂龙一般的绿叶霎时炸成一片绿色的雾气，在虚空中狂旋，而轩辕便是消失在这之中。

不仅仅绿叶在随着这团旋风狂旋，便是地上的沙石也同样发生了连锁反应。强大的气势使逼近三丈的汢曲战士骇然走避，他们竟有些控制不住自己的身形，几乎要被那狂野的旋风牵扯过去。

一道狂风掠过那些惊退之人的头顶，在所有枝叶都向两边让道披分之时，这道狂风已经冲入了那绿色的叶雾之中，疾若惊鸿。

轰轰轰……一串惊心动魄的爆响，夹着毁灭性的力道使绿雾周围枝折叶飞，地面如被巨石撞击一般，土石飞溅。

轰……当最后也是最剧烈的一声爆响之时，轩辕的身子倒跌而出，连续撞断一根粗枝和一棵碗口粗的树干后，再退五步才立稳身形，而另一道人影也连续撞折两棵大树方止住身子。

那是一个一袭白衣的老者，花白的胡子，与那阴鸷的眼睛极不协调，不过他与轩辕一样，正在大口大口地喘着粗气。

汢曲战士都惊呆了，有几人禁不住关切地惊呼道："首领，你没事吧？"

那老者蓦地爆发出一阵欢笑，高声道："痛快，痛快，老夫很久未曾找到如此好的对手了，轩辕果然是轩辕，没让老夫失望！"

轩辕深深地嘘了一口气，觉得胸口仍有些郁闷，他心中的惊骇极大，以这老头的武功比之鬼三似乎仍要稍胜一筹，今日自己只怕真的有难了。不过值得庆幸的是，此刻蛟梦诸人已经开始渡河了，只要他再拖上一刻半刻的，也便算是赢了。

"你就是汢曲部首领曲妙？"轩辕冷然问道。这段时间以来，他曾努力地去了解东夷和鬼方的一些重要人物，更想将眼下的形势掌握清楚，因此，他自然听说过曲妙这个厉害人物。甚至有人传说曲妙乃是刑天的师弟，当然传闻并不一定是真的，却也非空穴来风。由此可见，曲妙绝对不是一个好惹之人，而刚才的那一阵急攻已经清楚地表现了这一点。

“不错，正是老夫，却不想竟在这里与你相见，果然是英雄出少年。不过，老夫要遗憾地告诉你，今日你唯有死路一条!”曲妙悠然地笑道，语意之中透着无比强大的自信，让人觉得他确有必杀之招。

“我看未必!”轩辕傲然横刀而立，他虽然感觉到来自曲妙的威胁，但曲妙若想击杀他，却也并非易事，以他的身法，若打不过，逃走应该还没有多大的问题。因为这里除曲妙之外，其他人几乎根本没有出手的机会，对轩辕自是丝毫构不成威胁。当然，如果他要苦战的话，那绝对会是死路一条。因为他与曲妙两败俱伤之时，便很有可能被一阵乱刀砍死，那绝对不是危言耸听。

当然，轩辕既已意识到这些，自不会再与之苦战，而是只要有机会便立刻开溜。

“不是未必，而是你一定会死!”鬼三的声音也在一旁响起，这下只让轩辕暗自叫娘，心胆俱裂。

如果鬼三和曲妙联手来对付他一个人的话，轩辕的确只有死路一条，连逃走的机会也没有了，这怎叫他不惊？但事到临头，已势若骑虎，想不战也不可能了。

曲妙对着轩辕笑了，笑得有些诡异。

“哼，真想不到鬼方的高手居然这么厚颜无耻。来吧！就算你们两人联手我也照接不误!”轩辕故作不屑地道。

“你应该比谁都更清楚，成败之道只在于不择手段，如果你有何怨言的话，也只能怪你命不好!”曲妙并不受轩辕所激，显然已与鬼三有了协议，定要不择手段杀死轩辕，此刻也管不了什么身份不身份的了。事实上，他们也很清楚，凭两人中任何一人的力量都不足以取轩辕的命。一个不好，说不定让轩辕捡了便宜，是以，他们绝不想给轩辕机会。

汢曲人也有些讶异，他们从来都没想到首领曲妙竟会与人联手对付一个如此年轻的小子，而且这个人竟是鬼三，能劳动鬼三和曲妙联手，这的确是一件很出人意料的事情。

“你应该为自己感到骄傲，天下间能够让我们两人联手的人已经没有几个了，而你这么年轻便能享受如此礼遇，实应值得骄傲。”鬼三淡漠地道。

“你们去给我追回他们！”曲妙向身边的人吩咐道。他自然也猜到情况可能有些不对，不过，他却并没想到蛟梦诸人此刻已经渡过河谷那几近两丈深的水流，抵达了对岸。因为他早防到了这一招，所以在河对岸伏下了十余人，这些人的任务就是阻止蛟梦诸人渡河。这一切布置的确还算是完善，但他却忽略了轩辕的能耐，更不知道轩辕已神不知鬼不觉地将对岸的沚曲人给干掉了。所以曲妙此刻并不在意蛟梦的潜退，还以为几人欲逃呢，所以派人去追。

轩辕横刀而立，冷喝道：“想去还得先问问我手中的刀答不答应！”

那群沚曲战士一呆，竟被轩辕威猛的气势所镇住，不敢动身。

“好，那我就先将你放倒好了！”曲妙微怒地冷杀道。

轩辕淡淡地笑了笑道：“那是自然！若是有我在，只怕你沚曲部会寝食难安了。”

“哼，你也太高估自己了！”鬼三不屑地道。

轩辕扭头面对鬼三，冷嘲热讽道：“你是我见过的世上脸皮最厚的人，临阵逃脱的人是你，厚颜无耻地与人联手的也是你，你有什么资格评论我？有种便与我单打独斗，让我看看你并不是一只缩头乌龟！”

鬼三的脸差点没气成猪肝色，他哪曾被人如此骂过？当然，他并不怕人骂，以他的修养，本已达到了处变不惊的地步，但轩辕所说的却是事实，正击中了他的心病。面对轩辕，他的确曾不战而走，而此刻他也没有勇气与轩辕单打独斗，这使得他有些恼羞成怒，吼道：“你以为区区数语就能激怒我吗？不过，我会让你死得很难看！”

“哈，这不，还说不呢，你已经恼羞成怒了，别在那里自我安慰了，事实可以证明一切。”轩辕故意再次出言相激。

“你……”

“你的末日到了！”曲妙打断鬼三怒气冲冲的话，率先出手了。

鬼三再也不想给轩辕说话的机会，立刻跟在曲妙之后呈犄角之势封住了轩辕所有的退路，他绝不想让轩辕溜掉，这是一个对他深具威胁的人物，更可怕的却是轩辕尚如此年轻，只要再加以时日，只怕天下间已没有人能够制伏他了。事实上，轩辕的确是个天纵奇才，无论是武学还是智慧，都已经锋芒毕露，正是因为其锋芒太露，所以才会让别人感觉到威胁的存在，也是鬼三为何要立志杀死轩辕的原因。

若要杀死轩辕，首先就必须不能让其有逃走的机会。以轩辕这般身手，只要稍有机会，就可能逃脱。是以，鬼三一出现便与曲妙呈犄角的位置封住了轩辕的退路。

啸……一阵极为尖厉的锐啸破空响起，更有一股强大的杀意夹着如山洪暴发般的劲气直投入林中。

鬼三首先惊呼："极乐神箭!"

对于极乐神箭，鬼三绝对不会陌生，但当他发现这锐啸来自极乐神箭之时，整个人已经被那来自极乐神箭上的强大气势紧锁，这使得鬼三大骇而退。

鬼三退的速度快绝，他知道极乐神箭之锋绝不是肉体凡胎所能够抗拒的，是以他不得不退。

轰……极乐神箭在鬼三后退之时透入一棵大树，大树树干应箭而折，在树干轰然倒下中，极乐神箭去势依然未竭，继续直逼鬼三。

鬼三自然知道，如此威力对于极乐神箭来说实属正常，那日土计射出极乐神箭时，其威猛霸烈此刻依然深烙于鬼三的脑海中，这极乐神箭几乎是无坚不摧的。

鬼三一退再退，身形再以回旋之势扭动，但极乐神箭似乎自身有着强大的生机，如同活物一般，以一种极为奇奥的螺旋式运转，竟然尾随鬼三的轨迹而追。

所有人无不为这毁天灭地的一箭而惊骇，看着鬼三如同鬼魅一般飞躲，每个人的心头都有些发冷。

轩辕一声轻啸，此时不走更待何时?

曲妙本来还望鬼三封住轩辕的退路，但突然间冒出一支极乐神箭，使他们的计划大乱。此刻连鬼三自己也是自身难保，更别说阻止轩辕的逃逸了。

轰……轩辕与曲妙硬击一记，借力身子倒射向山坡之下的河谷。

轰……极乐神箭再洞穿一棵树干，鬼三竟顺手抓起一名沚曲战士挡在身前。

“呀……”那名沚曲战士还没弄清楚是怎么回事，便已胸口洞穿，极乐神箭透背而出。

鬼三狂吼一声，运聚全身的功力向极乐神箭击去。

轰……一声沉闷的金铁交鸣之声后，极乐神箭颓然坠地，的确已是势竭，不过鬼三手中的鬼爪也给损坏了一根。

所有人都呆住了，一旁的沚曲战士望着那被极乐神箭洞穿的同伴，胸口竟是一个拳头大的血洞，完全不像是被箭所伤，倒像是被怪兽的爪子掏空了心脏。每个人都不自觉地感到一阵恶心，更有一种想吐的冲动。当然，这群沚曲战士更为鬼三的自私而心寒。

鬼三抬头，目光中的杀机无比狂野，刚才那一箭的确激怒了他，但他却不知道这一箭是什么人所射，就像是土计不知道是什么人偷了他的极乐神弓和极乐神箭一般。

这究竟是个什么人？竟能够在土计手中神不知鬼不觉地偷走极乐神弓和极乐神箭，而此刻又故意助轩辕逃走。

鬼三想到这里，才发现轩辕和曲妙已经不见了，他不由得拾起那支非金非铁，不知是什么质地所铸的极乐神箭，迅速向山坡下的河谷边赶去。

河谷已不再重现谷地，而成了水流湍急的小河。

河面极宽，竟达七八丈之远。当然，这并不能难住轩辕。不过，轩辕并没有逸走，而是执刀而立，静静地站在河边与曲妙对峙，而在轩辕的背后便是浑浊湍急的河流。

对岸的蛟梦诸人全都到了山坡上，唯剑奴几人不欲离开，他们怎能舍轩辕而独去？不过此刻轩辕已经下令，他们必须离开。

轩辕之所以留下，就是因为蛟梦诸人尚未走远，若是以鬼三和曲妙两人的武功，要渡过河面并不困难，所以他必须首先阻住这群追兵。

蛟梦在刹那间似乎也明白了此际的局势已到了非他们所能改变的地

步，当他们看到曲妙竟也在对岸人群中，更与轩辕对峙之时，便知道留下来只是白白送死，对方不仅有曲妙这可怕的高手，更有一个鬼三，还拥有比自己多上三倍的人力，他们根本就不堪一击。

轩辕斩断了横在河两岸的绳索，已经坚决地告诉了所有人，他那背水一战的决心。这使得蛟梦等有侨族的战士心中涌起了无限的敬意和伤感。

蛟梦等人的确是怎么也不曾想到轩辕仍活着，而且他们会在这种情况下相见，但老天像是开了个玩笑，双方只是相见这么一刻，许许多多的话还未来得及说，又将成为生离死别。这的确像是老天所开的玩笑，可是谁也无法改变这个命运。

蛟梦禁不住眼圈有些湿润，白夜诸人哪会不明白轩辕欲以一人之力断后，给他们以更多的时间离开这个险地？他们望着轩辕横刀于胸那不可一世的气概，也禁不住心头酸楚。这一刻，他们对轩辕的印象大为改观。他们知道，轩辕再也不是有侨族中那个沉默寡言的另类，更不是不近人情的懦夫，而是真正的英雄。至少，此刻烙入他们心中的形象是这样的。他们没有悲哀，而是自豪骄傲，为有侨族拥有轩辕而骄傲，为轩辕是他们自小一起长大的伙伴而自豪。

这些人之中，唯一无法平静的是蛟龙。他恨轩辕，恨轩辕盖过了他的风头，恨轩辕夺走了他喜欢的女人。他一直都瞧不起这个故作深沉的族中另类，可是后来的事实证明，轩辕胜了，无论是勇气还是武功都不是他所能相比的，这也证明他内心对来自轩辕的威胁的感知绝不是空穴来风，而此刻他更是嫉妒。不过，在他的心中尚存在着一些荣誉感。是以，他希望轩辕就此死去，也希望轩辕能活着，这便是他此刻的矛盾心理。但此刻他什么也不想说，只是跟着蛟梦迅速离开这里。这群有侨族的战士们唯有在心中暗暗为轩辕祈祷。

第八十一章　背水一战

望着轩辕身后汹涌的河水，曲妙露出一丝阴笑，虽然他见到蛟梦诸人逃逸，心中极为气恼，但是如果能够杀死轩辕，这一切便算是值得了。在他的眼里，轩辕比蛟梦诸人加起来更为可怕。

事实上，轩辕杀死了刑月，更让刑天部的一些好手死于黄河附近，鬼方早已将轩辕列为大敌了。而轩辕更破坏了他们在君子国的大计，与鬼三更是对头，如果存留这个人在世上，终究会成为大敌，不如乘早将之除去。此刻若轩辕与蛟梦走到一块儿，也便很可能勾搭上龙歌，如果轩辕也成为龙歌的助手，那后果只怕更难想象。是以，曲妙欲乘机除掉轩辕，这也是代土计去做一件事情。

鬼三也赶来了，沚曲战士对着湍急的河水却没有办法可想，只好呈半圆形将轩辕围住。这河中的水却只能怪他们自己，要想露出河床，大概要等到明天上游的水流得差不多了才行，而此刻，河水刚好阻住了他们的去路。

沚曲部没有多少水性极佳之人，他们自小便生长在高原之上，在一望无际的草原中生活，对河内的河流并不太适应，因此水性都极差。当轩辕割断了连接两岸的绳索后，他们自不敢贸然下水。

“轩辕，你唯一的活命机会便是弃剑降服，只要你愿意加入我鬼方，我可以保证你可任意享受生命的美好，我们也绝对不会亏待你!”曲妙突然开口道。

鬼三忧虑地抬头向对面的山坡望了望，他心中所记挂的却是那掌握着极乐神箭的神秘敌人，这种潜伏在暗处的敌人方是最可虑的。不过，此刻轩辕后退无路，他并不担心轩辕真能够逃到哪里去，以他和曲妙两人联手，在这种环境下，就算轩辕逃到对岸也是无济于事，问题却是他们不得不防那拥有极乐神箭的神秘人。如果此刻再有一支极乐神箭射来，只怕真的有些难以阻抗了。当然，能够将极乐神箭发挥出如此威力的人，其本身功力绝对已经达到了绝顶的境界，因此鬼三在意的还不是轩辕。

轩辕露出了一丝高深莫测的笑容，冷冷地望着曲妙，道："我从来都不习惯受人呼来喝去，降于鬼方还不是做罗修绝的一个奴才？我为何要降？"

"哼，不识抬举，如此说来，我也便只好送你入地狱了！"曲妙不屑地道。

轩辕扫了四周那数十支瞄准他的劲箭一眼，目光又迅速回到鬼三和曲妙身上，竟在此时仰天发出一阵长笑。

只笑得所有人都有些莫名其妙。

"有什么好笑的？"鬼三不知轩辕在故弄什么玄虚，冷问道。

"歧富，你还不出来吗？"轩辕却将目光突然投向远处的山坡。

鬼三和曲妙大惊，他们立刻想到了极乐神箭，也不自觉地扭头望去。他们自然知道歧富这个人，更知道这是一个十分可怕的对手，对于这一点鬼三的感触是最深的。

鬼三和曲妙扭头，却根本没有发现歧富的影子，但感到一股沛然莫可匹御的气劲夹着强烈的呼啸声猛扑而来，他们哪里还不知道这是轩辕的诡计？再回过头来，面前却是白茫茫的一片。

那是一幕水墙，千万点水珠如千万支劲箭向四面狂射，水幕之间更有一块突出的弧顶，如草帽之顶般，而这弧顶却是气机最强最霸之处。

沚曲战士大惊，哪还不知道是轩辕突然发动攻袭？因此，他们丝毫不敢犹豫，箭矢齐发，全都向水幕射去。

曲妙和鬼三同时出手，他们绝不会让轩辕在他们的眼皮底下撒野。不过，因为这一幕水墙相隔，他们竟无法知道轩辕所处的真实位置。

河水犹如被一股强大的吸力给抽起来一般，在河面上凝成一道旋转的巨大水柱，没头没脑地带着强大的爆发力冲向岸上的众沚曲战士。

轰……水幕四散，那一堵水墙化成亿万点晶莹的水珠，自虚空中洒落，但却并没有轩辕的影子，那数十支劲箭也全部射空，落入河中，倒是虚空之中那巨大的水柱以旋转之势拖起一股强风直撞向鬼三。

鬼三大怒，立刻知道这股巨大的水柱才是轩辕的真身所在。他没料到轩辕竟如此狡猾，却又不得不佩服轩辕的机智，竟能将地形运用得如此之好，连河水也不放过。他自然不知道轩辕的武功可以说基本上是在水中练成的，包括瀑布、山洪、河水，只有在那种充满重压的条件下，才能够使自己体内的每一分力气都得到最充分的发挥。如果一个刀手在水中出刀的速度能够一息之间劈出十刀，那在岸上便一定可以劈出五十刀或是更多。而且在水流中修炼武学，会使下盘功夫更为扎实。

放眼整个天下，大概没有几个人比轩辕更懂得利用水的力量了。而这些，也是轩辕此战的筹码。

轰……鬼三的双掌与水柱相交，那水柱被气劲所逼，立刻四散而射，没头没脑地盖在鬼三的脸上，使其视线一片模糊。

“小心！”曲妙大惊，他看到了轩辕的身影，轩辕在鬼三视线被阻之时出刀，以开天劈地之势直击鬼三的咽喉。而此刻鬼三犹懵然未觉，因为他的心神已被那股强大的水柱所夺，是以曲妙大惊。

曲妙在心惊之时也同时出手，他绝不能让轩辕有机可乘。

曲妙出手，轩辕刀锋立改，他知道曲妙一定可以阻止得了他的刀势，所以他索性改攻曲妙，身后依然掀起一股强大的水柱。

叮……曲妙终于出了兵刃，那是一柄以精铁所铸的短钺，两件兵刃在虚空中相击，发出一声清脆至极的震响。

轩辕一声低笑，呼道：“谢谢相送，后会有期！”他的身子竟借铁钺的反弹之力投射入河水之中。

虚空中的巨大水柱哗然而散，化成一幕晶莹，使得所有人视线都一阵模糊。

扑通！轩辕身子落入河心，立刻沉入水中不见。

沚曲战士这才慌忙搭箭对着轩辕坠入之处狂射，但已较轩辕的速度慢了一拍，顺着水流，轩辕已在六丈之外露出头来，然后再次沉入水中。

鬼三一声怪叫，迅速顺河往下游赶去，泏曲战士也沿河而下，箭都满弦，只要轩辕再探出头来，立刻将成为活靶子，被射成刺猬。

曲妙气得脸色铁青，他竟然这般被轩辕给要了，也立刻向下游追去，可是当他们赶到下游近三十丈左右时，突然听到轩辕在上游的对岸高声呼喊：“嘿，别找了，我先走了，不陪你们玩了。”

曲妙回头，轩辕竟没有顺流向下游淌，反而逆流自水底潜到上游去了。此时轩辕上岸之处距跃落之地竟有十数丈远，也就是说曲妙此刻与轩辕相距四五十丈，而且还隔了一条河。

鬼三差点没气得吐血，没想到这么快又被轩辕给要了一回，但徒呼奈何。

轩辕大笑着如一道光影般掠上山坡，眨眼间便消失在密林深处，林间河谷中仍留着那不无得意的笑声。

曲妙呆呆地望着轩辕消失的方向，知道根本就不可能追得上。以轩辕的速度，只要没被围堵，就不可能被他们轻易留住。何况此刻轩辕距他们本身就有四五十丈远，他们更不可能阻得了轩辕。直到这一刻，曲妙才知道，他们仍低估了轩辕。

泏曲部的战士人人脸色都显得极为难看，这不仅使他们颜面大失，而且对他们的信心也是一个强烈的打击。这个轩辕的确是太狡猾了，而其水性之好也让人咋舌。他们唯有呆呆地望着河水，望着曲妙和鬼三不知道该干些什么，事实上便连鬼三和曲妙也不知道该干些什么。

“走，他们一定会去救他们的同伴，我们就去那里等着！”曲妙突然记起所囚的木青，信心又恢复了一些。

鬼三无奈，也只好赞同曲妙的说法，这次的颜面的确丢大了。

轩辕感到一阵轻松，不过，心神微有些疲惫，可心情很好，他竟又能够见到故乡的亲人们，这的确是一件让人激动的事情。

往日，他对蛟龙总有一种鄙视的心态，看不惯蛟龙那骄傲不可一世的样子，可是此刻再见蛟龙，那种感觉却已经没有了，虽然蛟龙对他的表情和态度依然没有多大的改变，但正是这种感觉才使他感到特别亲切，仿佛又回到了从前。的确，再见亲人恍若隔世。轩辕已是死过一次的人了，至少他觉得自己已经死过了一次，因此对生命分外珍惜。他所珍惜的不仅仅是自己的生命，还有亲人朋友的生命，这些让他留恋的东西，让他觉得人活着并不只是为了自己。

这次他自鬼三和曲妙的手中逃过一劫，凭的是侥幸。不过轩辕却在暗自思量，那支极乐神箭究竟是什么人射出的呢？究竟是什么人在暗中相助？而且拥有极乐神弓。而这极乐神弓不是曾在土计的手中吗？若是土计当然不会助他对付鬼三，何况他上次与土计交手之时，土计的手中并无极乐神弓，也就是说土计的极乐神弓很可能被人夺了去，而这个人又是自己的朋友。

轩辕的眉头不由得皱了起来，他想不起有哪几个朋友能够在土计的手中夺弓，当然这不可能是青云，如果是青云的话，他怎会不现身出来帮自己？除了青云之外，他熟知的人当中能胜过土计的便只有歧富和柳静，而如今柳静生死未卜，也不应该是她所为，如果是她，怎会不出来与剑奴相见？难道她还会顾忌什么？可是，这个人会是歧富吗？

歧富的确是个神龙见首不见尾之人，若是他还说得过去，可是轩辕并不能肯定。事实上此刻的情况已经极为复杂了，这个局面有些混乱，他也不好把握其中的要点。

不过，只要这拥有极乐神弓的人不是敌人，那就是万幸了，这张弓的力量的确是惊人至极，而极乐神箭更几乎是无坚不摧的，除非以神族十大神器相挡，否则绝对难以抗拒。是以，只要不是敌人得到这张极乐神弓，对轩辕而言就是一大幸事。

不过，仔细回想起来，自东山口君子国离开以后，轩辕总觉得似乎有人在暗中跟踪他，不过，他始终找不到很清晰的感觉。那似是若有若无，若远若近，如果不仔细去体会，倒还真的难以找到什么蛛丝马迹。

想到这里，轩辕心中微微打了个突，难道真的有人一路跟踪他们行了数百里，而他们仍懵然未觉？那这人究竟是谁？什么人能够瞒得了轩辕的灵觉？世间又有几个人的速度能胜过他？除非对方如土计一般会遁地潜行之术，可是真有这个人吗？

许许多多的疑问充斥着轩辕的脑子，使得他也无法得出真正的结论。不过，目前最要紧的却是追上蛟梦诸人，否则这群人还以为他已经死于鬼三和曲妙的手中了。

事实上，轩辕能自鬼三和曲妙及那数十名泏曲战士手中逃得一命，的确有些侥幸，若非他的狡计运用得当，只怕此刻即使没死在鬼三和曲妙的联手之击中，也难逃那乱箭之厄。他若非引得泏曲战士将拉满弦的劲箭提前射出，那便算是他跃入河水之中也只会成为箭靶，可以说这种场面是险之又险，最幸运的是河水由此一阵山洪而变得浑浊不清，人根本就无法看清河水中的景象。否则，他也根本没有可能借水而遁了。

轩辕想着想着，突然生出一丝警兆，他不由得忙将身子闪向一边的乱石堆中，而在他刚藏好身之时，一阵细碎的脚步之声迅速传来。

数道人影自乱石堆另一边迅速掠过，这群人似乎是来去匆匆，根本就没有半点稍停的意思。不过，轩辕已看清了这群人的打扮，都极为利落，葛衣麻服，腰别长剑，肩负大弓，脚上皆穿草鞋。

轩辕倒是很少见到这样着装之人，不过他并没有多大的闲情去理会，反正在这陶唐氏附近已是龙虎聚会，什么样的人物都有，还是不要去招惹或少惹为妙，免得又自找麻烦。现在轩辕最想做的事情便是去找到白夜诸人好好长谈，更要得知雁菲菲的消息，还有黑豆和哑叔。当然，木青被泏曲人所俘，他自不能袖手旁观，说什么也得将木青救出来。是以，他对这群怪人并没有多大的兴致。

轩辕长身而起，却发现了一堆摆得很奇怪的石头，不经意间还以为是天然的，但落在轩辕的眼中不由得大震，迅速赶到石堆边，仔细看了一眼，也迅速追在刚才几人的身后赶去。

轩辕对这石头的意思自是清楚至极，因为这正是龙族战士所留的，意思是有重大事件发生，而这石堆中更有一根树枝，那是指明方向，这所指的方向正是那群怪人行走的方向。是以，轩辕不得不放下其他的心事而尾随追去。

追出两里路，果然再见到一堆乱石，轩辕按树枝方向迅速寻去，约再行了四五里路，便已到了一个长满鲜花的山谷。

山谷中的树木并不是很多，但五颜六色的鲜花却是让人眼花缭乱，一群群蝴蝶、蜜蜂来来去去，那种感觉极为清雅，还有一群红色、花色的蜻蜓漫无目的地飞翔着，时而停在空中，时而停在草杆花叶上，整个山谷仿佛只是为这些小动物而设。

山谷很幽静，像是一个不为外人所知的世外桃源，初见此景，轩辕为之一愕，他也没有想到，在这里会有如此好的一个山谷，不过很明显这个山谷并不是完全天然存在的。至少那些大树便有被砍伐的痕迹。否则的话，一个花草如此繁茂的山谷，又怎会只有这么几棵大树？当然，还有这些花草，也应该有人工培种的痕迹，如果是野生的话，不会有如此规则的排列。各种颜色的花所组成的竟是一幅幅精美的图案，似无序却有序，使得谷中更增添了几许神秘的色彩。

轩辕嗅着那醉人的花香，身边的蜻蜓似乎根本就不畏人似的飞舞着，五颜六色的彩蝶也在翩翩起舞，使得他恍若进入了另一个世界。

“这是什么地方？这里会有什么事情发生？为何龙族战士的暗记是指向这个方向？而又是哪几个兄弟呢？而刚才那群剑士又是去了什么地方？”轩辕心中不由得暗问。

轩辕自是发现了那几位剑士也是向这个方向赶来，但是那几人到了这里却消失了，是以轩辕心中充满了疑问。

山谷，的确很美，但轩辕却没有入谷的打算。因为他看不透谷中的玄虚，决意静观其变。因此，他选择一个最佳的位置静坐下来，而这里本身也是极隐蔽之处。

轩辕静坐半晌，山谷依然静悄悄没有半点动静，山谷周围也是一片死寂，他不由得微微有些纳闷，忖道：“难道这些记号只是一种巧合，而并非龙族战士所留？否则，怎会没有半点动静？按暗记所示，这里应该有重要事情发生，可是根本就没有半点迹象。”

轩辕正准备起身四处找寻一下时，突闻谷中传来了一阵低沉的乐音。

曲调极怪，倒像是将两片竹叶夹在一起吹奏而出的，音质暗哑却回旋有力，并不是十分难听。

轩辕也曾试过以竹叶吹出声音，那是小时候与黑豆诸人在姬水河畔的苦竹林嬉戏之时学会的。不过，他所吹奏出来的调子极为单调，而此刻这人所吹出来的音调多变而平稳，显然是能够将音符控制得极好。如果此刻再以长短竹杆轻敲，以配合这低哑的曲调，那样感觉或许会更好。不过，轩辕却没有多大的兴致去为这乐音伴奏。可是，轩辕却发现了一件奇怪的事情，那便是山谷内和周围的蝴蝶、蜻蜓及蜜蜂全都向乐音传出之处飞去。

这群小昆虫似乎是听到了什么召唤，而这召唤的声音却是来自这古怪的音调。

轩辕感到有些不可思议，这个吹出乐音之人竟然能够控制这许多小昆虫，那这个人究竟是谁？抑或是人吗？不过，轩辕可以肯定这个人定是此谷的主人，而这些花草全都是出自他的手。

这究竟是个怎样的人？为何龙族战士会认为这里发生了重大的事情呢？难道他们也只是因为这里的景物有些特异，才会让大家来看吗？轩辕心中有些不解，不过，他隐隐感到事情可能不会如此简单。

“在下乃九黎供奉偃金，特来求见忘忧先生！”一个洪亮的声音突然响起，倒吓了轩辕一跳。

轩辕也的确有些意外，但却知道来人正是神谷中的四大供奉之一偃金，与童旦齐名，这是他自桃红口中所得的消息。神谷中的四大供奉以狐姬为首，另外便是奄仲、偃金和童旦，童旦已在君子国中丧生可以不论，而九黎的另外三大供奉也都是极为可怕的人物，武功之高并不会比风绝差多少，却没想到偃金竟出现在这个谷中，而且还对花谷之中的什么忘忧先生极为客气，只不知这忘忧先生又是什么人？或许便是这神秘谷的主人。

乐音骤止，一个空洞的声音悠然飘了出来：“老夫已数十年不见外客，偃先生的心意老夫心领了，请回吧。”

轩辕微讶，惊讶的是这声音竟是自四面八方飘出，根本就无法掌握声音传来之处。事实上，这声音本身更多的像是回音，由此可知谷中之人确实是个高深莫测的高手。

“如果先生不愿见外客，偃金恳请先生能网开一面，放了我那几个少不更事的下人，偃金则感激不尽也。”偃金又高声道。

“忘忧谷已立下闲人莫进之警示，凡私入我忘忧谷者皆无回。你的下人更是伤我爱虫，罪不可恕，请回吧！”忘忧先生声音骤然变冷。

“若是先生不肯放我下人，只怕傴某回去不好交代……”

“那是你的事，与我何干?”忘忧先生打断傴金的话，不屑地道。

轩辕知道傴金是个响当当的人物，定难忍下这口气，不由得探头向傴金所在的方向望去。

果然，傴金的脸色极为难看，在其身边所立的却全都是九黎族的勇士，其中似有十余名一级勇士，另外二十多人却是族中的二级勇士。曾与轩辕交过手的百战赫然便在其中。九黎战士人人面含愤色，显然对傴金对谷中之人如此客气却遭到如此不客气的回应感到极大的不满。

“供奉，让我们杀进去好了。”百战似乎有些耐不住。

傴金神色不动：“贸然入谷，有去无回！”

“难道这谷中还会有什么古怪?”百战疑惑地反问道。

“这谷中的花草乃是以奇门遁甲之术所植，看似无序，却暗藏杀机，走入花丛之中若不懂阵法精奥，只会老死花丛中！”傴金深深地吸了口气，他的目光投向谷中那寥寥的八棵大树，眸子里闪过一丝锋锐的厉芒。

百战和众九黎勇士全都大愕，望着那五颜六色的花草，竟没来由地有些心寒。

“那我们该怎么办?”百战惑然地问道。

傴金未语，仔细地打量着谷中的地形，再次开口道：“苟芒兄，难道你连故人的一个小小请求也不愿意接受吗?”

“老夫早已不叫苟芒，此时号为忘忧先生，昨日之我已死，今日之我新生，无往亦无来，喜乐化尘埃。何为故人？何为请求？何为接受？老夫不懂，老夫只知道谁扰我清修，擅入谷者皆无回。”谷中再次传来忘忧先生的声音，这声音似乎根本就不包含任何感情。

轩辕心中却大惊，因为他曾听剑奴说过神族八圣中的木神便是苟芒，只见傴金如此客气地与之说话，难道这谷中的神秘忘忧先生便是失踪的神族八圣之一木神苟芒？是以轩辕禁不住心中暗自惊骇。

“如果苟芒兄依然如此绝情，就别怪傴金不客气了！”傴金显然也发怒了，为忘忧先生如此不给面子而恼羞成怒。

“天地间，何为情？情为何物？绝天灭地皆由情起，绝情也好，无情也好，薄情也罢，老夫早已厌倦红尘世俗之虚情，这个世上唯一的真理便是弱肉强食，已无情可讲，我并没叫你对我客气！”谷中的忘忧先生依然不愠不火地道。

轩辕不由得暗中叫好，这忘忧先生所说的话似是而非，却又无从辩驳，倒似乎真的有些道理。不过，轩辕之所以叫好，却是因为偃金的大失颜面。

他心中忖道：“不知道花猛等三十六杀手是不是也跟偃金一起来了？如果这群人也跟偃金一起来了，倒省了我许多手脚，免得还要去神谷救人，那可不是一件好玩的事情。”

“我再问你一次，如果再无法谈妥，我只好放火将你这狗屁忘忧谷化为灰烬了！”偃金显然是动了真怒，冷喝道。

“你这是在威胁我？”忘忧先生冷冷的声音再次传出来。

“可以这么说！”偃金毫不在意地道。

忘忧先生再没有说话，但是谷中却响起了一阵怪异的乐音，与刚才所吹奏的乐音完全不同，尖厉而轻缓。

嘶嘶……一阵异响自四面八方传来。

轩辕环眼一看，竟是无数条大小蛇虫迅速游来，在花丛草地间滚爬，还有大大小小的蜈蚣、蝎子、癞蛤蟆之类的，让人看了禁不住一阵恶心。

“蛇……”百战首先惊呼。

轩辕此时发现山谷四周的山头上人影晃动，纷纷向远方掠去，显然在山谷周围并不止偃金一批人，但此刻那群人却被这些无处不在的毒虫毒蛇逼得纷纷现身。

偃金也微微吃了一惊，知道这些蛇虫全都是受了荀芒乐音的召唤，也可以说这些蛇虫毒物乃是护谷之物。

“雕虫小技！”偃金怒意不减，不过他知道面对这生机盎然的山谷，一时之间也无法引燃焚谷的大火，因为根本就找不到可以引火的干柴。

“荀芒，你记着，我偃金绝对不会善罢甘休的！”偃金恨恨地道，同时他也领着人迅速撤离。

“哈哈哈……”谷中的苟芒终于爆出一阵朗笑，他似乎根本就不在意偃金那威胁的话。

轩辕不由得好笑，不过，他对身边越聚越多的蛇虫也感到一阵恶心，他不想再在这里过多地逗留。当然，此刻他也不会怀疑这里将会很热闹，只是他却没有找到龙族战士的行踪，如果能够找到叶皇和柔水那便更妙了。

蓦然间，轩辕感到身边似乎有些异样，或许并不是身边有些异样，所谓的异样只是一种精神上的感应。

轩辕感到有一种熟悉的感觉自他的心头升起，但很快又消失无踪，仿若有一个极为熟悉的人自他身边擦肩而过一般。

身边并无人影，只有几棵疏散的树木和一些花草，蜜蜂以及蝴蝶之类的似乎全都聚集于谷中，地面上只有让人恶心的蛇虫在爬，但这些蛇虫显然畏怯于轩辕身上散发出的那股强大气势，不敢太过靠近。

轩辕也以为是错觉，但那种感觉却是极为熟悉，他知道自己突然生出的感觉很少会出现错误，这是他能够逃过许多劫难的原因，而他也从未怀疑过自己这超乎寻常的灵觉。

猛然间，他身子微震，他知道这感觉所来的原因，立刻身子倒立，目光四处扫射。果然如他所料，距他六丈外的泥土有些微微异样，而这异样正迅速向谷内移动。

是土计，绝对是土计！轩辕可以肯定刚才自他身边过去的人定是土计。因为只有土计的遁地之术才能够达到这种境界，但土计显然也知道他的存在，是以禁不住生出对他的敌意。轩辕正因为土计无法控制住心中对他的恨而无法逃过其灵觉，因为他们的气机在某一个层面之上已经接触了。是以，轩辕感觉到似乎是有人自他的身边擦肩而过，事实上只是因为土计自他脚下附近的泥土之中穿行。

轩辕心中松了口气，他知道土计并不是来对付他，甚至不敢单独与他面对，此刻他的武功绝对不会输给土计，而土计更曾是败将，兼且在君子国封神台上被轩辕那惊世的一击寒了胆，自不敢单独寻轩辕的晦气。而此刻土计应也知道轩辕感觉到了他的存在，所以放弃了偷袭的打算。

当然，作为一个绝世高手，他们已经到了以精神去感应四周环境的地步，几乎已经不存在偷袭的概念，他们绝对可以在最短的时间内作出最快最猛的反应。是以，土计放弃了攻击轩辕的打算，而将目标锁定忘忧谷。

对于土计这种遁地高手来说，活动在地面上的蛇虫根本难奈他何，而所谓的阵势也根本就无法发挥其作用。他的一切都活动在泥土之下，实让人无法揣度。若非轩辕找到了以倒立之法对付土计的妙招，只怕此际根本就不可能找到土计的具体方位，更不能知道土计行走的方向，或是如果土计行入了那花圃之底，有那些茎叶挡住视线，他也根本就不可能发现得了土计的行动。

此刻倒的确是有些热闹了，不仅九黎族来了一大供奉偃金和三十六杀手，鬼方更派来了鬼三、土计、曲妙这三大高手及沚曲族的人马，说不定刑天也在这附近，的确有点风云集会之感。

噗……正在轩辕思忖之间，突自忘忧谷边传来了一声地面炸裂的声音。

土计竟然破土而出，身上竟缠着几根长长的树根，每根树根足有手腕粗细。

土计身形在空中狼狈地倒翻，重重地落在花圃之外，只让轩辕看得大为讶异，又有些不解，而此时，忘忧谷中那显得有些苍老的声音有若回音一般飘了出来。

“想不到小小的忘忧谷竟频频有佳客赶来，真是难得。如果地神有意，何不进来叙叙旧?”

土计伸手迅速拔下缠在身上的树根，尴尬地回应道：“想不到木神终于种出了万花阵，我土计只好望阵兴叹了，就此别过!”土计话音一落，立刻再次遁入土中。

轩辕心中微惊，原来忘忧谷的忘忧先生真的就是神族木神苟芒，不由得肃然起敬，但对土计竟就如此而走也有些惊讶。不过，让轩辕惊讶的却是这万花大阵，竟连地面之下也全都封堵死了，以土计遁地之术如此绝妙天下者也无法穿透。显然是土计被花木盘错的根茎所缠，如果不是他功力绝高，只怕会被活生生埋在万花之下了。轩辕不由得不佩服木神，连土计和偃金这样的高手都未战而退，如果由木神亲自出手，那结果会如何呢？

土计自然是发现了轩辕，这才仓皇而遁，此刻他身形既露，又无法战胜轩辕，也便只好走为上策了。

轩辕不由得笑了笑，他也不想再留在这里，还有许多事情等着他去做。当然，首先要做的事情便是与跂燕会合，也许，蛟梦诸人已去了那里。此刻轩辕耽误了近一个时辰，再也不能迟疑了。

偃金并未走远，但他却并没有发现轩辕的存在，因为轩辕比他们先来一步，而且所藏之处极为隐秘，以轩辕此时的武功，欲刻意地掩藏自己，实是很难让人发现其存在的。不过，离开时却是另一回事。

偃金似乎正守在他的归路之上。

“轩辕！”百战最先呼出口，他对轩辕的印象极深，因为他们曾经交过手，而且在轩辕的手上吃过亏。是以，对于轩辕的印象特别深刻，只是他却没有料到在这个地方遇上轩辕。

偃金与那一群九黎战士皆惊，轩辕也觉得有些意外，而此时，他又感到土计的存在。他哪里还会不明白？偃金刚好出现在他的归路之上，是因为土计搞的鬼。

土计自然希望他与九黎人先拼个你死我活，而后坐收渔翁之利。土计自不会傻得率先与他交手，但要将偃金引来对付他却并不是一件难事。因为此刻轩辕与九黎族已势成水火，互不相容，只要偃金与他相见，一场恶战自是无法避免。

“你就是轩辕？”偃金的瞳孔在收缩，目光变得锐利若刀，声音有些发冷。

“不错，轩辕正是我！”轩辕深深地吸了口气，极力使自己的表情变得镇定一些。

他自是明白今日之局凶险异常，如果没有土计在一旁虎视眈眈，或许这一战会轻松多了，就算打不过，也可以溜。但此刻土计却静伏于他的身边，只要一有机会，这个矮鬼便绝不会留情。是以，他想逃也是无能为力。

看来今日之局，轩辕绝对讨不了好，只凭偃金一人之力，也会让他头大，何况还有那十余名一级勇士，这群人的实力几乎都可达到一流高手的水准。

而百战本身更是九黎一级勇士中出类拔萃者，所以他能成为二级勇士的教头。百战的武功并不输给蛟龙和白夜诸人，试想，轩辕不仅要面对一个比自己逊色不了多少的偃金，还要应付那十余名几可等同于白夜的好手，以及二十余名九黎二级勇士，更要提防一个超级高手土计，这一战不打也知道是什么结果了。

偃金在轩辕回答后，神情变得肃穆，他似乎也意识到了他将面对的是一个可怕的高手，凭他对敌的经验也知道轩辕的可怕。何况，他更知道风绝便是重创在轩辕的手中，童旦更是被轩辕震入深渊。在没有见到轩辕之前，他绝不相信一个毛头小子有多大的作为，可是此刻他与轩辕直面相对，这才深切地感受到来自轩辕的压力。

偃金绝不会小视轩辕，至少这一刻他绝不会小视轩辕，当然这并不表示他会放过对付轩辕的机会。他甚至有信心拿下这超强的敌人，因为他此刻并不是人单势孤，而轩辕却恰恰相反，如果在这种条件之下，他们仍无法对付轩辕的话，只怕以后这种机会便不多了。

偃金今次自不是专为对付轩辕而来，他今次出手却是另有其事，却没想到轩辕适逢其会，既是冤家路窄，也顺便解决某些问题好了。

“童旦是你杀的?”偃金明知故问地道。

“我想没有否认的必要，他的确是因我而死!”轩辕摊了摊手，耸肩道。

百战几乎不敢相信自己的耳朵，在一个多月前，他曾与轩辕交过手，但那时候的轩辕比他厉害不了多少，其武功顶多只能算是与帝十处于伯仲之间。

可是这一刻，轩辕竟是击杀童旦、重创风绝的凶手，这之间的飞跃简直是个奇迹，是个让人心惊又惊骇的奇迹，百战仍有些难以相信这个事实。

不过，他并没有出声，有偃金在，他几乎没有出声的权利。偃金的身份在九黎族中是超然的，比之帝恨、帝十这群人更有身份，便是风绝和风骚都不能不对他客客气气的，那是因为他拥有超人的武功。四大供奉皆曾是魔门的战将，所经历过的事情比他们多得多，而且又是魔帝的亲卫，虽然魔帝神灵被封锁，但其亲卫在东夷族中仍然不能被人所忽视，即使作为少昊之辈也一样。

“如此一来，我倒要见识一下了!”偃金深深地吸了口气道。

百战及身后的九黎勇士立刻箭上弦，那闪烁着寒芒的箭头全都对准了轩辕，只要偃金一声令下，轩辕就会在顷刻之间成为一只刺猬。

偃金身子微侧，事实上他并没有打算亲自与轩辕过招，他不觉得有那个必要去冒险。他无法肯定自己的武功能够胜过风绝，连风绝都不是轩辕之敌，就算他出手也不会有多大的胜算。所以，他选择以众人之力来对付轩辕。

轩辕心中叫苦不迭，是因为在附近还有一个如奸似鬼的土计潜伏着，这是一个可能随时都会成为致命杀手的敌人，他有些后悔没有在忘忧谷中挡住土计，如果在那里解决了土计，现在也不会成为这等局面。

“供奉似乎忘了此行的目的!”轩辕突然之间似乎想到了某个问题，开口大出众人意料地道。

偃金果然一呆，脸色微微变了变，轩辕却又接着道：“供奉相不相信我有能够让你我两败俱伤的能力?”

偃金目光再次变得尖锐，但他却不能不相信轩辕的话，只凭透自其眸子深处那股强大的自信，就没有任何人敢怀疑轩辕的话。何况轩辕在说话间，那股强大的气势逼得人喘不过气来。当然，偃金并不意外，也不会害怕，如果不是这样才会真的有些奇怪了，那样轩辕也不配成为重创风绝的人。

“其实今日我们的目的是一样的，事有轻重缓急，如果我们两败俱伤的话，今次的目的都将会成为泡影，甚至会让人坐收渔翁之利，不如我们打个商量如何?”轩辕煞有其事地道，同时心中暗暗戒备，因为他根本就不知道偃金是什么目的，如果偃金的目的并不重要或是他说错了，那结果只会令偃金立刻翻脸动手，再无商量的余地。当然，就算轩辕不作这些试探，偃金也绝对不会放过他，其结果仍需武力解决。是以，轩辕自是希望多一些机会为好，或是拖上一段时间也许便可想到解决之法。

轩辕的目光紧紧地对视着偃金，似乎想自他的表情中猜测出刚才那试探的话究竟起到了多大作用。

偃金的脸上微微闪过一丝狐疑之色，但旋即又变得阴沉，冷冷地逼视着轩辕，不屑地道："你知道我有什么目的？"

轩辕心头微微松了口气，虽然偃金的语气极冷，但可以看出其杀机消敛了一些，也就是说自己的那番话并不是全没有起到作用，至少让偃金无法猜透他的虚实。

想到这里，轩辕露出了一丝高深莫测的笑容，故作神秘地道："我不仅知道你们的目的，事实上便连鬼方都派来了不世高手，也为同一个目的而来，只怕我们的竞争对手会很多呢。"

第八十二章　九黎供奉

偃金神色不变，依然不屑地道：“谁会不知道鬼方也派人来了？”

“你知道鬼方来的人是谁吗？”轩辕反问道。他知道如果将偃金的话题引开，两人之间谈论得越久，对对方的目的也便可能猜得越准。因此，他故意将话题的主动性操控在自己手中。

“是谁？”偃金自然不在意知道这么一条消息，是以他不由得问道。

“来的人包括土方部首领地神土计，沚曲部的高手及曲妙，还有另一个武功不输给曲妙的鬼三，若我估计没错的话，刑天也领着高手藏匿在这附近！”轩辕这番话倒不是作伪。

偃金吃了一惊，神色间变化了数次，这些人他当然听说过，更知道这群人没有一个是好惹的。如果连刑天也来了，那这场角逐立刻便显得极为艰辛了，或许他们会一败涂地。

“你是怎么知道的？”偃金问道。

“因为我在两个时辰前差点死于曲妙和鬼三的联手之击中，而刚才，我发现土计在忘忧谷出现，我之所以猜测刑天会来，是因为刑天曾出现在有熊族的癸城外。因此，他自是有可能来此。”轩辕并不掩饰。

“你刚才与曲妙他们交过手？”

“当然，这件事情我没有必要说谎，被人打得四处逃窜并不是一件光彩的事情。所以，我想找个人合作，不仅仅是为了我们的目的，也想让鬼方人看看，我轩辕并不是好欺负的！”轩辕淡然道。

“你认为我们之间有合作的可能吗？”偃金语调变冷。

“事在人为，虽然我曾是你们的大敌，但那是形势所逼，为了求存自然不能留情。可是在一定的环境下相互合作也并不是没有可能，至少这场角逐可以在我们排除了重重阻碍快接近目的时再进行，那无论是对你对我都多了一份希望，省了不少力气，难道供奉不觉得吗？”轩辕反问道。

偃金一呆，轩辕之语不无道理，事实本就如此，如果此刻他们拼个两败俱伤的话，那么的确有可能为鬼方所乘，让对方捡了便宜，而且他们的目的也可能无法达到。但如果此刻能与轩辕联手，先将鬼方这一强大竞争对手的力量削弱，然后再对付轩辕也容易多了，说不定还可以让轩辕与鬼方拼个两败俱伤，那样效果更为理想。

当然，想法是美好的，可事实真能够如此顺利地按他心中所想去发展吗？这自是偃金不敢放心的事。

“我凭什么相信你这些不花力气的话？”偃金的确有些无法安心相信轩辕。

“事实上，合作两利，斗则两害，如果你执意要对付我，我说什么也没有用，但我劝你还是三思而行。”

“你是在要挟我？”偃金冷漠地问道。

轩辕笑了笑道：“不如这样吧，我先让你看看某些正在虎视眈眈的人，你再作出决定吧！”

“谁？”偃金逼问道。

轩辕在众目睽睽之下拔出身上所携的银质小刀，目光变得无比锋锐，向偃金道：“希望供奉能够与我配合一下！”

偃金不知道轩辕要弄什么鬼，但为了表示不畏惧轩辕，他故作轻视轩辕手中的小刀。不过，他心中却在小心戒备着，当然，他对轩辕手中这柄银质小刀并不怎么看好，却想看看轩辕是在弄什么玄虚。

“土计，还不出来吗？”轩辕一声低喝，手中的银质小刀化为一道电芒，直射入五丈外的泥土之中。

偃金和百战诸人皆骇然，但见五丈外的泥土之下立刻有一个土丘迅速拱起，向远方以快得不可思议的速度延伸，如同有一条奇异的蛇在土中急速飞驰。

轰……十二丈外的泥土终于爆裂开来，在尘土四射之中，一道黑影冲天而起。

“土计！”偃金吃了一惊，那自土中蹿出之人果然是土计。

嗖……百战诸人的劲箭全都掉头对着虚空中的土计射去，此刻他们竟相信了轩辕的话，自偃金的语气之中也可捉摸到偃金欲对付这个拥有神鬼莫测遁地之术的土计。

土计在虚空中发出一阵桀桀怪笑，身子化成一团旋风，那四散的泥土竟似凝成了一面土墙，射向他身体的劲箭似被他身体所带起的那股强风引向一边，竟没有一箭可以对他造成任何伤害。

偃金没有出手，但轩辕的身子却如一道虚影般射向土计，疯狂的杀机挟带排山倒海的强大气势如潮水一般向土计涌去。

偃金并不想阻拦轩辕攻击土计，让这两个敌人交手，他自是乐得清闲。何况，他根本就没有把握阻挡得了轩辕这疯狂的一击。

土计一声轻啸，身子在虚空中一旋，避过那自泥土中追射而出的银质小刀，如投林之鸟一般向山林间掠去。

土计竟欲不战而走，这大出偃金的意料之外，但更出乎偃金意料的却是轩辕在抓过那银质小刀后，也飞身投入山林之中。

“对不起了，供奉大人，我先走一步，咱们后会有期！”轩辕远逝的身影后只飘来这样一句让偃金气得翻白眼的话。

此刻偃金哪还会不明白，轩辕这所有的一切只是想找个机会溜走。事实上，轩辕根本就没有兴趣对付土计，甚至根本就不知道他们所谓的目的是何物，但此刻欲追也是来不及了。

当然，偃金并没有怎么后悔，如果刚才土计一直在窥听着他们的话，那当他与轩辕斗个两败俱伤之后，土计一定不会吝啬痛下杀手，铲除他们之中剩下那已疲惫不堪的一个。因此，轩辕这一举动实是对他们两个人都有利。不过，在土计走后，偃金大可将轩辕留下，那时候他便可倾力对付这个可怕的对手而不用担心其他，只可惜轩辕太精明了，这一点早就已经算到，所以在土计一现身之际，便立刻找机会逸走，谁也奈何不了他，毕竟其速太快。

轩辕所取的方向与土计完全相反，一来他不想土计阴魂不散地缠着他，事实上，他也找不到办法杀死这个潜行匿踪的高手，之所以能够发现土计的所在还有些侥幸的成分。当然，他不会每次都有这么幸运，如果真让土计阴魂不散地缠着，那确实不好玩。二来，他急着去见跂燕，没时间与土计纠缠，跂燕所在的方向与土计所行的方向自是不同。

土计的确是个可怕的敌人，轩辕知道这个对手必须清除，否则他没有安生的日子过，就算他不惧土计的暗杀，但是如跂燕、柳庄诸人却是无法抗拒土计的偷袭，抑或包括将来的叶皇、蛟梦，只要有土计存在的一天，这些人的生命就不可否认地受到极大威胁，是以轩辕觉得最首要的便是要让土计永远消失。可是，他却想不到用什么方法对付此人，否则，当年神族八圣早就将这个讨厌的对手给宰了。

轩辕知道此地有龙族战士存在，心头又禁不住活跃起来，他才到这里不久，对这里的情况了解不是很多，但如果能与自己的兄弟们取得联系，那时候便足够了解清楚眼下的形势了。只要了解了眼下的形势，一切都可适当地安排，是以他也一路留下了只有龙族战士才能识别的联络暗记。他可不想再瞎摸乱打，那时候说不定会真的栽在别人的手中也说不定。

跂燕诸人竟未曾离开那个山洞，见到轩辕回来居然又是哭又是笑，跂燕更是赖在轩辕怀中不起来，使得轩辕哭笑不得。

剑奴已将轩辕的事与众人说了，蛟梦诸人来过这里立刻又走了。但跂燕始终不相信轩辕会出事，坚持一定要在这里等上两天，谁知道才不过两个时辰轩辕便回来了，使得本来沉郁的气氛一下子活跃了起来，那悲凄的情调给冲得无影无踪，最妙的却是那匹马儿也亲热地赶来，在轩辕的身边磨蹭，逗得众人禁不住大笑。

盖危对轩辕是佩服得五体投地，硬要领着众人前往不远处的盖山氏驻地，虽然轩辕想早点找到蛟梦诸人叙旧，但盛情难却之下，只得跟盖危一起前往盖山氏，何况盖危想让盖山氏也成为龙族的一分子，他自然乐意接受。能够使龙族不断壮大，这当然是一件让人极为欣慰的事情。

盖山部距陶唐部不远，也是在太行山脚下，不过，盖山部却只有两百余人而已，确是属于一个极为弱小的部落。

部落依山落寨，整个寨头显得极为简陋，以土木石稍作垒叠，与有熊族比较起来有着天壤云泥之别。如果说这些防事对那群毫无智商的野兽有作用那还说得过去，但对于敌人的攻击来说，这些东西实在是太过简陋。

当然，对于盖山氏而言，他们几乎每日都在作迁徙的准备，就因为他们太过弱小，很轻易被敌人吞并。是以，他们若不想遭受灭族之厄或成为外族的俘虏和奴隶，就必须逃亡避难，不停地迁徙。所以，再好的防事对于他们来说，都不是很重要，他们所防的就是如虎狼之类的恶兽伤人，这才筑起寨墙以抗之。

由于这是一个不停迁徙的部落，因此其结构便比较简单，一般的老人并不多见，在一次次的迁徙和奔逃中，老人根本就无法承受那种苦楚，一些不愿迁走，一些在路途中死去，或由于行动过缓而被俘。对于一个不停迁徙的部族来说，年老体弱实是一种悲哀。

对于小孩，在这种部落之间极为看重。一个种族只要有小孩，那这个种族便还有希望。在一个重视小孩的部落之中，女人也备受关怀，不过女人们的任务只是生儿育女，当然男女分工也不同，一个男人更可同时拥有几个女人。

盖山部无疑是一个十分重视小孩的部落，虽然族中只有二百余人，但有七成是妇孺。

盖危就有三个女人，五个儿子，这也是盖危的骄傲。事实上，盖危在人丁稀少的盖山氏之中，地位极高，因为他是族中出名的勇士，能够徒步追上野马，又拥有超乎寻常的灵觉。因此，很受族人的拥戴。何况族中一共只有二十户人家，年龄最长的也只有四十岁。

盖危的大儿子已经十五六岁，也是族中有名的猎手，二儿子也能够上山猎兽，只有最小的三子仍然只是少不更事，而他仍有一个妻子已怀胎六月。如果算起来，盖危已有十多个儿子，只是病死的病死，被野兽吃掉的也有。当然，这一切在这个时代极为普遍，但能够生存下来的，都是生龙活虎、极具生命力之人，也或许是一种幸运。

轩辕诸人的到来使得盖山氏为之震动，倒似是盖山氏有史以来最大的一件事。

轩辕所带来的那匹神骏异常的野马当然也成了小孩戏耍的对象，而如轩辕与跂燕这般俊男美女同样让盖山氏的人叹为观止。

盖危的三个女人虽然在族中算是佼佼者，但与跂燕一比，有着萤火皓月之别。

盖山氏的许多女人是自别的部落里抢过来的，但被抢过来的女人也都成了盖山氏的一部分，而盖山氏的背景正是整个时代的缩影。

在这洪荒的时代中，一切都失去了法则，为了生存，所有的秩序都被打破。人与人之间，部落与部落之间，都变得赤裸裸，除了掠夺还是掠夺。

轩辕诸人的到来，整个盖山氏都大感振奋。

对于轩辕和他的那一群战士，盖山氏以最大的热情最隆重的形式欢迎，是因为龙族战士的传说早已飞遍了天下各地，而轩辕在君子国的大名更是红极一时。当然，君子国的名声极好，这是一个中立从不对外掠夺、爱好和平的强大部落。所以，那些弱小的部落都喜与他们交往，也绝对不会去惹他们。鉴于这些，盖山氏便不得不以最盛大的礼节来对待轩辕诸人。

盖危更讲出了轩辕相救的经历，还有大破沚曲人等惊心动魄之事，听得盖山人只当轩辕是个活神仙，轩辕解释都没有用。

柳庄诸人才来一会儿，便被盖危的大儿子盖石领着一群年轻的大娃娃给缠住了，然后族中的年轻人也都缠住柳庄这群来自君子国的剑手，要他们传授剑法，指点武功，倒是因为剑奴年龄太大，那种深沉的样子，大孩子们不敢惹，轩辕因身份特殊也没人敢来胡缠，而跂燕则被那群女人们给拉去。

这种场面乱成一团糟，连盖危诸人也没办法，只好听之任之。轩辕也感到好笑，这种礼遇他还是首次遇到，不过，这却是盖山氏的一片盛情。

轩辕倒是向族中诸人讨教有关于马的经验，这群人经常去捕野马，但很难寻到如轩辕所驯服的野马这般狂野的。

盖山氏中的长者们毫不藏私地向轩辕传授捕马的经验，其中有许多要点。不过，盖山氏中许多人都只有捕马经验，而未真正享受过骑马的快乐。于是所有年长者都聚在寨外的平地上，欲试骑轩辕所捕之马。

盖危诸人给马套上缰绳，率先跃上马背，风驰电掣般跑了一圈，只让所有围观者大声叫好。

轩辕也没想到系上缰绳的野马如此容易控制方向，当然，这也是因为盖危的身子灵巧，方能在颠簸的马背上坐稳。

轩辕也骑了一圈，感觉不错，就是觉得所坐之处有欠平稳，似乎少了点什么。

然后又有几人试马，但其中有两人险些被摔下马背，若非轩辕抓住马缰，只怕会摔成重伤。如此看来，这马也不是很好骑。

盖危也察觉到了骑在马背上的弊端，如果只是骑马，全部心神用在马背上还好说，但事实往往不是这样，一旦分神，可能就会有被摔下马背之危。如何让马背之上少些颠簸，让马在跑动时，一切都显得平衡，这就成了他们所想的问题。

轩辕也知道，以这群盖山氏长者十余年对马的经验，比他更有发言权。虽然这群人并没有真正骑马作战的经验，但在与马群的斗争之中，他们不知道多少次翻上马背，又被马摔下马背。因此，他们对马背上的运动规律掌握得比别人更为深刻，由他们去想办法解决问题应是最佳的选择。

轩辕终还是个大孩子，在难得有片刻轻松下，也被盖石那群不知天高地厚嬉闹的大孩子给勾起了童心，这让他想起了数年前的自己。事实上，轩辕也只是比盖石大两三岁而已，之间应无什么隔阂，他已经很多年没有找到这种感觉了，或许因为他是有侨族中的一个另类。

作为另类，轩辕或许装得够像，够冷酷，但在他冷酷的外壳之下，也同样藏着一颗火热的心，只是因为时势所限，他不得不将孩提的童真过早地掩藏，取而代之的是对生命的思索，对现实的反省。是以，当他彻悟之时，方明白若想让这个世界变得清明、和睦、友爱，就必须让这个世界在一个强权之下发展，便如伟大的盘古大神建立起强大的神族一样，那时候整个天下在神族的掌控下，各部落间相互尊敬，团结友爱，各种族之间相互通婚，根本不存在战争，就算有战争，也不会如现在这般每个部落、每个氏族都人人自危，失去了一个制衡的标准和法则，处处充满了血腥，充满了杀戮，人类变得比野兽更可怕，更没有人性。因此，这个世界所缺少的不是仇恨，不是物质，不是人丁，而是一种法则，一种规律，一种约束众生的标准。

轩辕深深地明白，这个世界缺少了一个强权的统治，以一颗仁爱的心去建立这强权的国度，将这些相互杀戮仇恨的部落规范起来，方是真正让世界和平的最佳途径。

这个世界已经不相信仁义，不相信眼泪，在血腥的风雨中，每个人都或多或少地有些疯狂，未疯狂者迟早也会被逼得疯狂起来。若想拯救整个世界，唯一的方式便是以暴制暴，再施之以威德。这或许是因为轩辕自小就厌恶那血腥的杀戮之故，对那些披着仁义皮毛的丑恶嘴脸更是深感愤恨，也使他立志要让这个世界以他的意志去重整。而龙族战士和所有已属于他的力量，都是他重整天下的筹码。

其实，人活在这种无休无止的斗争之中的确很累，轩辕也不例外，是以他也想要轻松。眼下盖石诸人正勾起了他的心思，于是他也加入到了这群年轻男女之间。

轩辕的加入让其他人一时难以适应，但盖石诸人也很快就适应过来，毕竟年轻人乐起来便有些忘乎所以，哪里还管轩辕是什么身份？

盖危诸人先是有些吃惊和担心，后来见轩辕玩得不亦乐乎，也就释然，倒是剑奴一个人静静地对着夕阳而坐，似睡似醒，抱剑之状极为严肃。

没有人敢去打扰剑奴，像剑奴这般年长者，盖山人很少见到，但每个盖山人都知道剑奴也身怀不世武功。

晚餐极为丰盛，但却也比较单调，多是一些肉食与山果之类，不过对于盖山氏来说却是非常难得了。

轩辕难得有轻松的机会，今日算是玩得极为舒心惬意，多日来抑郁的情绪也得以消除，与盖山人的关系也更为融洽。

剑奴却是着了魔似的练剑，似乎有源源不断的启示，使他有些废寝忘食。整整一个下午都面对夕阳而坐，太阳落山便开始练剑。

轩辕大为惊讶，因为剑奴的每一招每一式都显得有些稀奇古怪，但又充满了强大的杀伤力，更是将霸烈的气势演绎到极致，这剑法似曾相识却又无法记起。另外一个注意剑奴之人却是跂燕，她对剑奴的关注似乎更胜于轩辕，对剑奴的每一招每一式都极为在意，神色间更有似喜似嗔的表情，只让轩辕看得大为讶异。

盖山人除盖危之外还是第一次见到剑奴使剑，人人皆为那神鬼莫测的剑势所慑，但轩辕却立刻吩咐众人撤离，他不想有人打扰剑奴练剑，并让柳庄选几名剑手分守八方，除跂燕、盖危和盖山氏其他几名年轻人可以留下观看之外，其余人都需经过盖危和轩辕的允许。

翌日，天未亮，盖危便匆匆忙忙地来找轩辕，此时轩辕与跂燕睡意未去。昨夜两人极尽缠绵，是以睡得极晚。

跂燕早当自己是轩辕的女人，她对轩辕的痴恋实已到了无以复加之境。经过许许多多生生死死的变故，他们彼此都发现爱人的重要，在这混乱的世界中，唯有在爱人的怀中，在与爱人的缠绵中，方可找到生命真实的存在。

轩辕本多情，而他对跂燕的感情绝不是作伪的，甚至比对燕琼、褒弱来得更真，在生死患难之中，他们已经建立起了难以割舍的感情。

轩辕起身，却听盖危说寨外有人要见他，不由大惊，却不明白这么早究竟是谁来找他，只得叫盖危在外面稍等，又转身入屋对跂燕说声有事先出去一会儿，便迅速跟盖危来到寨口。

昏暗之中，只见那不甚高的寨墙外立着三个人，轩辕乍看之下不由大喜。

“郎大，怎是你们？”轩辕忍不住喜呼，本来满肚子的怨气也消失得无影无踪。

“大首领！”郎大这才看清轩辕和盖危的面目，几人也禁不住大喜，利落地翻上寨墙。

“真是大首领在此，我们发现大首领留下的暗记，于是一路找到了这里！”郎二插嘴道。

“我来介绍一位新朋友！”轩辕指着身边的盖危道，“盖危，盖山氏的勇士，也是龙族战士的新成员！”说着又对盖危将郎氏三兄弟介绍了一遍。

盖危没想到眼前的三人便是龙族战士的重要成员，不由得大喜，但见郎氏三兄弟人人全副武装，行动犹如三只出笼猎豹，充盈着无尽的动感，也使盖危心生“果然不愧为龙族战士”之感慨。

“我们入内再谈！”轩辕终于与龙族战士取得了联系，心中极为欢悦，出言道。

盖危自是热情至极，听轩辕所说，他已经成为了龙族战士，自然心中十分高兴，何况能得以亲见龙族战士的精英，这机会自是难得，自是要盛情接待。

郎氏三兄弟得知盖山氏人全都依附龙族，心中当然高兴，他们作为龙族战士的元老，能够看着自己的族众越来越多，当然免不了有一种自豪感。至少，在龙族的强大中有他们的一分汗水，就像是一个母亲看着自己的孩子长大成人逐渐有出息一般，那种欣喜绝不是装出来的。不过，他们再次面对轩辕之时，只觉得此刻的轩辕比一个多月前的轩辕又变化了许多，无论是整个人的气势还是行动举止，都变得更为高深莫测。

对于郎氏三兄弟来说，轩辕的这种变化自是一件喜事，毕竟轩辕是龙族的大首领，轩辕的变化只能说明龙族将会在他的手中更壮大，更有前途。事实上，那一群龙族战士无不以轩辕而骄傲。

想轩辕以如此弱小的力量将强大的九黎弄得元气大伤，损兵折将，而龙族战士的伤亡却是如此之微弱，这简直是一个奇迹。而轩辕大战花蟆凶人，击杀渠瘦杀手之事，也已经传到龙族战士的耳中，而轩辕在君子国中的一番作为，也是龙族战士所津津乐道的典故。这些传闻不算，只看轩辕所议定的训练计划和准则，已将龙族战士每个人都训练得如猎豹一般，每个人都充盈着从未有过的高昂斗志。每个经过半年训练的人，都足以与九黎的一级勇士相抗衡，这当然与轩辕毫不藏私地将绝技倾囊传授给每个人有关。这群本就是最优秀的猎手再在内功和身法上加以修炼，更使体力和韧性得以大大地提高，于是轻而易举地成为了一名好手。而龙族的迅速壮大，也让每个龙族战士对创始者轩辕涌起了无限的敬意。

郎氏三兄弟也不例外，想当初他们不过是一群奴隶而已，若没有轩辕，他们根本就不可能拥有新生。因此，他们对轩辕绝对是忠心不二。

火神祝融与水神共工决斗的消息让轩辕心中有若哽了一根刺。

如果说返回祝融氏的是真正的火神，那便表示柳静可能真的与东山口同葬水底。想到那冷艳的柳静对他那般关切，犹如一个慈母般，虽然相处时日极短，但那种印象却永远烙在轩辕的心头。何况，柳静还是跂燕的母亲。

在没有得到这个消息之前，所有人都对柳静抱着一丝希望，希望柳静能够幸存，可是当得知这个消息之后，所有人的希望都随之破灭。

“叶皇说在决斗之后便会立刻赶来与大首领会合!”郎三以为轩辕是因为未能见到叶皇这才心神不定。

轩辕不由得收拾情绪，问道：“常山的情况如何?”

郎大见轩辕回过神来，忙回答道：“此刻这里的情况像是很复杂，陶唐氏似乎没有一点动静，倒是鬼方和东夷诸部非常活跃。我们一直都没有探到龙歌的下落，只是听说有一批追随龙歌自西而来的高手在常山附近出现过。不过，他们的行踪很难确定，都是一群极善于掩饰行踪的人物。我们几次派兄弟查探，都被甩脱，还有几位兄弟受了重伤。”郎大不好意思地道。

“他们设下的机关实在太厉害了，一路走过都是陷阱遍布，所有想跟踪他们的人都吃了大亏，听说鬼方的血鬼部和林胡部在他们手中差点全军覆灭了。”郎二补充道。

“这群人的行踪以后不必去追查了，一切都交给我。难道这里没有别的异常吗?”轩辕立刻明白，这群追随龙歌的人物可能便是蛟梦一行人。也只有他才明白有侨族人所设计的机关之精巧，是以知道郎大和郎二所说并不是夸大其词。

“我们探得消息，似乎连太昊也派来了高手，也不知是真是假，因为据东夷族莱夷部的高手说，三苗也想得到龙歌手中的河图。”郎大又道。

太昊派人对付龙歌的消息对轩辕来说并不意外。自他与圣女凤妮一番对话之后，对于有熊族整个大局的形势已经有所了解，这群人之间各耍手段，其目的却是一样的——为了得到河图洛书，开启有熊族中的神门。

“你既然知道与龙歌一起东来的那群高手的消息，难道就不能确定龙歌是否隐于其中吗？”轩辕忍不住问道。

“这次龙歌东归时兵分三路，使得各方势力弄不清楚龙歌究竟是隐在哪一路人马之中。这行至常山的这一路人马是三路人马之中实力最强的，是以众人都估计龙歌会与这一队人马一起行走，这是到目前为止最为确切的消息。”郎大叹了口气道。

轩辕没有问，郎二却接着道：“有人说龙歌进入了忘忧谷，传说龙歌的母亲是忘忧先生的妹妹，是以龙歌来请忘忧先生出山护送他回熊城。”

“忘忧先生？”轩辕吃了一惊，反问道。

“我们也只是听了传说而已，事实是不是这样，谁也说不清楚。”郎二解释道。

“不过，九黎族的一群杀手偷偷地潜入忘忧谷，但是一个人也没有出来。我看鬼方和九黎人也围着忘忧谷不肯走，甚至有人说三苗的高手也曾出现在忘忧谷外。我想如果真是这样的话，这种说法应不会是空穴来风。”郎三分析道。

盖危很知趣地早已离开了，但九黎杀手潜入忘忧谷的消息却让轩辕大吃了一惊，心想：“该不会猎豹、花猛诸人就是闯入忘忧谷之人吧？”不过他的心思却在考虑另外一个问题。

郎氏三兄弟见轩辕半晌不语，也都静静地望着轩辕。

“我想忘忧先生是龙歌的舅父应该是真的。”轩辕半晌之后才肯定地道。

郎氏三兄弟愕然，不明白轩辕愣了半晌就只是说了这个，而且如此肯定。

“大首领怎会如此肯定呢？”郎大试探着问道。

“因为这个消息一定是从熊城传出来的，而传出消息之人定是知道这件事情真相之人!”轩辕自信地道。此刻他已经把握到了这件事情的脉络，他几乎可以肯定这个消息一定是创世大祭司或蒙络传出来的，因为最不想龙歌返回熊城的就是他们，但他们自己又不便出手，自然想让别人代其出手。因此，所有能够对龙歌造成打击的消息，他们便会毫不犹豫地传出去。

以偃金、土计这般精明似鬼的人，如果不是认为这个消息有很大的可靠性，他们绝对不会去得罪木神苟芒。要知道木神苟芒在神族八圣之中是仅排在火神祝融、水神共工和电神应龙之后的不世高手，谁想去得罪他都不得不承担起极大的风险。偃金敢得罪木神定是认为这是事实，因此才会不惜一切代价对付木神苟芒。

当然，轩辕知道其中内幕，但他不会说给郎大诸人听，这之间涉及他与圣女之间的秘密，只要他心中明白就可以了。

郎氏三兄弟却被轩辕的回答给惊愕住了，他们不明白为什么这个消息是自熊城传出来的，他们自是不明白为什么有熊族人要害龙歌。不过，他们知道如果轩辕不想说，就最好不要问。

“今趟来了多少兄弟?”轩辕转换话题漫不经心地问道。

“有三十余人，都是身手超群的最佳猎手。”郎大回答道。

轩辕悠然地点了点头，心中盘算着，有三十多名龙族战士，再加上二十名君子国的高手，共有五十多名可用之兵，这些人应该都是以一敌十之辈，足够与敌人周旋，何况还有蛟梦那一群尚未取得联系的高手，此地离常山并不远，君子国的战士只要一天一夜便可赶来，因此与之周旋确实已经够了。只要他能够让猎豹和花猛诸人恢复本性，便可以全力相助圣女凤妮，让龙歌安然返回熊城。

轩辕知道，靠自己眼下的力量仍不足与有熊、鬼方、东夷这种大族相抗衡，充其量也只不过如九黎族一般，或许已有抗衡五大虎族的力量，但这又能代表什么?当他想到有熊族十大连城和主城熊城之时，相比之下，他的力量实在是太过单薄，若想让天下太平，便只有借助如有熊这般实力强大的大族。鬼方和东夷可以排除，三苗又太过遥远，而且太过分散，所以也可以排除，那他唯一可以凭借的便是有熊族，因为有熊族也可以说是他的祖族。

当然，轩辕还得证实龙歌是否的确是块能让天下太平的料子，如果龙歌实不是这块料子，他也绝对不会死守陈规。对于这一点，轩辕或许仍是那个另类。不过，从目前的形势来看，龙歌的确是个极为聪明的人，将所有能够动用的力量全都动用了。

“我们的战士和跂踵族的兄弟们呢?”轩辕问道。

“他们全都在范林，那里的确是个非常好的地方，难得没有猛兽，方圆数百里皆在大涧之中，东出便是黄河，岛岛相连，水土肥沃。不过，去范林之路确实是非常难走，若非是跂蚂老爷子熟识路径，只怕根本没人能找到那地方。”

“是啊，去范林也要从死亡沼泽中经过，不过与大首领所行方向不同。而另外一边通向黄河的路径却是弱水，连毛发都无法浮起，舟筏入水即沉。因此，只有死亡沼泽一条路可通。”郎三接着郎二的话继续道。

“那些岛上有河流，有瀑布和山峰，还有各种各样的鸟，在那里具备训练所需的一切条件。二首领准备将一些生活极为困苦的部落转移到范林去，另外一些已经壮大的部落就让其为龙族招纳人才。不过此刻大部分战士都在范林训练，每十天集体出猎一次，另外各部落还会送去一些物品，我们在范林耕种足以自给自足。”郎大谈到范林禁不住洋溢着欢悦之色。

“范林现在有多少战士?”轩辕也禁不住对范林向往起来。

“现在在范林有一千多精锐战士，加上妇孺有四千人左右。另外在其他各部落，如蝎王的部下大概有两三百战士，玉蛇族也有一百多精锐战士，虎啸的部下更多，他将附近的小部落全都招纳过来，甚至是以武力征服。所以，他的手下有近四百精锐战士，在他声望大涨之下，相依附的野蛮人极多，连九黎人也奈他不何。黄叶族的猛禽在半个月前传来消息，他的族人势力也在膨胀，此刻也有数百可战之兵。哈莫在大首领离开跂踵族三天后与禺夷部高手交战战死，他儿子哈诸成了赤龙族首领，在这段时间与东夷的禺夷部每战皆捷，使得赤龙族声望大振，更救出数百东夷族的奴隶。因此，赤龙族也有千余子民，可战之人想来亦有数百。因此，如果将龙族战士的力量加起来应差不多有三千人!”郎大如数家珍一般将各部的实力一一报了上来。

轩辕听得眉头大展，心怀大畅，如此一来，加上君子国的战士，自己最少有三千可战之兵，如果再有如青云剑宗、共工氏、有侨族这样的兄弟部落相助，情况会大妙，虽比有熊族差上许多，但在兵力上比之九黎族却是有过之而无不及。他实没想到在这几个月的时间中会有如此大的变化，发展如此迅速，这确实是非常令人欢喜之事。如果这群战士经过一两年的严格训练，必会成为横扫天下的无敌大军。而这一两年之间，只要仍采取休生养息的方式，定能够使得龙族在这战乱洪荒中变得更为壮大。

事实确是如此，当烽火四起之时，若有一个强大而又安稳的部落存在，一定会成为那些受难者依附的对象，只要这股力量保持中立，不仅仅会得以稳定，更能从中得到许多利益，到时候各种势力元气大伤之时，便是龙族开始腾飞之期。想到这里，轩辕已有定计，他知道是该收敛实力的时候了，只有将自己的实力收敛于某处，一旦突然出袭之时，才能够起到奇兵之效。在这段时间，他不想将自己的实力太多地动用。只有在机会来临之时才会用得着这招奇兵。

轩辕的眸子里射出自信而狂热的光彩，盯着郎大充满豪情地道：“你立刻派人去范林，让二首领召回所有重要的头领，我要为龙族的命运作一次决定性的安排，我要让龙族成为继神族之后最强大最伟大的种族!”

郎氏三兄弟皆被轩辕的情绪所感染，不由怔怔地望着轩辕，半晌才知道激动地应命。他们此刻甚至相信世间没有轩辕做不了的事，只看轩辕那充满豪情的自信，便没有人会怀疑轩辕所说的只是痴人梦话。

第八十三章　驯马大计

与郎氏三兄弟长谈完毕之后，天已大亮，于是轩辕便将柳庄等二十名剑手及剑奴介绍给郎氏三兄弟认识，早餐在盖山人的盛情下愉快地用过。

轩辕再与盖危等人商量了一下将盖山氏的妇孺迁往范林的细节，但轩辕却希望能够借助盖山氏对野马的熟悉而去降伏一群野马，以作为将来龙族战士征战的坐骑。不过，轩辕决定调集一百名龙族战士专门来助盖危驯服野马。

盖山氏人皆大喜，他们总想有一天能够将这些年所得到的经验完全发挥出来，如果有轩辕所派的一百名龙族战士相助，那时候对付马群便不再是束手无策了。只要有足够的人手，许多本来不能够运用的套马战略便能轻易施行，他们自然是大为欢喜。

当然，这一切必须等到范林遣人来之后才能施行。这些天，他们都极尽全力地熟悉马性，轩辕所驯服的马则是对象。他们更会尽力改进如何使自己在马背上少受颠簸之苦的问题。经过族中众人一夜的细想，已经有了大概的轮廓。

上午，轩辕领着剑奴和阿虎等五名剑手与郎氏三兄弟离寨而去，唯留柳庄等十五名剑手和跂燕在盖山族中给那群好动的大孩子们传授剑术。

当然，对于盖山氏的每一个人都要强化练习，使他们的身手能够在最短的时间内得到最大的提高，更因其所要对付的是野马，因此更多的是练习身法和气劲。虽然在短短的数月时间中根本就看不到成效，但方式和准则却要先树立起来，这样以后的训练才会容易一些。

盖山氏之人对轩辕是奉若神明，既是轩辕所吩咐的，自然遵守，因此都极为努力地练习，此刻他们对龙族充满了向往和希翼，有了强大的动力，每个人都极为自觉地严格要求自己。那群女人们也都缠着跂燕授其武功，跂燕盛情难却之下，也只好授其一些基本的防身之术，整个盖山部气氛全面激活，从来都没有像这一刻般使得整个部落都洋溢着活力。

此次龙族战士之来，并没有想与什么人交战，只是欲在暗中出手，所以并没有带来许多人。

范林距陶唐氏并不是很远，只有三天多的路程，只是之中的一片死亡沼泽比较难行而已。

轩辕所要前往的地方仍然是忘忧谷，虽然他心中也记挂着木青的安危，但是此刻却很难得知蛟梦诸人的行踪，如果他的猜测未错，龙歌真的在忘忧谷中，蛟梦诸人定会在忘忧谷外出现。抑或，只要忘忧谷中的事真与龙歌有关，蛟梦诸人便应在忘忧谷外出现，而据郎氏三兄弟所报，九黎族的杀手潜入谷中再也未出来，结合昨日偃金的表现，应确有其事，只是不知道这群杀手是否包括猎豹和花猛诸人在内。如果包括他们在内的话，只怕轩辕也必须入谷一趟了。

当然，轩辕并不清楚那万花大阵的威力，但看连偃金和土计也都畏避不已，应该不会差到哪里去，而轩辕能闯过万花大阵吗？相信在此之前任谁也不敢下定论，包括轩辕自己。他曾经闯过神谷中的迷阵，但那并不能算是一种阵法，只能算是迷障而已，可眼下的忘忧谷却是另一回事。

三十多名龙族战士便住在忘忧谷不远之处，见到郎氏三兄弟竟与轩辕同回，皆大喜，这群兄弟与轩辕相见，虽然此刻轩辕为龙族之首，但仍免不了一阵寒暄，叽叽喳喳说了一阵子，使得众人皆心怀大畅。

众龙族战士正说得起劲之时，骤闻几声惨叫自远方传来，诸人不由得皆讶，轩辕却只是领着剑奴和郎大及阿虎急速蹿出山洞，向惨叫声传来之处赶去。

郎二和郎三也立即嘱咐众人小心戒备，在这种乱成一团糟的情况之下，谁也不知道某一刻会有危险发生，某一刻会遇到强敌来袭，实因这里的敌人实在是太杂太乱！

地上有十多具尸体与一片凌乱的箭迹，而这些人皆是因为中了乱箭而亡。让轩辕感到意外的却是这群死去的人竟皆为九黎战士，其中还有两名是一级勇士。

地面之上一片凌乱的脚印，显然是有许多人自此地奔踏而过。

竟有人在对付九黎人，这让轩辕感到意外，也让他的心情雀跃，是不是蛟梦诸人所为呢？抑或是鬼方与东夷先来了一番狗咬狗之类的？抑或是……轩辕不愿想得太多，身形如风般顺着脚印急追。以他的速度，若要追上这群刚经过不久的人并不是一件难事。才追不到半盏茶的时间，果然便又听到了几声惨叫，让他意外地却是听到了帝十的声音。

“我东夷与陶唐氏向来是井水不犯河水，你们为什么要苦苦相逼？”

这正是帝十在说话，轩辕对帝十的印象极为深刻，毕竟两人曾是老对手。不过，他没有料到这次出手对付九黎的竟是陶唐氏，而听帝十的口气，竟似吃了亏还有苦难言。否则以帝十的性格，在这种时候绝难克制自己的脾气。

“非常抱歉，我也只是奉命行事，帝长老应该体谅唐德，首领之命不可违，任何胆敢骚扰圣谷和木神的人，皆是我陶唐氏的敌人，杀无赦！”一个粗犷而沉冷的声音传了过来，声音听似无奈却又包含着浓烈的杀机。

“你们只不过是想独得河图而已，欲找借口也无须以此为名。”

轩辕不用看也知道说话之人乃是老敌人帝放，身为帝十身边的护卫长，他当然是如影相随。如此看来，今次的确有许多熟识之人赶来。

“不管你们怎么说，我已经明白地告诉过你们，谁欲敢对圣谷和木神不利，皆是我陶唐氏的敌人，谁未经许可踏入圣谷范围五里之内，皆杀无赦，便是少昊亲来也不例外！”唐德的声音再次变冷，杀意凛然地道。

帝十也似动了真怒，唐德竟敢对少昊也出此狂言，的确让他大怒，但此刻在人家的地盘上，又处于绝对的下风，他根本就没有反抗的机会。要知道，陶唐氏曾为神族的五虎族之一，族中高手如云，便连少昊这等绝世高手也不敢轻意去得罪。因为少昊所依仗的最大一股实力高辛氏在五虎族中排名甚至在陶唐氏之后。因此，一直以来，五虎族的地位在洪荒中仍有些超然。

五虎族中除夏后氏依附太昊、高辛氏依附少昊外，高阳氏、有虞氏、陶唐氏仍保持独立。不过，有虞氏的势力有些没落，高阳氏的实力也大不如从前。

当然，高阳氏与有虞氏相距不过三百余里，两部依然有相呼应之势，因此，尚没有人敢小看这两部的实力。

"我会记住你今日所说之话，咱们后会有期!"帝十愤然道，便领着仅剩的九人转身便走。

"你是在威胁我?"唐德也是个极为高傲之人，听到帝十此话也不由得怒问道。他身边的五十余名陶唐战士立刻箭上弦，他们也伤亡了一二十人，这五十余名战士中亦有一些人或多或少地受了一些伤，但其斗志依然高昂至极。

帝十怒然回身，与唐德对视了半晌，冷笑道："唐长老应该明白我话中的意思，今日只要我帝十不死，他日定会加倍奉还于你!"

"哈哈……"唐德不怒反笑了起来，怜悯地望了帝十一眼，悠然地吸了口气，然后以极为平和的语气道，"如果帝长老有此想法，那非常抱歉，我只能让明年的今日成为你的忌日了!"

帝十脸色一变，他身边的九名战士迅速向两边分开，各选一株树干作为掩护，但他们的身形才动，便已听到唐德低喝一声："杀!"

嗖……在陶唐战士劲箭射出前的一刹那，虚空之中竟多了一簇簇如飞蝗般的利箭。

利箭的目标却是唐德和陶唐氏的战士。

这个突然的变化的确让唐德吃了一惊，同时之间，陶唐氏战士的箭也匆忙脱手，但却失去了准头，因为他们自己也需快速移步躲避这突然而至的要命之物。

唐德竟不避射来之箭，手中大弓一挥，幻成一幕虚影，犹如一张巨盾，所有射向他的劲箭全部被绞落，当然，那群陶唐氏的战士却没有这般幸运，立刻有十余人中箭而亡。

帝十大喜，整个身形随矛已化作一道光影射向唐德，他对唐德几乎恨之入骨了，他身边本有近四十名战士，可却被陶唐氏战士射杀得仅剩九人，叫他如何不怒？当然，如果是正面对敌，他并不惧唐德，但是他们却是中了唐德的埋伏，被杀得措手不及。而唐德的咄咄逼人和赶尽杀绝之行径更是让他心中被恨火煎熬，此刻既有人相助，不趁机报仇更待何时？

但帝十的身形刚动，便有另一道身影以比他更快的速度扑向唐德。

轩辕正在惊讶之时，却已认出了此身影竟是偃金。

偃金自是将刚才的一切看在了眼里，此刻岂会对唐德客气？

嗖……九黎战士新增生力之军自是士气高涨，箭雨纷飞，百战领着那一群愤怒的九黎战士狂涌而出。对于陶唐氏，双方既然已撕破了脸，也便没有任何客气的必要，所存在的只能是血与血的债务。

在这个年代，唯有强与弱之分，征服与被征服之分，所以非友即敌。

偃金本也是个极为狂傲之人，怎肯眼看自己的同伴受气？何况陶唐氏战士丝毫不给九黎面子，竟然杀死他们数十名兄弟，这无形之中双方便结下了不可解开的仇恨，是以他欲击杀唐德。

唐德一声冷哼，丝毫不惧地迎上偃金，陶唐氏的战士人人奋起相迎，这些人皆是极好的猎手，兼之平时无不好勇斗狠，一旦真正出手，谁也不会手软，遇敌便杀。双方更是你见我红眼，我见你红眼，这番厮杀自是竭力而为。

强悍的九黎战士遇到凶悍的陶唐战士，双方确有一番拼斗，但战事的关键却集于唐德和偃金的交手。

偃金显然已动了杀机，而旁边的帝十自不欲与偃金联手对付唐德，毕竟他在九黎也拥有长老的身份，对于武功与他只不过是在伯仲之间的唐德，自然没兴趣与偃金联手，那也是对偃金的一种尊重。

偃金乃九黎四大供奉之一，其武功自不是帝十所能比拟的，当然，二人之间的差距也非很大。而帝氏在九黎族中地位显赫并非侥幸所致，单凭帝大的武功便可稳座九黎族的第三把交椅，仅次于风绝与风骚，也有人甚至传说帝大已得到了神族矛宗的绝秘武学，武功之高甚至已经超越了风绝和风骚。

当然，传说只是传说，并非事实。不过，帝大这些年来从未出手那倒是真的，似乎没有什么事情可以轮到他亲自出手。在九黎族中，他的身份仅次于风绝，为九黎族总监。是以，在神秘的气氛之中，他似乎显得更为深不可测，这才有人怀疑他的武功比之风绝更厉害。

帝二和帝恨战死君子国之事对帝家兄弟的打击很大，先是帝十三死于与轩辕的一战中，再有这档子事，使得帝家的声誉也大受损失，但在东夷诸族之中，却没有任何人敢小看帝氏，包括四大供奉在内。

想当年，矛宗在神族与逸电宗、剑宗并驾齐驱，只是后来比逸电宗、剑宗早一步衰退，更因拜倒在魔帝蚩尤的门下，而弃于神族正宗，这才使得神族八圣之中没有矛宗的高手存在。事实上，矛宗当时也确实出了绝不逊于神族八圣的绝世高手，后来却重创于有熊族的上代太阳之手，但有熊族的族长太阳也因此英年早逝。否则的话，哪轮到龙歌与圣女凤妮如此年轻便肩负有熊族的重任？

傴金的攻势极为凶猛，所使的竟是一双短凿，看上去形状极怪，但这双短凿施展出来，使得傴金如一个浑身长满利刺的怪物，面对唐德的攻势，他几乎以横冲直撞之势去对待。

唐德的功力也甚为了得，竟每记皆与傴金硬击，不过几乎每三招必退一大步，他那疯狂的攻势根本就无法探到傴金的实体，更不用说破开傴金的凿网了。

傴金是一个近身相搏的高手，每一击都生出一股一往无回的气势，仿佛只有鲜血才是他今生所渴求的东西，主动权已经完全操控在他的手中。

帝十杀机如狂，陶唐氏战士虽然身手不弱，但哪是帝十的对手？几乎没有人可以在帝十那重矛之下接下五招。有帝十的加入，这群陶唐氏的战士似乎注定只有惨败一途。要知道帝十与傴金所代表的乃是九黎族的精锐组合，这两大高手在一起，唐德当然只有认命一途。

正当唐德斗志尽失之时，陡地觉得打横里生出一股强大的剑气，几乎将虚空裂成两半，他在无条件之下骇然暴退。

当……一声清脆而沉长的金铁交击之声响彻整个林间。

唐德再看，却发现傴金竟退了三步，而在他的面前多了一位须髯皆灰的老者。他只是自侧面看到这老者脸上那一道犹如刀刻剑磨的皱纹散发出如沟壑纵横的高原一般沧桑的气息，而这股沧桑的气息更表现在这老者的每一寸躯体之上，当这沉重的沧桑凝于剑锋则成了一种足以撼天动地的斗志和杀气。

这是一种另类的斗志和杀气，有异于霸厉阴冷的杀气，更不是张狂而野性的那种，在这种杀气之中包含着悲天悯人的博大情怀，犹如一个淳朴的老农望着田中快要旱死的禾苗一般。

唐德的心为之深深地震撼了一下，虽然老者不言不动，但他似乎已经读懂了这老者内心的一切，包括那颗跃动的心，那深藏在灵魂深处的淳朴而执着的信仰，而这种信仰的凝结却是他手中的兵刃——剑！

偃金也怔了怔，事实上，以这老者自身的功力还不足以震慑他，但从这老者周身散发出的那股异样浓烈的气势却已深深地震撼了他的心灵。所以，他不自觉地退出了第四步。

“他交给我！”老者的声音也是那般沧桑而低沉，像是在对着神佛祈祷，但却有着一种让人无法抗拒的力量，让人不自觉地遵从他的话，便像一个小孩很顺从地听着他爷爷的训斥和安慰一般。

“你是什么人？”偃金心底禁不住升起了一种怪异的感觉，讶然问道。

“我没有名字，如果你愿意，就称我为剑奴！”那老者的话语不紧不慢，显然无比恬静而轻松。

“剑奴?!”偃金和唐德同时低念，他们心中的惊讶是相同的。

唐德确实没有想到会突然跳出这样一个神秘的高手为他接下了偃金，但这人却甘愿以剑为主，实在是让人有些惊讶。

偃金却是从来都未曾听说过这样一个人的存在，但以对方的年龄和武功，绝对应该是称雄于江湖许多年，可是他的印象之中竟找不到这么一个人的存在，是以他感到惊讶。

“你是苟芒的仆人？”偃金突然若有所悟，惊奇地问道。

唐德心下恍然，他当然听说过木神苟芒曾是出自剑宗，而眼前的老者自称剑奴，自是苟芒的仆人了。否则的话，谁配拥有这般功力绝顶的高手为奴？

“如果你愿意这么猜我并不反对，不过你会失望的！”剑奴竟然有些意味深长地笑了笑。

而此时唐德却无暇搭理这些了，帝十根本无人可制，他的手下已经被杀得七零八落，死伤一片，而九黎战士却是愈战愈勇，虽然也伤亡惨重，但相较而言，陶唐战士的损失便大了。

偃金虽然对突然而至的剑奴有些高深莫测之感，但他却绝不是个轻言放弃之人，只不过，他竟无法在剑奴的气势之中找出一丝破绽，他觉得无论自哪个角度出击都将承受剑奴无情的一击。那种浑为一体，没有半点瑕疵之感的气势实在让人泄气，不过，偃金仍是出手了。

偃金出手，顿时四面八方千万点凿影如一张织得极密的巨网向剑奴罩去。

剑奴却在此时身退，一退两丈，速度快极，而他的退，却如长河决堤一般将偃金那狂野的气势拉长，甚至自一边引开。

偃金大惊，惊的是剑奴竟然一开始便以如此古怪的打法，将他蓄足的气势在刹那之间引开，使得他本来狂暴的一击变得有些空落而毫不受力，怎叫他不惊？

偃金惊，惊的还不是剑奴引开他气势的方式，而是剑奴在他最不想对方出剑的时候出剑了。

剑奴的剑，犹如自鱼背平剖而入的利刃，可以将肉和刺完整而利落地分开，而他所分开的是偃金的气势和招式。

没有气势的招式，如失去了灵魂的行尸走肉，空有躯壳却无真正动感之处，而剑奴对这之间的缝隙把握得竟是如此精妙而准确。当他将偃金气势拉长引开的一刹那，偃金那强大的精神压力立刻裂开了一点破绽，招式也将随着心灵的破绽而出现真空之处。而剑奴却能够将这之间的破绽把握得如此准确，如此精妙，怎叫偃金不惊？

偃金惊，唯有迅速变招，他知道，今次遇到了对手，真正可怕的对手。

真正的高手只要在出手的第一招就可看出，所谓行家一出手便知有没有，仅凭剑奴随意一式便足以让任何对手刮目相看。

偃金变招，以图掩饰这之间所生出的那一点破绽，他也在不可能的情况下硬生生地退了两步。

这的确是很有趣的事，双方完全未能正面交手，便相互退避，这种场面就像小孩在嬉闹，但真正的高手却清楚，这之间的凶险仅在一线之间。

剑奴一退一进，快若惊鸿闪电，剑身灵动得如无孔不入的电芒，在偃金退后第三步之时，已经攻到了其面门。

偃金唯有硬接，他甚至感到有些无法抗拒剑奴这灵动得完全没有定向的剑。

叮……金铁交鸣之声极轻，那柄剑已若灵蛇一般滑入偃金的凿网之中，竟是那般灵活。在剑凿交击的一刹那，剑奴的剑便有七十六种角度的变化，与五重力道的交换，使得这一剑拥有了无可比拟的威胁力。

偃金身子一缩，不退反进，却是自下盘抢进，欲趁剑奴的剑被封上盘而施行近身相搏之法。

事实上，剑奴一开始便看准了偃金的意图，因此一退便是两丈，令偃金的如意算盘落空，使这个主攻型的人物反而先机尽失，落入了其算计之中。对此偃金当然也已早料到，可能是因为剑奴刚才在一旁观看了他与唐德的相斗，所以也便想出了与他相斗之法。因此，他欲抢回先机，唯采取近身相搏一途，而别无他法。因为在功力上，剑奴并不输于他，在剑术和气势上，剑奴也是无可挑剔的。是以，这是他别无选择中的选择。

偃金进，剑奴却退，在步履之间针锋相对，剑奴脚下的步法也极为玄奥，根本就不给偃金任何机会。

剑奴脚步后撤之际，长剑下拖，然后以急速上挑，使得偃金不得不放弃自下盘抢攻的想法而抽身后撤。

剑奴几乎是偃金腹中的蛔虫，似乎完全知道偃金所想，在偃金后撤之际，长剑已标射而上，剑尖似乎凝聚了万钧的力道，狂野而暴烈的杀机一时间取代了那沧桑而沉重的压力。

一进一退，一退一进，剑奴咬着偃金的尾巴穷追猛打，在策略上掌握得极为到位，根本就不会给偃金喘气的机会。剑奴胜在速度、步法，加上剑法的轻灵飘逸、无迹可寻，竟使得首占先机的偃金连连失利。

偃金心中又气又急，他的每一步似乎都在剑奴的计算之中。剑奴若即若离，阴魂不散的剑始终是在他的面门之前晃动，他欲挡欲击都找不到方式。因为剑奴的剑可以在瞬息作千变万化，可以在眨眼间作百余个角度方位的变换，而且剑身的力道也是变化无常，根本就让人无法捉摸。

唐德与帝十交手，两人倒战得旗鼓相当，虽少了剑奴与偃金的那份惊险，但却多了一些火暴和壮烈。两人都是以硬碰硬，各受了一点小伤。不过，陶唐氏的战士却吃了亏，此刻的战局似乎要在这群战士身上分出胜负。因为双方的主力高手都旗鼓相当，剩下的便是这群战士的事了。

因为陶唐氏战士一开始便损失惨重，又被帝十杀得七零八落，自然会在这群如狼似虎的九黎战士手中吃上大亏了。

在这群战士相斗之中，已呈一面倒之势，陶唐氏战士唯有被屠宰的份，因为场中已是两三个九黎战士对付一个陶唐战士。

偃金被逼得有些心浮气躁，虽然此刻双方谁也奈何不了谁，但剑奴的剑总在他的面前晃动，那种压力却让他心里非常不舒服，如同心中卡着一根鱼刺一般，那强大的杀机时时紧逼着他，让他有些急着摆脱困境，欲在一时之间扳回先机，但他越是如此想，便越事与愿违。

剑奴的剑式虽然轻灵得让人吃惊，但他的步伐和心态却沉稳得让人心惊，不急不躁，无喜无怒，似乎世间已经没有任何东西可以吸引他的注意力，可以分他的心神，他的所有心神全部都在剑上，敌进我退，敌退我进，他只是跟着感觉和气势移动，似乎根本就不知道他的对手是谁，也根本不在意他的对手是谁，这种心智的确让人不能不惊。

偃金越来越无法揣测剑奴的心态，但却可以肯定剑奴的剑术已到了极顶之境，完全是一派宗师的风范，没有丝毫的慌乱。在偃金数次心神急躁之时，险些中招，只吓得偃金强压下心神不敢乱想，正当他决定沉着应战与剑奴耗下去之时，剑奴竟抽身再退。

剑奴抽身再退，一时之间偃金为之错愕，他已经吃过一次亏，竟然未敢及时追击。而等他回过神来之时，剑奴已带着如狂风暴雨般的剑势撞向了帝十。

“走!”同一时间，剑奴向唐德低喝道。

帝十大惊，他正与唐德战到酣处，哪想剑奴竟能抽身前来攻击他？而且一击之势是如此的狂猛，他不得不急忙撤矛回挡。

当……剑奴的剑重重击在帝十的矛头之上，强大的劲气使得仓促回挡的帝十横冲出六步方稳住身形。

剑奴并未乘势追击，而是与唐德两人撞入由百战与帝放所组成的合围圈子。他们必须走，否则的话，这群九黎战士一旦加入战团，便将是他们的末日。

百战和帝放哪敢直迎剑奴的剑锋？在那汹涌如潮的气势逼来之时，皆骇然避开，他们根本就没有胆子硬接剑奴一击，连帝十也在剑奴一击之下被震退，以他们的功力，岂有不死之理？是以他们皆骇然闪开。

剑奴一声长笑，与唐德飞速冲出包围圈，竟比偃金快一步投入林间。

偃金欲追，但虚空之中却突地射来一支隐带风雷之声的利箭，只凭这速度和破空之声，便可知道这一箭的力道之强胜过普通弓箭数倍，就连偃金也不敢小觑。

当……偃金横凿一挡，劲箭竟爆成碎片，强大的冲击力将偃金的身子阻了一阻，待他再欲追击时，剑奴与唐德的身影已经消失不见，不由得又气又恨，但一时间又没有别的办法。

帝十早已扑向这支劲箭射出的地方，却根本没有找到人迹，似乎刚才那一箭是自另一空间射出来的。

“不可能！”帝十有些惊骇地望了望四周一眼，却没有发现任何人迹，但刚才那一箭明明是自这里射出的啊？

“他已经走了，好快的身法！”偃金铁青着脸来到帝十的身边，语气有些无奈却又夹着恨意。

“走了？”帝十重复着偃金的话，在他的眼中，也同样觉得能在如此短的时间远走，对方的身法实在是快得让人不可思议，但事实又确是如此。

“看来，今天前来的高手还真不少。”偃金自嘲地说了一句。

“会不会是陶基？”帝十神色微变。

“一定不会是陶基，如果是陶基的话，我们还能够站在这里说话吗？”偃金否决道。

帝十不由感到好笑，心想也是，如果刚才那神秘之敌是陶唐氏之主陶基的话，岂会任由他们在这里说话？以陶基的武功，再加上剑奴和唐德，他们实没有机会获胜。是以，帝十不无侥幸地笑了起来。

刚才那一箭正是轩辕所射，他之所以让剑奴出战偃金，是因为此刻他并不想对付偃金和帝十。

当然，如果刚才他也出手的话，偃金绝对不可能见到今夜的月色，这是绝对毋庸置疑的。但轩辕却希望偃金好好地活着，因为偃金活着比让他死去更有意义。在目前形势未曾明朗之前，是越乱越好，唯有乱中取巧，浑水摸鱼才可能让龙族战士减轻一些压力。说不定，偃金还是对付鬼方和陶唐氏的一步好棋呢，所以轩辕舍不得让偃金轻易死去。

不过，轩辕对此也得承担一些风险，因为偃金并不是一个好惹的人，虽然他并不惧偃金，但却不会小看偃金的力量。而他极有可能会在某一刻再次面对偃金的攻击，对此他已有了充分的准备，现在的问题却是陶唐氏的关系有些模糊不清，根本就不知道他们究竟是在打什么鬼算盘。以陶唐氏的实力，如果清理了偃金这群高手后，很可能会对龙族战士有所威胁，所以轩辕留下偃金让他们头大自然不是坏事。同时之间，也等于一下子否决了让鬼方人坐大的可能，是以轩辕的这一招应是极为明智之举。

轩辕正大感轻松地欲返回龙族战士所居之地时，却见郎大急速赶来。

郎大已比轩辕早一步赶回驻地，是以轩辕才能以他的速度迅速远离，这刻见郎大又急速折返，不由感到微讶。

“大首领，陶唐氏的战士已经与我们的兄弟交战了，该怎么办?”郎大来到轩辕身前忙道，他显然不清楚轩辕心中所想，是以这才回来请示，如果是往日，他自是毫不犹豫地与之交战，但此刻轩辕既已派剑奴相助陶唐氏，他便有些弄不清楚之中的关系了。

轩辕一怔，心中也感到一阵好笑，想不到自己在那头相助陶唐人，而陶唐人却在这头攻打自己，简直是以怨报德，而且还报得这么快。

“走，我们去看看!”轩辕一拉郎大，加快速度向驻地赶去。

龙族战士在轩辕离开之时，便立刻在郎二的吩咐下布设防线，小心戒备。因此，此刻可谓占着地利之便，人人驻守一些重要方位，陶唐氏的战士根本就无法靠近，而且已经被射伤射杀了一二十人，而龙族战士仅伤三四人而已。皆因他们所在的位置易守难攻，又呈斜坡之势，自是占尽便宜。

兼之龙族战士平日强化训练之时，极重视集体配合，相互协作，所以此刻以群攻之势而论，龙族战士无论是前后呼应还是整体调防都达到了极为默契之境，而陶唐氏的战士虽然勇武狂猛，但却显得无阵势可寻，都是各自为政，一味强攻。是以相较之下，龙族战士已经立于了不败之地，除非陶唐氏以数倍人力强攻，否则休想占到半点便宜。

当然，陶唐氏自不能调集数倍的人力，他们只是分成一组组人马，每一组六七十人，虽然在人数方面也接近龙族战士的两倍，却仍然显得有些单薄。

此时双方皆以长攻为主，箭来箭往。郎二尚不清楚轩辕救了唐德一事，他只是秉承龙族战士的宗旨，绝不示弱，谁想对付他们，他们也就毫不犹豫地还击。是以，才会使得陶唐氏战士伤亡惨重。

面对龙族战士的强力攻击，陶唐氏的战士几乎是气怒交加，在他们的地盘之上竟遇到这么一群顽强的敌人，但偏偏他们又奈何不了对方。

由于龙族战士居高临下，活动起来极为方便，而陶唐氏战士只要稍一移动身形就会暴露在利箭之下，成为祭品。

若论箭术，这群龙族战士乃是猎人精英中的精英，绝对是箭无虚发，而且行动利落至极，简直如同一群游移于深山之中的幽灵，这让陶唐战士吃惊不小。

单看这群人的整体素质，陶唐战士便望尘莫及，因此这群陶唐战士气怒交加，他们必须除掉这群人，这是陶基的命令，若不能将这群人驱出忘忧谷五里之外，他们便算是任务失败。

当陶唐战士组成第三次进攻之后，他们才发现，若想以他们的力量驱逐这群如幽灵般的敌人，那实是不可能的事。于是他们在伤亡近三十人之后不得不去请援兵。

此处乃是陶唐氏所辖范围之内，他们欲请援兵自然不是一件难事，但遗憾的是前去请求援兵的两名陶唐战士被人给提了回来。

来者黑布蒙面，却只有三人而已，但给人的感觉却犹如有千军万马向他们逼近，是以陶唐战士很快便发现了这逼近之人。

走在最前面的那高大蒙面人，一手提着一名陶唐战士，犹如抓着两只小鸡一般。

所有人都为这突然出现的神秘蒙面人而讶异，而在瞬息间，陶唐战士的弩箭全都指向了自他们身后而来的蒙面人。

“如果你们想让他们两人死的话，就请立刻放箭！”那高大蒙面人将两手之中如小鸡般的陶唐战士在身前一并，组成一道人墙，沙哑着声音冷冷地道。

“你们是什么人？竟敢来我陶唐氏撒野！”一名陶唐战士挺身而出怒叱道。

居高临下的龙族战士却并没有乘机放箭，他们也不明白这三个蒙面人是何方神圣，自是也想知道结果。

“老子还从未曾将陶唐氏放在眼里，但我却知道该杀人的时候绝不手软！”那高大蒙面人冷哼声中，他身边的一个蒙面人打出一个奇怪的手势。

嗖……一轮劲箭自龙族战士的阵营中标射而出，全取露出身形的陶唐战士。

“呀……呀……”陶唐战士的阵形大乱，本来对着蒙面人的弩箭又改射向山坡之上的龙族战士。

那三个蒙面人一声低啸，双臂一抡，两个被抓的陶唐战士向他们自己的阵营中撞去，同时之间，三条身影飞扑入陶唐战士群中。

有几名准备放箭的陶唐战士却被飞来的两名同伴的躯体撞得东倒西歪，更别说放箭了。

此刻的陶唐战士可谓雪上加霜，救兵未请到，却只剩下三十余人有可战之力，但这三个蒙面人却如虎入羊群，见人就抓、就劈。所幸，还有一人并未出兵刃，但那对铁拳比另外两个蒙面人的刀剑更可怕，碰到不死即伤，根本就没有人能够稍挡半拳之力。

“杀……”龙族战士一声低呼，数十名战士如驾风一般自坡顶旋冲而下，人人如出林之虎，这一场仗根本就不用打已经知道结果了。

最后只剩下三四个见机快的陶唐战士落荒而逃，余者非死即伤，而龙族战士仅一两人重伤，五六人轻伤而已。如此战绩实让那群陶唐战士咋舌，当然，这之中实因三个蒙面人的武功太过强悍，所过之处，所有陶唐战士犹如被狂风刮倒的幼苗，毫无抗拒之力，横七竖八地倒地不起。

于是满地的呻吟声、哀号声，而这群惨败的陶唐战士只好望着这群如幽灵猛兽般可怕的敌人自他们身上解下兵刃利箭，再跨过他们的躯体扬长而去。所幸这群人并不屠杀他们，也不对他们进行任何折磨，甚至不将他们当俘虏看，这是陶唐战士唯一要感激这群敌人的地方。

当陶唐氏的援兵赶到之时，龙族战士已经撤了个精光，连半点痕迹也未留下，地上除了一群呻吟的伤兵之外，连一张大弓也没有，甚至找几支零乱的箭矢都不容易。那横七竖八狼狈的样子只让陶唐援兵错愕当场，所幸七十余名战士只有三十多人丧命，其余之人全都被击伤在地，没有还手之力，连行动之力也没有。他们当然看得出来是因为敌人手下留情，所伤之处极有分寸，都不是致命之处，力度和角度也拿捏得极为精准，这让赶来的陶唐氏高手们极为惊讶和不解。

他们的不解在于为何这群人只伤不杀，更故意手下留情呢？这群人到底是什么人呢……一些问题确实让陶唐高手为之头大，但不否认，陶唐氏这一场仗是打得一塌糊涂，惨不忍睹，皆因他们将力量太过分散，这才给了敌人以各个击破的机会，因此使得陶基不得不重新布局安排一切。

龙族战士迅速撤出忘忧谷五里范围之内，依目前的情况来看，实不宜再与陶唐氏发生任何冲突，虽然刚才那一战打得不明不白的，但却让每位龙族战士找到了迎接任何困难和挑战困难的自信，不过与陶唐氏之间的梁子算是结下了。所幸，陶唐氏并不知道他们究竟属于哪一路人马，因此对大局并无多大影响，何况轩辕也无意与陶唐氏过多地打交道。

当然，轩辕自不希望陶唐氏的战士知道他曾出过手打得陶唐战士七零八落，那样对他今后的行动会大大地不利，所以刚才他以蒙面人的身份出击，就是要掩饰自己的身份，他的这群龙族战士可以不去忘忧谷，但他却不能不去。

忘忧谷附近处处充盈着血腥的味道，显见陶唐氏确已不惜花血本来驱逐这群围在忘忧谷周围的人，随处可见尸体横七竖八地躺着，箭矢乱散得到处都是，而陶唐氏这一招也的确很有效，使得忘忧谷周围清静了不少。

轩辕也不由得暗自惊讶陶唐氏的实力，此役至少抽调了五六百名战士，如此大张旗鼓就只是为了守护忘忧谷，这也确实令人有些费解。

忘忧谷中究竟有什么东西值得陶唐氏如此不惜血本地去得罪东夷和鬼方的力量呢？难道真是因为龙歌在忘忧谷中吗？陶唐氏肯为龙歌如此牺牲吗？

轩辕也觉得有些不可思议，但这件事情不经考证自是无法得知结论。

忘忧谷口，陶唐战士严密把守着，倒像是一个军事禁区，让人感到一种山雨欲来、大战在即的压抑感。

轩辕想笑，这群人也实在是太过张扬了，以木神苟芒的绝世武功，又怎需要这群人保护？只看这种阵仗，倒似乎这群人皆是为了保护木神苟芒一般，岂非好笑？

第八十四章　奇招挫敌

唐德竟也在谷口，但他的脸色有些不好看，此刻他正立在一名气势非凡的中年汉子身前，似乎是在接受训斥，脸色不住地变化着，最后竟有些铁青。

剑奴在不远处静坐，似乎根本就不知道周围发生了什么事情，直到唐德步履有些沉重地来到他身前，才悠然睁开双眼。

“剑奴前辈，实在不好意思。”唐德面对剑奴，语意有些犹豫。

“有什么事不妨直说，老夫绝非不通情理之人!”剑奴淡然一笑，坦然道。

剑奴如此一说，唐德的脸色更是难堪，他深深地吸了一口气，才嗫嚅道：“这里是我陶唐氏的禁地，外人不能够久留于此，我想请前辈去唐城先休息一下，待会儿，我再去向前辈道谢!”

说完此话，唐德心虚地不敢看剑奴一眼，此话等于是将剑奴拒之门外，而剑奴刚才冒死救他，又是如此年高的长者，这使得唐德自己也感到不好意思。不过由于拗不过上级的压力，只好向剑奴说出如此对不起良心的话，这已经让他感到愧疚难安，他唐德虽然是个高傲之人，却非一个不知好歹的小人。

剑奴怔了一下，反而轻松地笑了笑，立身而起，道：“我知道这不是你的意思，每一个人都有身不由己之时，好，我走便是!”

“前辈!”唐德没想到剑奴如此好说话，不禁大是感激，这使他心中更是愧疚。

剑奴正欲举步离去，却见轩辕悠然踱步而来，神色立刻变得恭敬。

唐德和那群陶唐战士立刻小心戒备起来。

“圣王！”剑奴快步迎上。

唐德大惊，忙挥手阻止己方箭已上弦的战士，他自不能太过薄情寡义，无论如何也不能在未弄清缘由之下对剑奴和他的朋友进行攻击。

“来者何人？”刚才与唐德交谈的中年汉子声若洪钟地沉声问道。

唐德脸色再一次显出不自然，他回头望了那中年汉子一眼，眸子里闪过一丝怒色，但却无语，毕竟他的身份不允许他发这一通脾气。因为那中年汉子乃是陶唐氏的第三号人物陶宗，亦即陶基的亲弟弟。

虽然陶宗在陶唐氏中的人缘极坏，骄傲自大，蛮横无礼，但他毕竟是陶基的亲弟弟，没有人敢真个对他无礼。何况，陶宗的武功也的确可以称得上是陶唐氏的第三号高手。因此，许多人虽然敢怒，却不敢言。

“在下君子国新任圣王轩辕，特来求见木神！”轩辕缓步自剑奴的身边向忘忧谷口而来，剑奴立刻紧随其后。

“你就是轩辕？”唐德吃了一惊，讶然问道。

那些陶唐战士也在窃窃私语，似乎没有想到最近名声鹊起的轩辕却是如此年轻。

“在下正是轩辕！”轩辕露出一个灿若阳光的笑容，坦然答道。

“我不管你是谁，我不希望任何外人出入于禁区之中！”陶宗声音极为冷漠。

“他是陶基之弟陶宗。”剑奴轻声在轩辕身后提醒道。

“我想请问陶宗先生，你们这是在软禁木神，还是在保护木神呢？”轩辕不愠不火地反问道。

陶宗和众人不由得全都一呆，陶宗有些讶异地望了轩辕一眼，冷然道：“当然是为了木神的安全！”

轩辕突然笑了起来，笑得有些傲气。

“你笑什么？”陶宗被轩辕笑得莫名其妙，不由得怒声质问道。

轩辕半晌才打住笑声，吸了口气道：“姑且不论木神那绝世无双的武学是如何震撼人心，需不需要人保护想想便知道。另外，陶宗先生既无软禁木神之意，又怎能剥夺木神会客的权利呢？如果我是木神想要会见的客人，而陶宗先生贸然把我赶走，岂不是会让木神感到遗憾吗？所以，我在笑！”

陶宗神色微显尴尬，轩辕的话句句成理，使其颜面大扫，并且轩辕隐带了一丝讥嘲之意，以他的狂傲性格，怎能不暗地生怒？同时他也故作不屑地反击道：“就凭你？”

轩辕神色一冷，冷然对视着陶宗，充满了无限自信：“如果连我都不够资格，恐怕这个世上大概也没有几个人够资格了！”

轩辕此话一出，连剑奴都感到有些意外，他不明白轩辕为何会如此自信木神一定会见他，如果此刻把话说绝，待会儿只怕会与陶宗撕破脸皮。

唐德和那群陶唐战士也都被轩辕这番气势给镇住，连陶宗都有些讶然，但他绝不相信轩辕真的是木神想见之人。一则，因为轩辕从未曾与木神有过交往，二则，轩辕太过年轻，木神隐退之时，轩辕还未出世，这两个天南地北相距如此之远的人会有什么联系呢？虽然近来关于这个年轻高手的事已传得如火如荼，但此刻亲见轩辕如此年轻，他不由得又生出一种轻视之心，哪会相信轩辕如此年轻会有什么大的作为？也许是凭运气而已。

“大言不惭，年纪轻轻却不知天高地厚！”陶宗不屑地道。

轩辕未怒，剑奴却心中大怒，陶宗如此轻视轩辕比打他一巴掌还要难受，他不在意别人轻视他，但轩辕却是君子国的圣王，又是他的主人，陶宗的戏谑之言怎叫他不怒？于是他抢在轩辕之前，冷杀地反唇相讥道：“如果你知道天有多高、地有多厚，烦请告诉老夫一声！”

唐德脸色大变，暗叫不好。

果然，陶宗听到这话脸上立刻充满了杀机，极为愤怒地笑道：“好，好，如果你想知道天有多高、地有多厚，就让我来告诉你好了！”

“哼，别人怕你陶宗，我剑奴却根本不当你是个人物，狂妄自大，不知好歹，自以为了不起，比起陶基，哼，不知相差多远！”剑奴说话间便欲挺身而出，他的确很想教训一下这个无礼之辈，虽然明知陶宗的武功不会比他逊色，但为了出一口恶气，自也不会放过打击一下对方的机会。

轩辕伸手在剑奴身前一挡，笑了笑道：“不如就让轩辕来请教一下天高地厚吧！如果陶宗先生不是像外面所传的那般气量狭小无容人之心的话，便指点指点一下轩辕好了。”

唐德心中叫妙，轩辕这话摆明着仍是骂陶宗，但妙在轩辕这般轻描淡写地借传闻来骂陶宗，反而使人觉得陶宗气量狭小、无容人之心天下皆知一般，这比剑奴那直接的骂法更具效果。他心中不由得对这轩辕多出了几分好感，至少为他出了一口恶气，因为轩辕骂出了他想要骂的话。

陶唐氏今次派出了众多高手，不过，有人听了轩辕的话怒，有人听了轩辕的话暗自窃笑，想来平时也是受了陶宗太多的气。

陶宗的确是大怒，但看轩辕那漫不经心的笑意，他恨不得将轩辕撕成碎片，但轩辕却是摆明着向他挑战，他又不能不接受，若不是剑奴是唐德的救命恩人，他大可让人以乱箭射死轩辕，可是此刻他若再让别人替他杀死轩辕，就等于是怕了轩辕。是以，无论如何他也要与轩辕一战。

当然，陶宗并不在意轩辕，他不相信轩辕如此年纪能有什么大的作为，即使武功再高也是有限。而轩辕请战，他更欲乘机将其击杀，让人看看他陶宗可不是好惹的。

“好，既然你有心，我又岂能让你失望？”陶宗气宇轩昂地大踏步向轩辕逼来。

轩辕一声轻笑，胜似闲庭信步似的跨过三丈的空间，与陶宗相对而立，道：“我不想伤了彼此的和气，不如便与先生定个十招之数吧，如果在十招之内，先生能逼轩辕退一步或半步的话，那就算是轩辕输了。”说完，轩辕在身后画了一条界线。

陶宗一愕，却没想到轩辕有如此提议，忖道：“如果十招之内不能将你逼退半步，那我这些年岂不是白活了？”不过，他也是心高气傲之人，不由冷冷地道：“既然你有如此豪情，那我们不如限定一个范围，十招之中，谁出了这个范围，谁就算输了，我也不想占你后生的便宜。”

轩辕不置可否地笑了笑，道：“就依先生所言。”

在陡然之间，陶宗觉得自己实不应该再轻视轩辕，只是因为轩辕在不经意间一站便涌出了一股无法形容的霸杀之气，犹如高山大海般，让人无可揣度也无可攀缘。

轩辕含笑而立，与陶宗分立方圆一丈的圆圈内线两端，意态潇洒轻松，如在观云赏日。轩辕未出手，似乎也没有出手的意思，但是陶宗的感受却截然不同。

陶宗知道，轩辕出手了，在踏入圆圈的那一刻，轩辕便已经出招了，但所出的形式却是无形，那是一种无形却有实的气机。所以，在轩辕踏入圆圈的那一刻，他便知道自己实不应该再轻视轩辕，那样结果可能唯有含恨收场。

轩辕的自信就像是一种实质存在的压力，那种睥睨一切的气概，让人想到君临天下的绝代霸王，仿若世间没有什么事情是他无法办到的，包括打败陶宗在内。

山野间的气息突然之间变得沉闷，所有的旁观者都感到了这种异常的变化。

陶唐氏的战士们自然发现了走入战圈中的轩辕发生了让人惊讶的变化，他们似乎自轩辕那高大伟岸的躯体上触摸到一种无形又似有实的热力，仿似轩辕的身体外层燃起了一层魔异的透明之火。

战意，在无声无息中越酿越高，与轩辕对峙的陶宗似乎比轩辕更忍受不了这种沉闷的气息，他终于率先出手了。

一丈距离，实在太近，近得几乎没有转身的余地，空间中充斥的尽是陶宗的剑影，甚至连他自己也在这密密的剑影之中化成了碎片，化成了无形的风。

刀，不知道何时已横在虚空，如一道长长雪亮的海堤。只一刀，简简单单，潇潇洒洒的一刀，陶宗那有若惊涛骇浪的剑式化为了飞散的雪花，星星点点，散漫得细致而优雅，依然是以一种曼妙绝伦的方式卷向轩辕，漫过轩辕那有若海堤一般牢不可摧的刀势，入袭轩辕那静立如渊的躯体。

叮……刀影骤起，刀堤化成一片流云，灵动中透着轻闲而优雅的内涵。陶宗的剑避无可避，竟被逼退。

两股强猛的功力如擦肩而过的气流，卷起一股强烈的旋风，以轩辕和陶宗为中心向四面八方鼓涌而出。

尘飞叶扬，石落沙走，山野间的郁闷顿破，取而代之的是充满毁灭气息的生机。

轩辕错步而上，轻喝："第二招！"

第二招，毫无章法可寻，如娃娃信笔乱涂，只凭一时意兴，使人看不出轩辕究竟欲攻向哪个方位，也不知道轩辕这一刀的轨迹走向。

陶宗眼里闪过一丝讶异和惊骇，他是当局者，唯当局者才会明白这一招中的凶险。事实上，他也无法看出轩辕的刀将落至何处，但他却已感觉到了轩辕那无孔不入的刀意正以水漫城墙之势透过每一寸虚空。他知道，轩辕欲将他挤出战圈，才会施出这莫名其妙的一招。

招虽是莫名其妙，但陶宗却绝对不敢小视，一声低啸，剑如游龙般在身体周围绕出一道亮丽的光弧，封锁了所有接近他的空间。

在刀剑相击的一刹那间，轩辕突地刀身翻转，竟以刀背重砸于陶宗的剑刃之上。

陶宗身子一震，他的确没有想到轩辕竟会使出如此怪招，那厚重的刀背重击剑锋，几欲将利剑击折。

轩辕再次轻笑，呼道："第三招。"同时身子一缩，如一个光球般撞向陶宗的下盘。

陶宗大惊，轩辕的速度实在太快，无论是变招的速度还是抢攻的速度都大大地出乎陶宗的意料之外。

陶宗的剑本已被荡开，若想回收已是不及，只得整个身子跃起，而剑锋下切，下身上抬，如倒立于树干的灵猿。

叮……轩辕身子猛地蹬直，手中的刀插空而出，借整个身子曲伸之力将刀的气势和力道蓄到最为猛烈之时，便已斩到陶宗的剑上。

陶宗受不住如此强大的上冲之力，竟被震得倒冲起三丈多高。

四下一片惊呼，那群陶唐氏的高手都看得心神大震，皆对轩辕和陶宗那精彩绝伦的比斗叹为观止。

事实也确实如此，轩辕的招式之古怪，是他们见所未见的，刀招之快之犀利，势若破竹，那种锋芒便像是轩辕自身的气势，无法揣度，无可挑剔。

陶宗心中暗自叫苦，轩辕无论是战略还是武功，都大大地超出了他的想象，此刻他才知道自己实在是小看了轩辕。

“第四招!”轩辕绝对不给陶宗喘息的机会，身形有若经天长虹般破空而起。

剑奴知道轩辕赢定了，只要将陶宗逼上了虚空，胜券便已经操在轩辕的手中，在虚空之中，陶宗绝对难以抗拒轩辕那无敌的身法。事实上，剑奴只见过满苍夷的身法可稳胜轩辕，余者皆难以与轩辕匹敌。剑奴最近也修习了神风诀中的绝世轻功身法，是以他知道神风诀绝对是世上不可多得的旷世奇学。逸电宗成名之学，自是不同凡响。

事实果不出剑奴所料，陶宗的身体再次被冲起，他根本就没有机会落地，而且他的身体已经偏出了那丈许方圆的圈线之外，如果垂直下落的话，定会落于圈外。当然这不能算输，因为在规定之时，并没有谈到虚空也需守这圆圈的约束。因此，只要陶宗的身子永远不落地，就永远都不算输。

轩辕身子落地，但迅速再次弹起，口中高喝:“接我第五招!”

陶宗感到有些悲哀，除第一招是他主攻之外，其余几招全都是轩辕占得先机一轮抢攻，更是杀得他只有招架之功，无还手之力。但此刻已呈骑虎难下之势，即使他不战也不行了。

轩辕的每一招都疾若奔雷，力道沉猛至极，虽然是自下而上狂攻，但绝对不会惧陶宗自上倾力下击之势。

虚空中传来阵阵金铁交鸣之声，轩辕在空中的身子如同一只轻灵的蝙蝠，竟能在毫无借力的情况下变换十余个方位和角度，只看得陶唐氏众高手目瞪口呆。他们绝难想象，一个无翅的人竟能在虚空中拥有如此灵活的身法，幻化出如此变化多端的攻击方式，但轩辕却做到了，也难怪最近关于轩辕的传说是如此的如火如荼，甚至比龙歌东回还让人津津乐道，这一切全都不是侥幸所致。

轩辕势尽而落，陶宗的身子更已偏离战圈三四丈之遥，同时也向下坠落。

轩辕落地之际横刀立于战圈内线之边，冷视着陶宗，长笑道:“第六招!”呼出第六招之时，他却并不出招，只是凝视着缓缓自数丈高空飘落的陶宗。

所有人都知道，这一招不出则已，一出便是必胜之招，此刻再也没有人会怀疑轩辕会赢，因为这一场比斗，只要轩辕守住内线不让陶宗毫无借力的身子落入战圈之中便算是胜了，所以自然不会有人怀疑轩辕会赢。

陶宗当然知道自己处境的艰辛，他无论如何没有料到，只是在五六招之间，他便已处在绝对的下风，对于高傲的他来说，这确是一个难以接受的打击，而且对方是如此年轻。

陶宗咬咬牙，他已经豁出去了，这一击他绝不能败，是以，唯有倾其全力作最后的困兽之斗。

天地一片肃杀，因为陶宗的剑，也因为轩辕的刀，在刀剑的互动之中，虚空之中的气流也变得狂野。

其实也没有想象中的那般炫目夺魄，一切都化繁为简，全都凭刀与剑的力量解决一切。

当……一声清脆而强烈的金铁交鸣之声震彻山林，本来被认为会惊天动地的一击，便以最为直接的方式解决了。

轩辕禁不住噔噔噔连退三大步，在快要退出战圈之际，上身后仰，整个身子曲成一张弓一般，但双脚如生了根似的立于战圈之中，那疯狂而野性的力量立时被卸于无形。

陶宗的身子却被弹得平射而出，离战圈却是越来越远。

“呀……”陶宗一声怒吼，双足竟横点一株树干，倒射向正直立起腰身的轩辕。人与剑几乎化为一体，以长虹贯日之势使出这必杀的一击。

所有的人皆惊，陶宗输了，但他却仍要这般攻击，简直是有些耍赖，虽然身形并未落地，但足尖点落圈外的树干自也与落地无分别。但陶宗仍不顾一切地出击轩辕，这让剑奴怒，便是陶唐氏的高手也为之错愕和不屑。

轩辕的身子刚直立而起，陶宗的剑已经到了面门，速度快得让他惊讶。

轩辕大骇，但却没有丝毫慌乱，而是身子急速后躺，更如一条灵蛇般自地面平滑而过，竟欲自陶宗的腹底擦过。同时利刃平拖，但此刻轩辕却犹豫了一下，他不能击杀陶宗，如果他如此出刀，那么陶宗的身体极可能会成为两半，可是那时候他便无法避免地成为陶基的生死大敌，无论是对他将来的发展前途还是对龙族战士而言，都是绝对不利的。

轩辕的犹豫，几乎所有高手都看清了，陶宗自也不例外。轩辕犹豫，使得陶宗大喜，利剑乘机下挑，他绝对不会心慈手软，更恨不得将轩辕立毙剑下。

轩辕大惊，他没想到陶宗如此卑鄙，却又不能击杀陶宗，此时他唯有收刀横滚。剑奴大惊，他不明白轩辕为什么放过这个机会，只要轩辕出刀的话，陶宗不死也会重伤，但轩辕竟不出刀，反而收刀以避陶宗的利剑。

哧……砰……轩辕身子侧滚，陶宗的剑挑偏，却也在轩辕的左肩划过一道长长的血槽，而轩辕恨陶宗的卑鄙，倒踢出狠狠的一脚。

陶宗一声闷哼，轩辕的脚准确地倒钩在他的腹部，几乎将其五脏踢裂，去势再也无法控制，重重地坠落地面疾翻几个筋斗，腿一软竟跪倒在地。

轩辕滚身而过，左肩血流如注，脸色微白，让人看不出他心中的喜怒。刀，倒提于手中，整个身子卓立如山。

“圣王!”剑奴疾奔入战圈之中，迅速为轩辕止血。

陶唐氏战士人人肃立，面色极为难看，刚才的那一幕只要眼力稍好的人都可以看出是怎么回事。这群战士心中生出一股前所未有的屈辱之感，并不是因为陶宗之败，而是因为轩辕的伤。除陶宗的亲信之外，没有人再看陶宗一眼，包括唐德和一群陶唐氏高手。相反，他们对轩辕却涌起了一丝敬意，在那种危机之下，轩辕仍不出刀夺陶宗的命，这种包容的心理确实让这群陶唐氏高手心生感激。

“这里是一些金创药，你拿去用吧。”唐德最先举步走向轩辕，掏出一瓷瓶药递了过来道。

轩辕还刀入鞘，坦然地接过伤药，竟仍露出一丝淡然的笑意，道：“谢谢!”说完毫不犹豫地将一些药末倒在伤口上，似乎根本就不怕唐德那些药末是有毒的。

众陶唐高手见轩辕如此豪气干云，与陶宗比起来确有天壤云泥之别，不由得对他又多了几分好感，连本来对轩辕印象不好的人也立刻改变了对他的看法。

轩辕扫了众陶唐战士一眼，大步向陶宗行去。

陶宗身边的四名亲信立刻心存戒备，便连陶宗也在小心戒备着，轩辕那一脚之力的确让他战斗力消减了大半，但显然轩辕已脚下留情，未用全力，否则的话只怕他已经吐血三升了。不过，这一刻轩辕走来，谁也不知其意图。

那群陶唐战士心中也为之紧张，虽然陶宗理屈，值得憎恨，但却毕竟是陶基之弟。

“轩辕公子！”唐德急声阻止道。

剑奴也是杀意大盛，不管轩辕此刻做什么，他都会全力支持，包括击杀陶宗，大不了他今日大开杀戒。

唐德吓了一跳，他感受到了来自剑奴身上的杀意，似乎剑奴随时都准备搏杀他一般。他当然知道剑奴剑术的可怕，怎敢轻迎其锋？正当他不知如何是好时，轩辕却已将未受伤的右手伸向陶宗。

“与先生一战，真叫轩辕毕生难忘。轩辕之所以施下重手也是迫不得已，还请先生鉴谅！”轩辕语气极为诚恳地道。

所有人都大感意外，包括剑奴和陶宗，谁也没有想到轩辕不仅不记陶宗那卑鄙一剑之仇，还会如此大度地欲与之握手言和，这种气魄和度量立刻折服了所有陶唐氏的高手，连陶宗的四名亲信也不例外。

唐德的眼中射出无限尊敬之色，对轩辕的尊敬是绝对出乎本意的。事实上，周围所有陶唐氏的高手都露出了尊敬之色，即使轩辕是敌人，也是一个值得尊敬的敌人。

在这个乱世，人人重视英雄，尤其是豪气干云的英雄，而像轩辕的这般表现立刻征服了所有人的心，相较之下，陶宗却是如此猥琐不堪。

不过，轩辕的话落到陶宗的耳中却又是另外一种感受，对他的自尊心是一记无情的打击，他感到轩辕是在嘲讽他。而他心底更是有鬼，怎肯接受轩辕这刻意的示好？

“哼，这一战，我也会毕生难忘，你不必假惺惺地矫揉做作，赢了便是赢了！”陶宗曲身而起，在两名亲信的搀扶之下，狠狠地说出了这番让人惊愕的话。

陶唐氏的战士都感到一阵脸红，为陶宗脸红，更是感到一阵羞愧，他们怎么也想不到，陶宗竟是这么一个人。他们甚至开始鄙夷不屑这个人的人格，或许正如轩辕所说，气量狭小，无容人之心……

轩辕神色微变，但很自然地收回手，神情又变得冷淡，没有人知道他在想什么。不过，人人都以为轩辕是因为陶宗的话而生气了。

轩辕抬头望了望天空，深深地吸了口气，强压住心头的怒火，他知道做戏也做得差不多了，没有必要再与这卑鄙的小人纠缠下去。于是淡淡地道："那先生不阻止我去求见木神了啰?"

"如果木神真的愿意见你，我为什么要阻止？如果木神不想见你，那你便有多远滚多远，否则的话，我只会按格杀令执行……"

"木神有请轩辕公子一叙!"一个稚嫩的声音突然打断陶宗的话道。

众人循声望去，只见一小童自万花丛中施施然行了出来，身边还围着许多蝴蝶和蜜蜂。

小童的头上扎起一对小辫子，辫上竟停着几只蝴蝶。

"哪位是轩辕公子?"那小童在众目睽睽之下行出，有些讶异地打量了一下所有人，稚气地问道。

陶宗不由得目瞪口呆，唐德和剑奴面面相觑，那群陶唐高手更是惊讶莫名，他们确没想到，木神竟真的会见这个年轻的轩辕，而且似乎知道轩辕来了一般，不待轩辕禀报，便让人来请，这实在是极为稀奇之事，这使得所有人对轩辕更多了一层高深莫测的神秘感。

陶宗和唐德自然知道这小童正是木神苟芒身边的童子，如果不是忘忧谷中人，又怎能如此轻易地走出万花大阵?

"我便是轩辕!"轩辕望了童子一眼，心中也微微有些错愕，暗忖道："木神怎知自己来了？难道刚才发生的事他都看到了?"他本来对陶宗所说的狂言也没多大把握，因为他根本就不知道木神苟芒是什么人物，只知道与剑宗有极大的渊缘，但木神苟芒已几十年不见外客，说不定不会搭理他这个剑宗的传人。但此刻木神主动来请，自然使他感到有些意外。

"那请跟我来，木神只见你一人，其他人便只能在外等候了。"那小童认真地道。

轩辕淡淡一笑，跟在小童之后，不理众人那错愕的表情，坦然地行入忘忧谷的万花大阵之中。

竹楼清雅，蜂蝶曼舞，更为别致的却是竹楼之顶也有花藤相牵，处处花团锦簇，幽香怡人。

置身其中，轩辕确有不知身处何地，似在仙境又若在人间之感。

忘忧谷极大，穿过万花大阵之后便是一条羊肠小径，九曲回环之下直通竹楼，唯到了竹楼方知此只是一个凉亭而已。古色古香的竹凉亭之中，有几张石制的桌椅，表面打磨得极为平整，而石桌更如一个磨菇，下小上大，呈现出极为典雅的流线。石桌上刻着一张棋盘，线条清晰且匀称，绝无斧凿之痕。行过石桌边时，轩辕不经意间伸指钳入线条之中，骇然惊觉，这棋盘乃是以非凡的指力所刻。由此可见，刻此棋盘之人的指力之强实已达到了登峰造极之境，否则绝难如此流畅匀称地刻出这张棋盘，而且深浅几乎完全一致。这种功力绝非简单的阳刚之力，而是至阴至柔之劲，才能使线条周围的石屑不碎不裂。

过了竹凉亭，又自一条小桥跨过一个狭长的池塘，此刻池塘之中的荷花竞相斗艳，荷叶如绿伞般郁郁葱葱，而此刻轩辕除了听到蜜蜂的嗡嗡声之外，竟还听到了一阵沙沙的声音。

拐过几簇花丛，轩辕只觉视线一开，却已到了一个大院。大院以土木结构建成，屋檐正如轩辕在君子国所见的那种造型。想来，这是神族当年最为盛行的一种造屋模式。

大院之中有四棵古树，分守四角，倒似镇守四方的神将，而那沙沙之声却是因为院子之中有一位佝偻的老翁拿着扫把在扫地时发出的。

老翁扫得极慢，偌大一个大院，想扫完只怕要花上许多时间。

“请公子在外稍等，我先去通报木神。”那小童突然停步对轩辕道。

轩辕点点头，静立于那排房屋外，望着小童迅速消失在视线之中，心里却在盘算着待会儿见了木神该如何说。

轩辕怎么也没有想到，他在门外足足等了一个时辰也没有等到那小童回返，更没有木神的传话，这使他心头大感不快，但此刻既来之，则安之，反正自己已经到了门口，不愁木神不见。不过，若非尊重木神乃是武林前辈，可能与青山和青云大有渊缘，他定会闯进去。但此刻出于礼节，他却只能等，所幸，尚有那扫地的老翁仍在不停地打扫着地面，轩辕倒也不是太过寂寞。何况，轩辕的耐心之好绝对可算是超一流的。否则，当年他也不可能在姬水河畔一坐数日，此刻只不过是一个多时辰而已。

又过了半个多时辰，依然未见那小童归返，更不用说有木神的传话了，倒是那佝偻的老翁已将整个大院扫了一遍，但奇怪的是老翁竟又从头开始再扫起来。

轩辕感到十分惊讶，也大感奇怪，此刻地面已经够干净了，为什么还要如此仔细地扫呢？只看那老翁专注的样子，似乎根本就不知道轩辕的存在，甚至忘记了时间，忘记了一切，整个眼里心里只有一把扫帚而已。

再等半个时辰，轩辕觉得木神所为实在有些过分了，这两个时辰，他不言不动地等待，却没有半点回应，对他简直是一种羞辱，不过那老者的扫把已扫到了他的跟前。

“前辈，这地面你已经打扫过一遍，够干净了，为什么还要扫呢？”轩辕终忍不住问道。

“心未净，地怎净？”那老者头也不抬，漫不经心地反问道。

轩辕一呆，不由得仔细打量起这老者来，但见老者两鬓斑白，满脸刀刻般的皱纹，竟有着比剑奴更为沧桑的感觉。一身素布衣裳虽然打了几个补丁，但却整洁利落。手掌干枯修长，步履平稳，双目无神，看上去应是一个比较健朗的老仆。不过，轩辕却在回味老者所说的那句“心未净，地怎净”的话。

“心不净，世事皆不净，为何老伯却独扫地面而不去干一些别的事情呢？”轩辕想了想，感到有些好笑，反问道。

“世事皆不净，自有众生管，老夫只是个扫地的，为何要干别的事情？”老翁依然没有抬头。

轩辕心道：“这忘忧谷中尽是一些怪人，真不知道木神苟芒又是个什么老怪物，居然摆出如此大的架子，让我久候未至，既然如此，我也拿你的仆人寻寻开心了。”想到这里，轩辕狡黠地一笑，道：“世事有众生管，难道老伯不是众生中人吗?”

“不是，老夫无名无姓无过去亦无将来，不能谓之生，而是处于生死之间矣，是以老夫不属于众生之列。”

“无名无姓无过去亦无将来，处于生死之间，便非众生吗?”轩辕又问道。

“生即为希望，希望谓之欲，众生即众人之欲，众人之求，而老夫无过去亦无将来，便是无欲无求，生若死，死若生。因此，老夫非属众生之列。”老翁依然悠闲地挥舞着扫把，淡然道。

“无欲无求，何来不净之心？生即死，死若生，何来凡俗之念？老伯分明是在骗自己。”轩辕心中暗惊老者所答，事实上，老者所说的每句话之中都似乎包含着深刻的道理，但他岂是轻易放弃之人?

“非也！非也！无欲无求并非人生全部。无欲无求却有痴有嗔，有喜有怒，有情有义，心难如枯井，自有涟漪生。生若死而非死，死若生亦非死，凡俗之念仍在六根之中。”老翁突然稍稍直起腰杆，抬头望了轩辕一眼，露出一丝悠然的笑意，淡然回答道。

“生若死而非死，死若生亦非死!”轩辕心头不由得微微震撼了一下，沉吟了一会儿，不由又问道：“敢问老伯痴嗔何来？喜怒何来？情义何来？既已无名无姓，无过去亦无将来，是谓彻悟，能彻悟到忘其自身者，何来世俗？无我则无法，则无天地，无世俗，万念皆由心生，皆由己出，既无我，何来凡俗之分？何来凡俗之念？何来情义嗔痴怒?”

那老翁身子陡震，身形竟直立如枪，眸子里闪过一团精芒，讶异地望着轩辕，像是看到了一个奇迹一般。

轩辕在老者陡然挺直腰杆之时，立刻感到老者整个人都变了，变得威猛霸杀，犹如高山大海一般的气势只让人心神俱震，而那本来昏花的双眼竟清澈如水，深邃得无可揣度。

老者犹如一柄新出土的古剑，古朴而锋锐，整个身体散发出一种难以形容的气势。

轩辕哪里还会不知道眼前的老者乃是一个绝顶高手，刚才的样子只是故意装出来的，而在此时却被轩辕之话所惊，一时忘了掩饰自己的气势，不经意间泄了底。轩辕的心中涌起一种奇怪而荒谬的感觉，破口而出道："你就是木神苟芒！"

那老者一震，不由得哈哈大笑起来，那开怀的样子让轩辕再不怀疑自己的猜测。

轩辕心中不由得暗叫侥幸，不过木神苟芒的确是个怪人，竟然会装成这么一个扫地老头。

轩辕想笑，事实上，一开始木神便在他的面前，只是他没有想到罢了。如果不是此刻那老翁大笑，他还不敢肯定，因为他无论如何也料不到木神苟芒会扫地。

"晚辈有眼不识泰山，刚才还在怨前辈架子摆得那么高，此刻深感惭愧。"轩辕坦率地说道。

木神先是一愣，眸子里再次闪过惊讶的神采，似是对轩辕的坦率而惊讶。事实上，轩辕的确坦白得可以，竟当着木神的面怪他架子摆得高。当然，此刻自轩辕口中坦然自若地说出来，让人又有另外一种完全不同的感受。那是一种坦诚相待、毫不作伪、真情直性的气度，这也是让木神惊讶的原因。

木神又笑了笑道："果然没有让我失望，也难怪歧富对你如此另眼相看，可见这并不是侥幸，你是我第一个感兴趣的年轻人。"

轩辕一听木神竟提到歧富，不由欢喜地道："前辈见过歧伯吗？"

"老家伙，还不请他进来吃午餐吗？害得我也陪着空等了两个时辰，真是罪大恶极！"一个苍老而欢悦的声音自屋中飘了出来。

"歧伯！"轩辕大喜，这声音他的确是太熟悉了，正是一别多年的歧富，他却没想到竟在这个地方遇到歧富，实在是太感意外了。

"哈哈……"木神捋须欢笑道，"我们进去吧，劳你久候于此，实在不好意思。"

"前辈何须这么讲！"轩辕不好意思地客气道。

两人很快来到一个厅中，木神苟芒将扫帚小心翼翼地放在门后一个角落之中，厅内歧富和那童子早已在餐桌之旁。

轩辕与歧富异地相逢，恍有隔世之感，一番欢喜自是难免，木神倒似乎被冷落到了一边。

“木头，我说得没错吧?”歧富突然扭头向木神问道。

轩辕不由得好笑，木神到歧富的口中竟变成了木头。不过，他也知道这两人肯定是相交了许多年，否则的话，说话怎会如此随意?

木神干笑了一声，道:“这次算你这老药罐子赢了，我算是比较服了你。”

“什么比较服了我，事实上我看中的人还会有错吗?”歧富不依地道。

“前辈如果再这么说的话，只怕晚辈会吓得溜之大吉了。”轩辕打断两人的对话道。

歧富和木神相视望了一眼，同时会心地笑了起来。

再见歧富，轩辕顿时明白自己受人跟踪的感觉并不是纯属虚无的，而跟踪之人竟是那夺去了地火圣莲的满苍夷，但满苍夷却没有坏心，只是在暗中相助。

那日轩辕在癸城城西河边扎营之时，发现刑天在附近的人正是满苍夷，是以以箭矢传书，而轩辕昨日被鬼三和曲妙所缠之时，那极乐神箭也是满苍夷所发，而满苍夷所做的一切，只是因为歧富的吩咐，因为满苍夷此刻已是歧富门下。

知道这些，轩辕心中才恍然，天下间也只有满苍夷那鬼魅般的身法是他无法追及和堪比的。满苍夷与土计可以说是各有千秋，一个在天上，一个在地下，但都诡秘难测。

那日与满苍夷配合夺走那朵地火圣莲的人正是歧富，也只有这两大绝世高手联合，才能够在众目睽睽之下从容而去，不过轩辕最为欢喜的事却是歧富竟与木神一道擒下了九黎族的那群私入谷中的杀手，而猎豹、花猛及凡三诸人赫然便在其中。

歧富似乎也知道这群杀手与轩辕的关系，大概是满苍夷告诉他的，这让轩辕省去了许多心头的顾忌。只要猎豹、花猛诸人能够恢复本性，他心中便再无牵挂，完全可以去放手大干一番了。

第八十五章　广成仙派

轩辕也向歧富坦白了这一年多来的经历，包括自龙腹中脱困遇青云战九黎及组织龙族战士之事，到后来自己得到地火圣莲诸事都毫不隐瞒地说了出来，只是隐去了龙族战士的实力，以及与圣女凤妮的约定，而对于一些荒唐之事自是不提。

木神听得心神大动，事实上，轩辕所经历的事的确让人难以想象，更让木神心喜的却是轩辕讲出青云和青天兄弟仍活在世上之事。他本身就出自剑宗，而青云与他更有师兄弟之谊。他也深知青云的剑术之高实比之青山和他更好，只是因为青云乃神族剑宗之主，所以不能被列为神族八圣之一，但青云的身份和地位比之八圣绝不低。此刻得知故人仍在，木神自是十分欢喜，只是想到剑神早死，让他心中黯然。

木神对君子国女王柳静也似相识，不过对火神祝融与水神共工决斗之事却更是向往。

“据说龙歌已到过前辈的忘忧谷，不知此事是否属实?”轩辕悠然间便将话引入了正题。

木神一怔，神情顿时稍显平静，反问道：“轩辕公子何以问及此事?”

“因为此事可能会关系到整个天下的局势，无论是三苗还是东夷抑或鬼方，无不在虎视眈眈，一个不好，天下纷争将会四起，那时候只怕各部落都难有安生的日子。因此，我不能不问。”轩辕语态诚恳地道。

“此际天下纷争已起吗?”木神反问道。

轩辕一愣，立刻明白木神今日仍在借故相考，如果不能让其心服的话，休想得到他全力相助，不由道：“纷争确已四起，但却只是在萌芽阶段，相对而言，仍有一个平衡的标准，而这个平衡便是有熊族。如果这个平衡被打破，天下局势必会立刻倾斜，到时战争便再不是只限于局部，而可能成为几大强族之间的争斗！”

“你认为可以避免这场交锋吗？”木神神色不动地问道。

“或许无法避免，战争终究会发生，但却要看怎样终止这场战争，而终止这场战争后的结果却也有得考究。一是继续战争，二是再无战争。我们所在意的只是战争的损失……”

“其实，你不必跟我解释这么多，只要告诉我，事实上你也想得到这个天下就行了。”木神的眼神突然之间变得锋锐，神色有些古怪地望着轩辕，连歧富的脸色也变得有些难看。

轩辕与木神对视了一会儿，突然笑了起来，道：“对，确实没有比这更直接的回答了，我确有一统天下之心，唯有一统天下，方能够使得部落与部落间、氏族与氏族间不再有界线，当天下为一家时，才是战争终止之时，我之所以关心有熊族，是因有熊族也将可能成为天下统一的一部分！”

歧富瞪大了眼睛，但神色间却缓和了不少，只是木神却有些不以为然，反问道：“年轻人有些雄心壮志确属可嘉，但是你凭什么征服各族？又凭什么去征服天下间那么多的高手？你可想过这是一条不归之路？今日之局，便是盘古大帝复生只怕也难以控制。盘古大帝之所以建立神族，只是因为那时人类未曾开化，智慧低下，更加之武器武功原始落后，方能独树一帜，建立了神族。可此刻，天下智者如云，高手如云，无论战士还是武器都是盘古大帝建族之时想都未曾想过的，而你又用什么征战天下呢？”

轩辕和歧富都为之一呆，事实确如木神所说，此刻的天下，经过神族几千余年的演化，无论是人类的智慧还是战争方式及其他各方面，都得到了飞跃性的发展，光是战争工具的发展也让人头大，还有各种武学的发展，使得天下间能人无数，也正因为如此，神族才无法再继续控制整个天下而四分五裂，试问谁还能自认有重新一统天下的力量呢？

“成事在天，谋事在人，盘古大帝的伟大是在数千年前人类的背景之下，每个时代都会有杰出之人才的出现，先有女娲大神，再有伏羲大神、太虚王母、天帝据比……这群人的武功、智慧自不比盘古大帝逊色，甚至更高，那是因为愚民在发展，智者也在发展，这是同步的。我们自不能说智者于此时便已止步，我相信只要能够把握时机，不断进取，盘古大神的一统并不是一种虚妄之谈。任何事情需靠机缘，靠时势，在天时、地利、人和相助之下，没有开创不了的奇迹！”轩辕自信地道。

木神的眸子之中闪动着异样的神采，似乎被轩辕的侃侃而谈打动了。

“空口之语，无济于事，这个世界相信的只是实力，相信的是事实！到最后，一切还得依凭武力来解决，难道不是吗？”木神深深地吸了口气道。

“对，木神所说极是，但这需要一个过程，如果我现在拥有平定天下之力，何须坐于此地与木神相谈？我大可挥军南攻三苗，东并少昊，北征鬼方，西平各大小部落。是的，我此刻没有这等实力，却不代表我永远没有。虽然这个世上武力极为重要，但智慧更是必不可少，武者造乱，智者取乱，在四方皆乱的情况下，唯智者能游刃其间。何况，以武服人终非最佳途径，若想天下太平，需武德兼备，缺一不可。我还年轻，但我却必须从眼下的每一刻做起，不积跬步，无以至千里，这是一个漫长的过程，需要耐心加信心。虽然此刻木神当我是痴言狂语，但却不能不承认世事变幻无穷，明日之事谁又能知？”轩辕丝毫不让地道。

歧富的神色间闪过一丝兴奋之色，显然对轩辕这一番话大感赞赏。

木神神色也逐渐缓和，淡淡一笑道：“年轻人说得好，我相信你他日定会有所成就。不过，你却要小心一点龙歌，那也是一个智慧超人的年轻人，终有一天，你们的相遇将会是一场艰难的大战！”

“龙歌？”轩辕讶然反问道，旋即又道，“木神见过龙歌？”

“没有！”木神立刻否认道。

“那外面怎会传说龙歌前来谷中见过前辈？而前辈又怎知龙歌是一个什么样的人物？”轩辕反问道。

“正因为我没有见过龙歌，才知道他绝不是一个简单的人！”木神吸了口气，认真地道。

“哦？”轩辕微讶。

“如果我所猜没错的话，龙歌此刻已经到了熊城！”木神语破天惊地道。

“龙歌已经到了熊城？木神何以作出如此猜测？”轩辕不由得心神一震，他也隐隐感到这件事情的可能性。

“因为外界传闻龙歌来了我这里及我与龙歌母亲的关系都是龙歌亲自让人传出去的，而他兵分三路回熊城，其实全都是幌子，包括这次护送他回熊城的人都不知道他的行踪，皆在相互猜测龙歌的行踪。由于三队人马都不能相互联系，也便没有人知道龙歌在哪一队人马之中，如果我没有猜错的话，龙歌不在三队人马的任何一队之中，而是已经化装独自行动，而所有人的注意力都被这三路人马所吸引，也就忽略了龙歌独行的可能性！”木神分析道。

轩辕不语，其实，他在与圣女谈话之后再听到龙歌兵分三路的消息，也隐隐地猜到有些不对劲，因为龙歌之所以召回这些分散在各地的高手，主要是想应对有熊族内部的乱子，而不是防备三苗和鬼方等高手。因此，他根本就没有必要让这些人护送。人多反而目标更大，会成为累赘。此刻木神如此一分析，的确是言之成理。

“木神怎知道龙歌不在这三队人马之中？”轩辕不由惊奇地问道。

“这是我得到的消息，我在崆峒之时，龙歌自西昆仑王母国归来，曾奉王母太虚之命拜见仙长，而后我便注意他了，只是我并未真正查知其行踪！”歧富插嘴道。

轩辕大惊，却没想到这件事情却是歧富所查，倒有些出乎他的意料之外。不过，他也更不会怀疑，因为歧富绝对不会骗他。

“你心中一定觉得奇怪，我为什么会提醒你龙歌的存在，因为他是我的侄儿，我却丝毫不对他偏袒，是吗？”木神似乎看出了轩辕心中的另一个疑问，反问道。

轩辕一怔，坦然地点点头道：“的确有这个意思。”

木神不以为意地笑了笑，因为轩辕的话算是极为坦白。

“自小事看人。事实上，老夫之所以归隐于此，实不想再目睹这个纷乱的世界那种血腥而永无休止的场面。总想有一天能够看到天下太平，如神族统治天下一般，繁荣昌盛地发展。可是一直以来，根本就没人敢有这种一统天下的想法，更无人有这个魄力。时至今日，你是第一个敢在老夫面前如此侃侃而谈的人。这些年来，我也很少听到有人如你这般迅速地成名发展起来而引起各族的轰动，因此，老夫留意你也有数月之久。而今听你如此侃侃而谈，心中甚喜，但愿你能如你所言，一统天下，保天下之太平。所以，我才会提醒你！”木神话至于此，稍顿了顿，又接着道，“或许龙歌也是块一统天下的好材料，但他能否让天下太平却是另一回事，单凭他返回有熊族途中所做的一切，便可知他只是一个为达目的而不惜牺牲一切的人，包括我这个舅父在内，他也不肯放过。他为了自身的安危，更不惜置这三队诚心相助他的人马于险境。这种人就算能得天下，也不会长久地保持下去。事实上，他根本就不会相信任何外人，只相信自己，神族的四分五裂也是基于这种原因，上代盘古忌讳天帝据比，忌讳王母太虚，这才使得众神叛离。我不希望这种悲剧重演，而你却比龙歌要好多了。”

轩辕不由得对木神肃然起敬，他没想到木神竟有如此想法。

“刚才你与陶宗交手的情形，我也看在眼中，在那种情况下，你宁可受伤也不杀他，这种胸襟绝不是任何人都有的，如果你杀了他，那么结果可能会完全两样。在你的刀犹豫了一下之时，你心中定是想到了大局，一个如此时时以大局为重之人，必定是做大事的料子。而你在受伤之后仍主动言和，可见你确有容人之心，更是心怀坦荡之辈。这段时日以来，你之所以奔走四方，也可以说是为了一群落在九黎人手中的兄弟。事实上，你完全可以放弃这些人，但你却没有，更四处尽心竭力地为他们恢复神志，足见你心胸仁厚，绝非薄情寡义之辈。而在生死关头，选择让朋友兄弟先行，自己却不顾生死地断后，这种豪情和情义更是龙歌所不具备的。因此，我宁可天下被你所得，而不是龙歌，只有你的宅心仁厚方能够让统一的天下子民安居乐业，天下太平！”木神语调极为平静且诚恳。

“还不谢谢木神的另眼相看？”歧富忙提醒道。

“轩辕谢谢木神前辈的另眼相看，真叫轩辕荣幸至极。”轩辕忙起身鞠了一躬道。

“不，这是你应该得的，有因必有果。希望你能够把握好每一个机会，得天下者，必以仁心服天下，仁者之天下方为长久之天下。”木神神情肃然道。

“多谢前辈教导，轩辕定会牢记于心！”轩辕肃然道。

“龙歌确实曾派人来过，但这个人却是西方少典氏的少典神农。他奉龙歌之命请我出山相助，但却被我推辞了，已于今晨送他出谷而去。这段时间老夫仍想在谷中多享些清静，或许某一天，世界有些明朗了，我会出去走走，但愿那时你已经拥有令老夫满意的力量。不过，我还得提醒你，如果有一天神门被打开，你将要小心魔帝蚩尤。这人的魔魂一直被锁于神门之中，神门开启之日便是他重生之日。以你目前的武功，根本就不是他的对手。而且，若魔帝蚩尤重生，东夷诸族便会立刻归一，那时候他们的力量会倍增，既然你意欲争夺天下，就不能不防！”木神再次提醒道。

“魔帝蚩尤?!”轩辕并不止一次地听说过这个名字。

“事实上，魔帝蚩尤已经死了，活着的只是他的魔魂，那是一种并不实质存在的意念和精神力，当年女娲娘娘、伏羲大神、王母太虚、天帝据比及魔帝蚩尤大战于涿鹿，天帝据比重创北逃，后来便有了强大的鬼方族出现，而魔帝蚩尤则被女娲娘娘、王母太虚及伏羲大神杀死，但其魔魂不灭终是人间祸患。因此，女娲、王母、伏羲便在熊城筑下神门，将蚩尤魔魂深锁于神门之中。然后又留下了河图洛书作为神门之钥匙，这便是外界的传说，只是外人并不知神门之中会锁住蚩尤魔魂而已。”木神侃侃而谈道。

轩辕也听说过这个传说，当年五帝大战，天帝据比和魔帝蚩尤结盟，却惨遭地帝女娲、人帝王母太虚、神帝伏羲联手诛杀。而伏羲、女娲、王母太虚正是神族分化之后的三苗始祖。

当然，木神为神族之人，自然比外人更多一些地了解其中内情。

“如果我们不开启神门呢?”轩辕反问道。

“就算你不开启神门，总会有人开启，这是早已注定了的宿命。”木神叹道。

“那为什么还要留下河图洛书作为钥匙?”轩辕不解地问道。

“这是一个无人知道的秘密，或许只能问神帝伏羲了。”木神无可奈何地道。

轩辕不由得哑口无言。

神门之中究竟是何秘密呢？轩辕神思飞跃，突然道："如果我将河图或者是洛书毁掉其一，那岂不就再也无法开启神门了？"

木神和歧富皆一震，两人面面相觑，半晌才道："我想神帝既然留下河图洛书为匙，必有其深意，如果我们毁去其一，只怕是逆天而行。"

"是啊，想伏羲神帝上可卜天，下可卜地，他既留下河图洛书，自有其深意，我们怎能逆天而行？"歧富也附和道，对于伏羲，所有的人都无话可说，河图洛书既是伏羲故意留下的，自是代表天意。

轩辕也无可奈何地叹了口气，忖道："看来自己将来真的必须面对蚩尤的魔魂了。"不过，他却不相信，一个肉身已死的人，能够有多大的能耐。事实上，轩辕甚至不相信有这个魔魂的存在。

歧富领轩辕去看了那神志渐复的猎豹、花猛诸人，使得轩辕心情大松，以歧富的妙手，根本就用不着地火圣莲这奇药。满苍夷所夺的地火圣莲，除为她自己治疗脸上伤痕用去两片花瓣之外，还服食了三片花瓣，其余的皆被歧富炼制成疗伤圣药。

轩辕也拿出怀中以特制的皮囊所装的地火圣莲，此刻他完全用不着这东西，只凭他体内龙丹那无法消融的力量便足以震惊天下。只要他能够完全炼化龙丹的阳刚烈性，他的功力便可高到不可思议之境。

要知道，那巨蛇修炼这颗内丹用了数千年甚至上万年的时间，在这数千年间积下的精华是何等强大，其性之猛，绝对不会比地火圣莲逊色。何况此刻龙丹之中也凝聚了来自地心的热力，单是炼化龙丹便将是一个极为漫长的过程，是以轩辕并不在意这地火圣莲。

歧富对轩辕这种毫无戒心的信任大感欣慰，也深庆没有看错人，要知道地火圣莲乃武人梦寐以求的瑰宝，而轩辕却如此毫不在意地将之交给他，那的确是非常信任他了。

"如此更好，我可以多炼出数十颗灵丹，到时候，只要你的这群兄弟每人服一颗，你的身边便可平添一群绝顶高手，那时对你而言或许更有帮助。"歧富欣慰地道。

“那太好了，我所需要的便是一群高手，而非一个高手，若能多一批高手，我就可以多一分战胜困难的把握！”轩辕大喜道。

“放心吧，如果你真能让天下太平，老夫便是你身边跑腿的！”歧富笑道。

轩辕不好意思地干笑道：“歧伯也在笑话轩辕了。”

歧富不由得开怀一笑道：“其实，老夫也很想看到天下太平，仙长也曾叹人世无情，妖孽横行，恨无力回天，如果你能代仙长完成心愿，澄清人世，老夫为你出点力又算得了什么？今后，我便让满苍夷暗中助你，天下间大概没有比她更好的探子了，所谓的地神土计只不过是一个偷鸡摸狗之辈而已。”

“谢谢歧伯！”轩辕大喜，对于歧富，他实有种对父辈的敬意，虽然相处时日加起来不到半年时间，但那种感情却深如爷孙。他知道歧富生性随和，从小便对其无畏惧之心，此刻再次面对歧富时，他仍有点孩子般的腼腆。

“歧伯，什么时候能带我去见见广成仙长？”轩辕突然问道。

歧富却不感到意外，笑道：“总有一天你会见到的，只要时机一到便成。”

“何时为时机到了呢？”轩辕深吸了一口气道。

“那就要看天意了！”歧富笑道。

轩辕无奈，不过，此刻他心情极好，也不在意这些。因为再过一天，猎豹等人便可以恢复神志，与他并肩作战了。

这时候，他们每个人的身上都插满了银针，根本没有知觉，自然无法道尽相逢之喜悦，不过轩辕有的是耐心，所以他不急，既然已经等了如此长的时间，为何不能再多等一两天呢？

“你此刻将鬼方和东夷两股实力都得罪了，准备如何处理这件事？”歧富担心地问道。

“事实上，我并没有准备放过东夷诸族，这个仇是根本就解不开的。至于鬼方，很早的时候便已与之结下了仇，因为我杀了刑天之弟刑月，而土计的弟子也是被我所杀。所以，这个仇也是免不了的，但乱世有乱世的好处，东夷和鬼方此刻正相互明争暗斗，只要我把握好尺寸，游刃于两股势力之间应该没有问题，何况我并不想独抗他们，别忘了还有有熊族这股强大的实力存在！”轩辕认真地道。

“你认为有熊会帮你？”歧富肃然问道。

“因为我跟圣女凤妮有个约定，待这边事情一完，我便全力助她，无论是对付有熊族内部还是外部的实力，因此，她必须无条件帮我。到时候，就由有熊族的战士去应付困难好了。”轩辕自信地道。

“可是你不应该忽略龙歌的存在。”歧富提醒道。

“这么个重要的人物我怎会忽略？我不会傻得去与他对立，更会把他推上斗争的巅峰。我只是幕前幕后的一个小卒，当所有人的目光都聚在龙歌身上之时，我就算是成功了一半。在这段时间中，我绝不会傻得拿自己的实力去拼杀。不仅如此，我还要保存和壮大自己的实力。只有这样，才能够在最后的时刻完全控制住局面！”轩辕不觉得对歧富有任何隐瞒的必要，他知道歧富绝对不会出卖他，这是他天生的直觉告诉自己的。而在他内心深处，已将歧富当作父辈的亲人般看待，因此，他绝对相信歧富。

歧富松了口气，轻轻地拍了拍轩辕的肩头，欣然道：“很好，有你这番话，我可以完全放心了。如有任何困难，我广成仙派完全站在你这一方，就让我们共同来澄清天下好了。”

“广成仙派？”轩辕微愕，反问道。

“不错，在神族之外仍存在着的一个连神族也无可奈何的流派，这便是我们的广成仙派。”歧富的脸上绽出一丝傲然的神气，认真地道。

轩辕不由得微微发了一会儿呆。

“我们的流派最先是一些流浪采集者的组合，后来这群人便寄居于深山之中自给自足，有若闲云野鹤般四处飘荡。而后，我们的一位圣者自大自然的变幻之中悟出了一种有异于神族武学的修习方式，那便是练气术。练气术的产生使得这群采集者人人都成了练气士。这是一种如巨蛇修炼内丹的修习方式，与伏羲的先天乾坤功有异曲同工之妙，谓之先天真气。到后来，这群练气士的武功越来越高，甚至有人达到永生不老之境，最终羽化登天。直到广成子仙长出现之时，这群散落于各地的练气士纷纷依附其门下，共同修习不死之法，共同参悟天道之秘，这便成了广成仙派。”歧富悠然地向轩辕解释道。

轩辕恍然，知道了广成仙派的来历，但对于广成仙派的内幕却是仍不明白。不过，他知道歧富会跟他说。

“广成仙派的宗旨是降妖除魔，只求自身的修行而不在乎世俗之事，是以与神族并无冲突。由于我们专心于自身的修行，所以对于各种奇门异学，都能远胜于常人，就如我的医道。在广成仙派之中也有许多不世高手，但却无治世救世之才。近年来，广成仙长眼见天下血腥弥漫，却无法以一己之力制止，以他那颗慈悲济世之心，一直无法安心修炼，因此便派老夫下山寻一位真正心怀救世之念，又具治世之才者，而今天终于让老夫寻着了。”歧富欢悦地道。

轩辕不由得不好意思起来，道：“可是轩辕只是刚刚起步而已，怎知能不能行呢?”

“从小事可看出一个人的本性，你能够在这一段时间中表现得如此突出，足见你智慧过人，更是上天助你。刚才听你之言，使我确信自己绝对没有看错人，再加上没有人比你更合我意，如果让我找一个属于神族的人，我宁可放弃，我要让神族诸人看看，我广成仙派照样可以为天下苍生谋一份幸福!”歧富坦然道。

轩辕微愕，立刻明白这之中还涉及到仙派和神族的颜面问题，如此一来，他再不会怀疑广成仙派欲助他的事实。

“当年盘古氏曾讥嘲广成仙长为山外野民，不值一哂，那段时日，神族和仙派之间气氛极为紧张，若非广成仙长不欲与人争一日之长短，只怕两部的高手早已大拼了一场。不过，盘古氏的那一句话始终是我们仙派的耻辱。因此，我只好将希望寄托在你的身上，你应该知道我为什么会挑选你了吧?”歧富提起当年之事，仍有些愤然。

轩辕唯唯诺诺地点头应承，同时心中也感到一阵轻松，他没想到事情会是如此一种发展形式，在刹那之间他又多了一群隐于世外的练气高手支持，看来的确是老天相助。此刻他所缺的，并不是普通战士，而是真正的高手，在这种情况下，唯有真正的高手才能给出最有力的帮助，而那群战士只能在最后以征服者的姿态出现之时才能真正发挥作用。所以，他才会极力自那群龙族战士之中挑选出一些精英中的精英，以便能够在必要的时候独当一面。此刻如果有广成仙派的高手相助，那实是非常妙的一件事。

“如此一来，我更有把握与龙歌及那群心怀鬼胎的对手们周旋了!”轩辕刹那间斗志变得高昂至极。

“好，我可以在三天之后为你准备十二名一流高手，虽比不上你身边的剑奴，但却不比君子国的思过之辈逊色。”歧富欣慰地拍了一下轩辕的肩头，意味深长地道。

轩辕大喜，如果这十二名高手都能拥有思过那种身手，也便表明人人都可以与帝恨这等人物一战。如有这许多的高手相助，还有什么好担心的?

“不要得意忘形，当你见过创世大祭司的那群死士之后，你便会知道这十几个高手的力量实仍单薄得很!”歧富吸了口气，提醒道。

“歧伯见过创世大祭司的死士?”轩辕吃惊地问道。

“自然见过，这数十年来，我走遍了天下的名川大山，所见所闻绝非常人所能想象，几乎没有一股力量能逃过我的耳目。”歧富自豪地道。

“但有这群高手总比没有这群高手好，走一步算一步吧。”轩辕漫不经心地道。

“今晚你便住在这里，明日再离谷吧，我顺便教你一些小玩意儿。至于剑奴，我会让他先到陶唐氏等你。”歧富道。

“听凭歧伯吩咐!”

翌日，轩辕出现在唐城之外，陶唐战士极为热情地将之迎入城中。

轩辕在陶唐氏中也成了名人，就因为其打败陶宗而又被木神留宿于忘忧谷，这是数十年来从未有过的殊荣。只凭木神的关系，陶唐战士便不能不对轩辕客气。

轩辕知道，当年陶基若非木神苟芒拼命相救，此刻早已化为白骨，而木神更教会了陶唐氏如何插种五谷、花木，使得陶唐氏的农业大大地发展了一个层次，几可凭农业自给自足。再加上畜牧业和狩猎，使得陶唐氏成了个极为富裕的大部落，这也是陶唐氏为什么在五虎族脱离了神族之后独树一帜的原因。而如高阳氏、有虞氏都逐渐没落，夏后氏和高辛氏却都依附于别人，只有陶唐氏更趋向强大，就是因为其在农业上的发展，使得整个部落繁荣昌盛地发展。所以，陶唐人尊重木神，就像尊重陶基一般尊重木神。

人人都知道，没有木神荀芒，便没有陶唐氏今日之模样。是以，连陶宗这般高傲的人也会对木神恭恭敬敬的。若说这个世上有两个人骂他，他不敢顶嘴，那这两个人便是陶基和木神。

连木神都对轩辕这么另眼相看，陶宗也只好压下对轩辕的恨意，陶唐战士也在私下里谈起过昨日轩辕与陶宗之战，单凭实力和气度，轩辕便让陶唐氏的高手折服。

唐城并不雄伟，与有熊癸城相比也要逊色许多，但唐城却依凭天险而建，倒也是易守难攻。当然，这可能是因为唐城比癸城大多了，因为其中住着整个部落的人，更有农田之类的。所以，若说这是一座城池，倒不如说是一个巨大的村庄，城墙不高，但城墙之内却是地域宽广。

唐城的确是一个极具规模的村庄，依山而建，地形复杂。

剑奴首先迎上轩辕，却发现轩辕左肩的剑伤在一夜之间竟奇迹般结疤而愈，心中大感放心。

“首领知道轩辕公子来了，特在祖祠设下了酒宴，还请轩辕公子赏光。”唐德也行过来，极为客气地道，他对轩辕的确只有尊敬。

“哦。”轩辕没有想到陶基竟如此客气，如此快便准备好了这一手，“如此，就请唐长老带路。”

祖祠，在唐城的中心，也是最高点，那是一个平顶的山头，山头之上，有着一排排神庙般的房子，全部以石头堆砌。

山头的平地极为宽阔，已有数十名陶唐战士列队相迎。

轩辕大感风光无限，陶唐人竟如此隆重地迎接他，确有些意外，不过，既来之则安之，他也不想想得太多。

“欢迎轩辕公子光临我唐城。”一名面目古奇的老者龙行虎步地排开众人，走到轩辕的身前，热情地伸出手来。

剑奴已经暗中告诉了轩辕此人的身份，乃是陶唐氏的第二号高手唐宽，有唐城总管之称。

“唐总管客气了，如此一来，实让轩辕受宠若惊!”轩辕伸手与之相握，客气地道。

“轩辕公子乃年轻豪杰，又身为君子国圣王，自当得起此礼!”唐宽毫不作伪地道。

轩辕恍然，此刻他确是君子国圣王的身份，以这种身份当然可以担得起这种礼节，不过总还得客气一番。

于是两人在客气中被众人簇拥着步入了神庙的一个偏厅。

这里早已以兽皮为毯将地面铺得整齐洁净，整个厅中古色古香，倒也雅观别致。

“请!”唐宽摆了摆手，让轩辕坐于上席，轩辕推托不了，便只好与唐宽共坐上席，而剑奴则与唐德坐于右方首席，其余的都是陶唐氏的几位长者，不问可知，这群人皆是高手。

“首领因另外有事无法分身，是以，望轩辕公子鉴谅。”

席位之上早已摆好了果点，有些轩辕见所未见的珍品，无论是个头还是色泽，都让人胃口大开。

“有大总管相陪，轩辕已深感荣幸了。”轩辕客气地道。

唐宽也不推辞，笑了笑，指着那些果点道：“这些都是木神老人家亲手植下的几株果树上所结的果子，公子请了。”

此刻，轩辕倒感到整件事太过贸然，太过简单，从头到尾都有种说不出的仓促和压迫感，这是轩辕心中所想。

自唐德和剑奴迎向他，然后直接前来神庙，之间除了由唐德介绍了一下地形之外，一切都显得那么仓促而不合逻辑。事实上，刚开始时，唐德说这是陶基所设之宴，但这刻陶基却未至，而且这设宴的程序也实在是太快，他才在唐城外，难道有人一通知陶基或是唐宽，这两个人便立刻想到在祖祠设宴吗？在这样两个大人物的心中，除了吃便无其他吗？

这群陶唐氏的长者似乎早就已经准备好了，都聚集于此，这有些让人费解。因为他们根本就没有必要如此，就算唐宽知道自己来了，立刻召集众人，又吩咐摆宴，但自己在接到唐德的传话时径直上祖祠，这群人怎么可能如此快地集于祖祠之中呢？除非这些人早在祖祠相候。可是这群人本是相候谁呢？当然不会是他，因为没有人未卜先知地知道他会在这个时候前来，而且即使自己是君子国的圣王又如何？能够值得这群人如此早地相候于此吗？若是按常理绝对不会。若是君子国的女王柳静还差不多，可他只不过是才任君子国圣王不久，即使是因为他武功高，但毕竟还年轻，身份和地位始终要低一筹，因此，轩辕此刻坐下来立刻便想到了这个问题。

当然，陶唐氏应该不会害自己，就凭他与木神的关系便不会害他，但为什么要摆下这古怪的宴席呢？轩辕虽然自信从不会看低自己，但他绝对不会盲目地自信，绝不会盲目于某一件事，即使他认为自己确实配做任何宴席的主角，但他绝不会忽略世人的目光，他会站在别人的角度去想同样的问题。是以，这才能做到算无遗漏。毕竟，这个世上并不止他一人有主见、有思想，如果以一种盲目的态度去对待问题，其结果很可能会输得一塌糊涂。

“我们不等那位贵客吗？”轩辕突然语出惊人地道。

唐宽的神色微变，唐德的面上显出一丝惊讶之色。

“轩辕公子何出此言？”唐宽反问道。

轩辕笑道：“如果我推测没错的话，这里本来尚有一位贵客要来，因此，轩辕不想太过失礼。”

所有人都错愕了一下，有些人的眸子里闪过一丝惊讶之色，这当然瞒不了轩辕的目光。

轩辕淡然一笑，他知道自己的猜测果然没有错，否则，这群人也不会表现得如此震惊，显然是正说中了他们的心事。

“如果真的不用等那个贵客，那我便不客气了。”轩辕再次出言道。

“哈哈……”唐宽干笑一声，道，“原来轩辕公子早就知道颛臾大主祭来到了陶唐，不过，此刻大主祭正由首领相陪，大概不会来了。”

“颛臾大主祭？”轩辕愕然反问道，他从未听说过这个名字，但却惊讶此人竟有如此高的身份，还劳动陶基亲自相陪，并在这祖祠亲自设宴，可见此人绝非一般人物。

“正是伏羲神庙大主祭之一的颛臾！”唐德出言道。

轩辕再吃了一惊，这下误打误撞让他知道了太昊手下来了个重要人物，要知道伏羲神庙乃是伏羲部高手训练营，能成为伏羲神庙的大主祭之一，其地位自是超然，武功更不用说。不问可知，颛臾此来可能是因为龙歌，这更证实了太昊对龙歌实未安好心。

“想不到竟是伏羲神庙的大主祭亲自前来，轩辕今日之来实是有幸了。”轩辕弄清了问题关键所在，整个人立刻轻松起来。

正当轩辕说话间，一名陶唐战士匆匆忙忙行了进来，在一名长老的耳边低语了几句。

那长老神色一变，在那战士退去的时候立身而起向唐宽道：“大总管，首领和颛臾大主祭正在上山。”

“啊！”唐宽也有些意外，立身而起，旋又望了望身边的轩辕，客气地道：“轩辕公子请先稍坐，我出去相迎颛臾大主祭，马上回来向公子陪酒。”

“哈，大总管何须如此客气？不如我们一起去迎大主祭好了，也好让我一睹伏羲神庙高手的风采！”轩辕也立身而起，爽朗地笑道。

唐宽没想到轩辕如此好说话，不由得大增几分好感，也就不再客气，与之并肩行出大厅，走向山顶的平台。

第八十六章　虎族之王

陶基的身材极为高大威猛，年约五旬，甚至比轩辕还要高上少许，上身仅穿一件虎皮背心，浑身鼓起的肌肉泛着金属的光泽，行动之间自然流露出睥睨天下的豪气。

陶基身边是一个干瘦阴鸷的老头，与陶基形成极为鲜明的对比，甚至有种相映成趣之感。那高瘦的身材穿一套宽大的黑袍，如僵尸般阴森。山风轻拂黑袍，越显其瘦。而这人正是伏羲神庙的几大主祭之一颛臾！不过，很难让人将之与不可一世的高手联系到一块儿，倒是很容易让人想到这是一个驱赶僵尸的术士。

陶唐氏的长老们也有几人为之错愕，显然他们也是第一次见到颛臾，与他们想象之中的确存在着很大的差距，倒是唐宽极为热情地相迎而上。

颛臾显然不是一个喜欢笑的人，时时刻刻都是拉长着脸，即使对着唐宽也只是淡淡地点了点头，让人感觉到他无论怎样都无法热情地投入到与人的交谈之中。在唐宽为他介绍轩辕之时，他甚至只是稍看了一眼，似乎很轻蔑地就扭过头去。

倒是陶基极为热情地与轩辕行握手之礼，还大大地对轩辕赞赏了一番，这一切都没有任何做作的成分。

轩辕自也不想与这目空一切的糟老头说什么，甚至他第一眼看到对方，就有一种不舒服的感觉。既然颛臾不与他打招呼，自是皆大欢喜，如果要让他去勉强应付，那确实更让他难受。

那群陶唐氏的长老们几乎都被冷落了，颛臾对他们的招呼也只是冷漠以对，倒像是每个人都欠了他什么似的，使得这群本来地位尊崇的长老们心里极不是滋味。不过，与颛臾一起的另外四名来自伏羲氏的高手却是极为客气地应对各人，让人心里稍稍缓和了一些。

大厅中的席次再作安排，却是轩辕与陶基及颛臾并坐大堂的主席台上，陶基坐于轩辕与颛臾之间，而唐宽却坐于左方的首席，剑奴与唐宽对面而坐于轩辕的下手首席。剑奴之下，是唐德与一干陶唐氏长老，唐宽的下手分别是与颛臾同来的伏羲氏四名高手，那四人的身份在伏羲氏似乎也不低，乃为主祭护法。

陶唐氏本是神族分支的一个大族，与三苗之间的关系本就不坏，此刻伏羲部派来大主祭，他们自然热情招待了。何况，伏羲神庙的大主祭，可以算是太昊之下身份最为尊崇的人。是以，陶基也不敢怠慢。

酒宴再设，陶唐氏的酒宴可算是轩辕除有熊族外享受得最好的酒宴，无论是菜肴还是美酒，都是上佳之选。尤其是五花八门的水果，更是轩辕往日从未吃过的，比起那些野果来，味道甘冽而略带清香，使得轩辕对木神更加向往，也更加信服。大概也只有木神才能够种出如此质佳个大的鲜果，只是不知道是以什么方法种出来的。

当然，木神在忘忧谷中所种下的花海本已是个奇迹，竟能将如此多的花种、颜色不一的鲜花搭配得如此协调完美，那他再种出这些果树也并不是很稀奇之事。

颛臾大主祭似乎也对这些鲜果赞不绝口，不过，他似乎并不知道这是木神所种。

酒过三杯，颛臾似乎想起了还有一个轩辕的存在，不由得表情微微阴冷地道：“近日来，有关公子之传说甚多，都说公子乃是年轻一辈最为杰出的英才，却不想能在此地相会，实是荣幸。”

轩辕微有些意外，他对于伏羲氏或许是因为伏朗和圣女凤妮的原因，并无好感，而颛臾那不近人情的样子使他更不欲搭理，是以没想到颛臾会主动向他举杯，不禁淡然笑道：“轩辕只不过多凭一点侥幸再得朋友关爱而已，加之世人皆喜以讹传讹，传说之语实不足信，不过轩辕倒觉得贵王子伏朗才算是人中之龙，年轻英杰。”

颛臾一怔，似乎还是首次仔细打量轩辕，只因轩辕的话确让人听起来舒服，连他也不例外。听得轩辕赞伏朗，他自是心中欢喜，不禁展颜露出难得的一笑，道：“公子见过敝王子吗?”

“自然见过，否则怎会说伏朗兄为人中之龙?”轩辕昧着良心赞道，心中却在暗骂：“蛇鼠一窝，伏羲氏没有一个好东西，伏朗是他妈的狗屁臭虫一条！老子真怀疑他们那部祖上留下的河图洛书是否真有传说中传的那般神奇，不然伏羲老祖为何会算不到自己的后代会猪狗不如呢?”

颛臾打了个哈哈道：“既然公子与王子乃是故识，这杯酒算是喝得，老夫先干为敬了。”

轩辕忙跟着喝了。

“伏朗王子乃是人中之龙，轩辕公子也非池中之物，否则怎能与伏朗王子称兄道弟？轩辕公子之语实在太过谦虚了。”陶基见两人对饮一杯，那种尴尬的气氛缓和了不少，不由笑道。

“是啊，公子如此年轻，便可吓退地神土计，耍得曲妙团团转，更让九黎人损兵折将，此等智勇确是让我们这群老辈自叹不如。”唐宽也出言附和道。

轩辕暗惊，唐宽竟知道自己惊退土计，戏耍曲妙之事，看来陶唐氏早就在暗中注意着自己，至于战九黎之事却是早已传遍了大江南北，他们知道不足为奇。

“哦，公子竟和曲妙及土计那矮鬼交过手?”颛臾因轩辕语气对伏朗大加褒扬，此刻对轩辕的态度竟和善多了，说话也显得客气了。

轩辕知道辩解也没用，不过，他也并不想隐瞒这些事，点点头道：“轩辕确与他们交过手，只是惊走土计却是因为巧借时势，当时偃金也在，所以土计不敢战，而后来我也是仓皇而逃，差点连小命都丢在偃金的手中，至于什么戏耍曲妙，实是惭愧，结果仍是我落荒而逃，哪能算是耍人？不过幸好耍人和被人耍没有太大的分别!”

“哈哈哈……”听得轩辕最后一句自嘲的话，所有人都禁不住笑了起来，连颛臾也不例外。那四名主祭护法也立刻对轩辕刮目相看，只凭轩辕这自然得体的谈吐，也让人不能不心生欣赏。

颛臾也为之释然，忖道：“凭轩辕如此年纪怎会是地神土计和曲妙这种绝顶高手的对手？想来所说的落荒而逃也是事实。”不过，颛臾并未因轩辕承认自己落荒而逃而小看了轩辕，能在这两大高手的手中逃走之人绝对不简单。而轩辕如此坦白，丝毫不以为忤的坦荡自然，更让人觉得他是条输得起的硬汉。

“轩辕公子真会说笑！”陶基止住笑声欢悦道，对于这个年轻人，他也的确是好感倍增，只看轩辕举手投足、言谈举止无不将整个场面控制得恰如其分，更将别人的注意力不由自主地转移到自己身上，那确是具有一种大将之风，说白了，那也是一种魅力。

“老夫有种闻名不如见面之感，在听到关于轩辕公子之事时，总不信有其事实，但此刻亲见公子，才知传闻仍不足以道述公子之优秀。真不知被公子赞为人中之龙的伏朗王子又会是如何杰出优秀的人物。唉，真恨不该早生四十年哪！”唐宽似感慨无限地道。

颛臾先前听他只赞轩辕，心中有些不快，但整句话听完不由得也开怀大笑，厅内的气氛一下子变得活跃起来，人人皆被唐宽的感叹逗乐了，更对唐宽之语深有同感，不仅仅是对轩辕之事，也是对那感叹之语。

“听说公子自组龙族，不知此事可是属实？”说话者是追随颛臾同来的风际，乃是四位护法之首。

轩辕一时猜不透风际此话的用意，但他并不想否认，点点头道：“可以算是事实，想来风护法应该听过九黎人的传闻。”

“确实听说过，还知道九黎人前后在公子及那群龙族战士手中损失了近千战士，而九黎人更是对公子恨之入骨！”风际毫不否认。

这下子，连陶基也为之震惊，那群长老更是不例外，他们虽然知道九黎人在轩辕的手中吃了大亏，却没有想到竟损失了近千战士，以九黎人的凶悍，其战士以善战闻名，却没想到竟为轩辕损失了近千人之多，这确实让人有些不可思议。

“至于他们死伤了多少人，我并不知道，想来，他们恨我入骨不会有假。不过，天下恨九黎人入骨的也不在少数，谁能保证不被人恨呢？”轩辕淡淡地道。

“公子说得对，这本就是一个弱肉强食的世界，若想生存就不能不得罪人，谁能保证不被人忌恨呢？何况九黎人一向蛮横好杀，能够一挫他们的风头，也是一件好事。”陶基道。

“近来盛传龙族战士英勇善战，并做出了几件轰动之事，却没想到竟是公子所组，果然是强将手下无弱兵！”唐德由衷地道。

“听说轩辕公子与有熊圣女凤妮关系很好，不知公子可去过熊城？”风际下席的另一护法风游也插嘴问道。

轩辕心中一凛，他已经把握到了这几人的意图，这几人是想试探一下龙族战士是不是与圣女凤妮有关。这群伏羲氏的高手其目的仍不过是有熊族的控制权，甚至是河图洛书，如果他承认龙族战士与圣女凤妮有关，那很可能便会成为被打击的对象。想到这一点，轩辕不由长笑道：“护法们的消息真是灵通，不过，在过去，我的确受有邑族之托护送圣女凤妮回熊城，但很遗憾，当我们送圣女到九黎所辖范围时，圣女却舍我们独去，我这才自奴隶营中逃出。想来护法应该听说过，龙族战士本是一群受苦受难的奴隶所组成的，所以我们恨九黎人，这才誓要让九黎人偿还血债。至于圣女凤妮，既然她已回到熊城，便表明我的任务已完成，只有她欠我的，而无我欠她的，我也并不想再见到她。十多天前，我确自有熊来此，但我只是护送重伤的施妙法师入癸城，并没有去什么熊城。我能见到贵王子伏朗兄，也便是那次癸城相聚，难得一见投缘，这才不想对护法隐瞒，如果护法欲为凤妮说话，我看最好别提。”

风游和风际都为之一怔，轩辕这番有若连珠炮般的回答竟把他们所想的问题全都堵绝，这之中也挑不出什么破绽，使得他们也不知轩辕与圣女凤妮之间究竟发生了些什么，而轩辕最后一句话更似表明与凤妮之间有极深的误会，更知道凤妮是太昊的弟子，所以才对他们有此说法。

“哦，公子与圣女之间竟发生了不愉快的误会……”

“望大主祭不要再提圣女凤妮之事，我们今日还是聊些感兴趣的事情吧。轩辕敬大主祭一杯！”轩辕端起酒杯，打断颛臾的话道。

众人见轩辕如此表态，也都举杯相应，陶基也道：“是啊，今日谈些有意义的事吧。”于是各人也都附和。

轩辕知道至少暂时这些伏羲氏的人不会为难自己，说不定还会故作亲近。

“据闻，公子已将君子国迁至常山，不知是否有用得着我们陶唐氏的地方？我们这里有最好的工匠，也有很好的种子，不如过两日便送过去，也好让公子的族人能安心在常山落地生根。”唐宽突然道。

轩辕大喜，感激地道：“那真是太好了，若能得贵族之助，我想君子国上下都会感激不尽。”

“这事简单，明日我便选一百工匠运十车粮种去常山，君子国与我陶唐氏本为故交，此刻君子国有难，我们自不能袖手旁观。”陶基豪爽地道。

“轩辕先在这里代表君子国全体子民，也代表轩辕自己向首领、总管和全体陶唐族兄弟们致谢了！”轩辕说话间双手端起刚被婢女倒满的酒杯站起身来。

“公子何用客气？坐下喝好了。”陶基伸手将轩辕拉回座位上，笑道。

厅中所有人都举杯同饮，只是颛臾和那四个来自伏羲部的护法有些惊讶，他们是惊讶轩辕竟拥有如此几股实力。这一刻，他们确实再也不敢小看轩辕了。事实上，他们怎会看不出轩辕之所以左右逢源，实是有其独特的魅力。只看在这酒席之间的谈吐表现，就使人有种忍不住想去亲近他的冲动。在轩辕的身上，天生便似乎有某种气质，外人学都学不到。

“不知今次大主祭北来可是前往熊城？”轩辕也明知故问地道。

“哈，公子猜错了，今次老夫北上只是专程来陶唐，并无意去熊城。”颛臾呵呵一笑道。

轩辕微愕，一时之间，他却想不到颛臾专门前来陶唐究竟所为何事，若说是专来陶唐，难道不是为了龙歌？当然，轩辕并不想太过逼问，只是微微“哦”了一声。

“今次大主祭北来，只是为小女的终身大事而来，并非欲去熊城！”陶基解释道，神色之间并无多大欢喜之意。

“哦。”轩辕自嘲似的微微一笑，这才恍然，他立刻猜到伏羲氏欲与陶唐氏联姻，如此一来，陶唐氏便会站在伏羲氏一边，到时候熊城若发生什么事，有陶唐氏这个相助的跳板，便好控制得多。而且，若是陶唐氏也支持伏羲氏，那太昊的力量将会大增。说白了，这之间只是一种利益的互动而已。不过，这一招也的确厉害，只不知对方是太昊的什么人，想来也不应身份卑微。

“正是，我此次北上乃是代三王子伏傲来向首领求亲的。伏傲王子乃是伏朗王子之弟。”颛臾向轩辕解释道。

轩辕暗惊，难怪太昊会让身份如此尊崇的大主祭亲来，原来是因为涉及王子的终身大事，太昊自然重视，也难怪陶唐氏对其如此重视，实因这件婚事关系重大。

“看来今日确是特别的日子，难怪喜庆重重，我看大家还要同饮一杯才是!”轩辕笑道。

众人立刻也都举杯而起，正当大家欲饮之时，突听门外传来一阵急切的低呼：“二小姐，二小姐……”

众人还没有明白是怎么回事之时，一阵香风已自门外飘了进来，接着每个人眼前一亮，厅中已多了一个身着鹅黄长裙的绝色美女。只见其蛾眉轻皱，凤目含怨，有若冰雕玉琢的俏脸之上似轻笼着一片愁云，只看得人心痛。那高挺而动感的琼鼻，似天生便包含着不屈的灵气，在小巧的红唇边，嘴角上挑出一股倔强不屈的傲气，让人感到其柔弱美丽的外表之中隐藏着内毅而坚强的灵魂。

绝色美女快步轻移，动如流云飘过，快速而不失优雅，轻灵而不失稳健，步履之间节奏明快，似显示着其内心涌动着一种执着向上的精神，挥袖投足之间无不显示出过人的涵养。

“爹爹，女儿不嫁!”美女一到陶基席前，便扑通一声跪下，坚决地道，那含怨的美目中闪动着不屈而坚决的神采，配合着那暗淡而美丽绝伦的容颜，更具有一种强烈的震撼力。

厅中一片寂静，落针可闻，几名婢女追到厅门口却不敢进来，望着厅内的一切，似乎都傻了眼，个个手足无措，不知进退。

所有人都被这突如其来的变故镇住了，这是一个意外，但却是一个让人感到有趣的意外。

轩辕立刻知道此女便是颛臾所说的二小姐陶莹，此女的确是国色天香，比燕琼和桃红都更胜一筹，相较之下，褒弱过于柔弱，跂燕过于刚强，陶莹之美虽比不上圣女凤妮那般无法形容，但比之蛟幽和雁菲菲也不会有所逊色，与跂燕、褒弱诸女是各有所长。想到这里，他不由得将目光望向颛臾。

颛臾脸色大变，也显得有些不知所措，谁知他刚说出此事，陶莹便来拒婚，实让他大感难看。

陶基的脸色也好不了多少，他也被陶莹此举弄得不知该如何是好，倒是剑奴神色极为平静。

“你怎么跑到这里来了？”陶基半晌才愤怒地大声质问道。

“女儿只是想来求爹爹，女儿的终身大事让女儿自己做主，因为这关系到女儿一生的幸福！”陶莹平静地对视着陶基，丝毫不惧地答道。

“难道你认为爹爹会不顾你的一生幸福吗？用得着你来提醒吗？还不给我退下！”陶基霍然站起身来，声色俱厉地道。

唐宽忙走下席位来到陶莹的身边，柔声劝道：“莹儿先起来，不要惹你爹生气了，你爹知道该怎么做，这一切也是为你好。”

陶莹依然不起身，仰视着陶基倔强地道：“如果爹爹要将女儿远嫁伏羲氏，女儿宁死不嫁！”

“胡闹！简直是胡闹！还不来人将她给我带出去？”陶基一时之间气得手发颤，大吼道。

颛臾脸上虽有些挂不住，但却仍拉住陶基，尴尬地道：“首领勿要动气，小孩子一时冲动，只是气话而已，让她好好想想便会好的。”

门口立刻行入几名神色有些紧张的陶唐战士，准备带走陶莹。

唐宽立刻以目光阻止，只是好言相劝道：“莹儿先起来，万事好商量，又何必说出这些气话？你爹也是为你好，你看这里如此多客人，不适合说这些，你先出去，有事待会儿再商量，好吗？”

陶莹似乎对唐宽的话还听一些，真的站了起来，只是并无离开之意，对着陶基，突然变得有些怯生生，道：“爹，可容女儿再说一句话？”

陶基望着陶莹的模样，一时也狠不下心来，但仍愤然道：“说！”

陶莹目光扫了周围众人一眼，在轩辕身上停留了一段时间，才落回陶基的身上，道：“女儿已经有了心上人，如果爹硬要逼女儿嫁一个毫无感情的人，那女儿真不知该怎么活下去。”

“你有了心上人?”陶基和颛臾同时一震，陶基的眼睛瞪得浑圆，惊问道。

“是的，女儿已有了心上人!”陶莹说话时，目光再次扫视了一下轩辕和颛臾。这两个人都坐在陶基身边，但两人的表情和神态却完全不同。

颛臾面色铁青，本来就够阴鸷的脸，此刻更是阴沉得可怕，没人知道此刻他心中想些什么。

轩辕的神色有些错愕，显然在思索某些问题，或许是在思索陶莹刚才看他的眼神，或许在思索其他事情，但也同样没有人知道他在想什么。在轩辕思索问题之时，整个人若一潭深不可测的深水，不过，轩辕绝不会忽略厅中每个人的表情。

“原来莹儿有心上人了，为何不早说呢?如果你有心上人的话，宽伯给你做主，你爹绝不会为难你，快告诉我们，你的心上人是谁?”唐宽显然对这个侄女极为疼爱，是以松了口气，慈爱地道。

陶基也微微松了口气，因为女儿若早有心上人的话，这件事倒是他的不对，女儿的主动也不算胡闹。在他的心中，并没有干涉女儿感情的打算，因为在这个时代并没有婚姻交易的风气，一向都是自由恋爱，男女风气比较开放，特别是在族内，只要相互有感情，便可结合。陶唐氏中也有这种风气，虽然陶基明白此次太昊派人前来联姻的意图和目的，但他并不是太过热衷于这些。因此，只要陶莹真的已有心上人，他也不会强加干涉。而他对太昊也有个交代，何况他对这个女儿也极为疼爱，在几个女儿中只有陶莹最有个性，最惹人怜爱。是以，他也不太愿意将这个宝贝女儿远嫁伏羲氏。

“你为何不早些跟爹说?告诉爹，你的心上人是谁?如果确有其事，爹也不会干涉你的事。”陶基口气缓和了不少。

陶莹的脸色顿时微微有些发白，但神情却显得极为坚决。

众人的目光不由全都凝在陶莹的身上，只等待她说出那个人的名字，不过陶唐族的客人却只想看看这个人是谁。因为他们根本就不知道陶唐氏部落之中有哪些优秀的年轻人，唯颛臾一言不发，他似乎没有料到事情竟演变成如此局面。他作为太昊派来的特使，自然有些面子挂不住。

陶莹的确是个难得的美人，更难得的确是她内在的气质，这一点颛臾绝对满意。但此刻却是身在陶唐氏，有宾主之别，他总不能够将陶莹掳回伏羲氏。当然，如果陶莹确有心上人的话，他也无法勉强，至少也好对太昊有个交代。不过，他会以另外的形式与陶唐修好。是以，他此刻也想看看陶莹的心上人究竟是什么人物。

“孩儿不敢说。”陶莹的目光稍稍斜了斜，在与轩辕目光相对时却低下头，怯生生地道。

“唉，傻孩子，男大当婚，女大当嫁，此乃天经地义的事，有什么不敢说的？说，宽伯为你做主，要不要宽伯去把他召来，我倒想看看是哪个小子这么有福气，竟能成为莹儿的心上人。”唐宽喜笑颜开慈爱地拍拍陶莹的肩头。

“你说吧，难道爹爹会如此不明理地怪你吗？”陶基口气已经缓和了不少，或许是因为唐宽介入其中的原因。他对唐宽这个兄长式的人物极为敬重，事实上唐宽乃是他的大舅子，因此，唐宽疼爱自己的外甥女那是极为平常之事。

陶莹咬了咬牙，蓦地抬起头来，神色古怪地扫了众人一眼，目光最后又落在上席，在陶基的脸上停留了片刻，又在颛臾脸上扫了一下，最后竟落在轩辕的脸上。

轩辕右手贴着酒杯，但他的目光却清晰地发现蕴含于陶莹眼中的情绪。恍惚间，他似乎明白了些什么，杯中之酒竟自溅而出。

所有人的目光都随着陶莹的目光望向轩辕，而轩辕杯中之酒自溅的情景也没有逃过众人的眼睛，每个人都感觉到了那种异样的气氛，似乎也隐约捕捉到了些什么。

轩辕正感有些不自在之时，陶莹已语破天惊地指向他，坚决地道：“我的心上人便是他，轩辕！”

轩辕的手禁不住颤了一下，他实在无法表述此刻心中的震撼，但神色却平静得让人根本无法猜到他在想什么。

只有陶基发现了轩辕的手那一下颤动，是以他也傻眼了。

整个大厅都鸦雀无声，包括那群立在各席位之后倒酒的婢女，所有人皆被陶莹的话给镇住了，最傻眼的还是唐宽。他怎么也没有想到，陶莹所说的心上人竟是轩辕，因为他清楚地明白，今日陶莹与轩辕还是第一次相见，只怕在一个时辰之前，轩辕连陶莹是谁都不知道，而陶莹却指定轩辕为心上人，这的确是个大笑话。

唐宽的目光有些担心地望向轩辕，他真担心陶莹如此冒昧之举会让轩辕生气，那时，还会得罪颛臾。不过，轩辕表情的镇定却让他有些惊讶。

轩辕不仅表情镇定自如，脸上还挂着一丝高深莫测的微笑，似乎一切他早已成竹在胸，一切都是意料之中。

轩辕的表情让唐宽稍稍松了口气，但那群陶唐氏的长老们却个个傻眼了，因为他们一时之间也给弄糊涂了。

陶唐氏之人自然了解陶莹，也都知道陶莹眼光极高，族中虽有不少优秀的青年狂热地追求她，但都被她回绝。是以，族人都认为她并没有心上人，而在今日陶莹自报已有心上人，已经让这群长老们奇怪了，因此都想看看陶莹的心上人究竟是什么样子，可谁也没有想到陶莹所指的心上人竟是轩辕。

这下所有陶唐人心中都乱了套，因为他们清楚，陶莹在今日之前从未见过轩辕，而轩辕今日也是第一次前来陶唐氏，两人之间怎么可能产生感情呢？若说只是陶莹一时之间找个可以推托颛臾的借口，那如何向轩辕交代呢？要知道，这件事可能使轩辕得罪伏羲氏，遭颛臾所恨。当然，如果轩辕与陶莹之间真的有情，那的确也是一件美事。以轩辕的智慧和武功及他所拥有的龙族战士和君子国战士的实力，的确可以算得上是陶唐之福，可是问题却是轩辕根本就不了解陶莹，更谈不上之间有什么感情可言。轩辕会接受陶莹吗？这些问题让所有知情的陶唐人头大，包括陶基和唐宽。

剑奴觉得一阵好笑，不过，他却没有笑出来，因为这种场合实不宜笑出来。当然，他也为轩辕感到自豪，无论在何地都可以成为焦点，连这未见面的女娃也公然表白，这确实出乎他的意料之外，也有些荒唐，但他相信轩辕绝对可以处理好这件事。

陶基只知道呆呆地站着，恶狠狠地盯着陶莹，他心中真是怒极，这个女儿竟如此不知轻重地为他找乱子，而他还要收拾这个烂摊子，怎叫他不气？所幸轩辕并未像他想象的那般拂袖而去，这使他心中稍安些。

“你说的是真话？”陶基尽量拉缓语调，沉郁地向陶莹逼问道。

“女儿说的是真话，请爹爹明鉴！”陶莹不畏地与陶基对视了一眼，凄然求助似的望向轩辕。

轩辕心中也不知道是何种滋味，因为他明白这样很可能会将眼下的关系弄得一团糟，事实上，他又怎么忍心让陶莹失望？或许多情和对女人心软是他最大的弱点。他明明知道陶莹很可能只是拿他当挡箭牌去对付颛臾，但他也无法狠心拆穿。事实上，他只是在一刻钟前才知道陶唐氏有个陶莹的存在，而这一刻钟又怎么可能产生什么狗屁感情？这件事情确实来得太过突然了一些，尽管他的应变能力强，可也一时想不出什么应对之策。

所有的人目光都聚到了轩辕的身上，颛臾露出一个怪异的笑容，向轩辕道：“难怪公子如此及时地赶来此地，原来是二小姐有约，真是郎才女貌，老夫看来要说声祝贺了。”

陶基和唐宽的脸上现出不自然的尴尬神情，他们自然知道轩辕此来陶唐氏只是凑巧而已，被颛臾这么一说，倒像轩辕是专程赶来与他作对一般，他们惭愧地望了轩辕一眼。

轩辕却坦然自若地笑了笑，从容不迫地道：“二小姐天生丽质，有若天人，能得其青睐，实是男人最大的骄傲，若是我不希望接受大主祭的祝贺，那就是太过虚伪了。”

陶基岂会听不出轩辕这避重就轻、模棱两可的话意，轩辕故意将话说得模棱两可，其意自是要为他掩饰尴尬。是以，陶基心中禁不住对轩辕又生出了几分好感，事实上，只看轩辕在这种时候仍能从容以对，侃侃而谈，其风度和修养实让人折服，陶基此刻倒希望陶莹之话是事实。

颛臾虽然恨轩辕破坏了他的联姻大计，但也拿轩辕没办法，只好干笑两声。

“首领，我想单独跟二小姐谈谈，不知道可行否？”轩辕突然立身而起，转向陶基客气地道。

陶基和唐宽皆一愣，但此刻他们也想不出更好的主意，而轩辕这个借一步说话刚好为他们制造了一个缓冲氛围，他们自然同意。

陶莹却低下头不敢对视众人的目光，尤其是轩辕的目光，她只是以手指轻弄着自己的裙角。

轩辕的目光并不刻意去与陶莹相交，此时，他倒是多注意周围人的表情，他要从这些人的表情中去决定某些事情。事实上，他也想不出有什么方式比让他们暂时离开这里更合适。他也知道，陶基也很需要这个缓冲时间。

"如此一来，轩辕便先告退一会儿，如果有损各位雅兴，只能先说声抱歉，待会儿回来再接受罚酒好了。"轩辕意态从容地向众人作了一揖，这才转身向陶莹淡然道，"我们走吧。"

山风拂面，其境清幽，于花丛草径间，轩辕深深地吸了一口气，就地坐于一块岩石之上。

陶唐氏的战士都识趣地避得远远的。

"你相不相信一见钟情？"陶莹突然开口问道。

轩辕一怔，他尚未说话，陶莹便先问出此等问题，实让他感到有些突兀，一时之间甚至摸不清陶莹的意思。而陶莹的直接更使他本来想好的话，一时不知该如何表达出来。

"如此说来，二小姐莫非……"说到这里，轩辕停住话题，望着陶莹。

陶莹也距轩辕不远而坐，淡淡地道："为什么只说一半？难道你也是畏首畏尾之辈？"说着竟嘘了口气，又接着道，"其实我知道你想问什么，是想问我在席间所说之话是真是假，对吧？"

轩辕不禁大感尴尬，在这个美女面前，他似乎步步被对方占了先机，已失去了往日的从容，但他还是点了点头。

陶莹悠然一笑，以无限美好的姿势拂了一下被山风吹乱的秀发，抬头仰望天空，以深沉而优雅的语调轻柔地道："小的时候，我觉得彩虹很美，于是非常向往，每个雨后必会等它的出现。不过，彩虹并不是每个雨后都有，它的出现总是那么偶然，那么不经意间。长大了些，我知道想一些问题了，对着彩虹想彩虹，这个时候，我明白了孤独，彩虹永远是孤独的，因为它美丽，或许也不是，但我知道，美丽的东西注定会孤独，你知道这是为什么吗?”

轩辕不由得大为愕然，在此时，陶莹仍有闲情说这些，不过，他似有所悟，也知道陶莹的思想极为特别，说出这番话自有其深意。而且，他禁不住对这个问题进行思索了，事实上，他也喜欢静思这些问题，只是想问题的角度与陶莹不同而已。

“愿闻其详。”

陶莹又缓缓嘘了口气，才幽幽地道：“因为每个人都只是看到了它的美丽，而忽视了它的内心和它的精神灵魂。美丽的东西注定只是被人欣赏而不被人理解，所以它注定是孤独的，之所以没有人理解，是因为这个世界美丽的东西并不多。而美丽的生命也是那么短暂，或许正因为它的短暂，才会越显美丽。”

“我不明白，这与今日之事有何联系，我也不明白为何二小姐要这么做。我知道，或许你讨厌这怀有目的的婚姻，但正如这桩联姻的本质，有目的的婚姻是不再美丽的。我想与二小姐谈谈，只是想让所有人都有一个思考的空间，每个人能重新看待这件事情的本质。事实上时间也有限，还望二小姐三思。”轩辕不能不承认陶莹的剖析是有道理的，但他心中却有些恼怒陶莹抛开正事而谈论这些不合时宜的问题，是以才有此一说。

陶莹似乎并不以为意，只是继续道：“后来我向往流云，为何要孤守美丽而定等到雨后才出现呢？其实，流云也是另一种美，潇脱、无拘无束，虽然有时候身不由己，但它绝对不会错过每一个与另一片云彩相融的机会。它们早就知道彼此的存在，只等起风的那一刻，它们便开始靠近，直到相拥。它们也不会在意结果，是那么坦然。”

陶莹说到这里顿了顿，在轩辕正感哭笑不得之时又接着问道：“难道你不觉得做人应如流云而不应如彩虹吗?”

“那又如何?”轩辕确实有些哭笑不得，说来说去陶莹的思想中仍是这些稀奇古怪的东西，一切不切实际的想法。

“如果我说你是我所熟知的那片流云，而此刻正是起风的时候，你会怎么想?”陶莹突然问道。

轩辕一震，整个人傻了，此刻他若还不明白陶莹话中之意定是白痴，他也明白陶莹之所以绕个大弯子，也只是想借之表达一种深深的情意。当然，如果要陶莹直接赤裸裸地说出来，由于女孩子有些脸嫩，自是很困难，是以陶莹这般含蓄地表示，也足以证明其兰心蕙质。

“二小姐不觉得这种想法有些虚渺吗?”轩辕有些气短地反问道。

“我或许是一个跟着感觉而活的人，冥冥之中似乎有一只无形的手在操纵着我们的命运，生命本身就是一个虚渺的东西，那么由生命所演绎的东西又怎能不虚渺?而我，只是想在这虚渺之中抓住某点自认为不虚的东西，那便是感觉，难道公子认为陶莹有错吗?”陶莹的声音有种说不出的忧郁，让轩辕听了都觉有些心痛。

“可是我们尚是初次相见，小姐不觉得这样的决定是拿一生在赌博吗?而且轩辕可算是已有妻室，无论怎么说，对你都是不公平的，何况，你了解我吗?”轩辕诚恳地道。

“好男儿妻妾成群并不稀奇，我便有五位大娘，在族中此类事情并不少见。或许我们相见是在一刻钟前，但我知道你的存在却是在数月前。那时候，我便在想你是怎样的一片流云，后来，关于你的消息也越来越多，这只是我心中的秘密。事实上，今日我早早地便在大厅之后看你们饮酒，听你们对话，只是你并未留意罢了。昨日听说你打败了二叔，又听说木神请你入谷留宿一晚，我便想不顾一切地看看你究竟是一个怎样的人，今日终于得见，我没有失望，甚至比我想象的更好。因此，我没有必要有任何顾忌，既然风将你吹向我，我便不能与你擦肩而过，至于你要怎么决定，那是你的事，我勉强不得，但我相信，轩辕不是一个狠心的人!”陶莹幽幽地道。

轩辕不知道该喜还是该忧，这确实是飞来的艳福，可太过突然，突然得连他都有些适应不了，不由干笑道：“你认为有男人会舍得拒绝吗?可是你知道别人心中会怎么想?”

“你也会在意别人的眼光吗?”陶莹反问道。

轩辕不由得苦笑，他还能说什么?

轩辕和陶莹行出大厅后，大厅中的气氛一时变得极为尴尬，此刻大概谁也无心饮酒，每个人都各怀心事地敷衍着，只等轩辕和陶莹返回。

唐宽这个能干的人此刻似乎也没有办法扭转乾坤，不过，他也明白此刻伏羲氏并不是真的在意这门亲事，而是在意如何才能让他陶唐氏全力相助。唐宽目前仍不想得罪伏羲氏，因此，也尽量想些补救之法。

陶基也没有料到事情会发展到这种境地，不过，在他的想法之中，如果陶莹真的是喜欢轩辕，若能够拥有这个潜力无限的年轻人做乘龙快婿，那也的确是一件美事。连木神都看好的人自然不会差，何况轩辕击败陶宗之事，已由唐德仔细回报了，无论是实力还是智慧都远超出他的年龄。而在酒席之间轩辕的一番表现，更可见其天生拥有控制大局的能力，又如此年轻，的确可谓是前途无量。

此刻，陶基反倒忽略了如何补救与颛臾之间的关系，毕竟，他对自己女儿的终身大事的关心胜过对那些虚伪的交易，他所担心的却是如何与轩辕谈及此事，不过幸好仍有唐宽在场。

那群长老们也都各有想法，唐德更是欢喜，如果能与轩辕结亲，他定是一百二十个愿意。事实上，他对轩辕已是敬服至极，如果陶唐氏能得如此人才，自是前途无量，而大厅之中有大部分长老都觉得轩辕和陶莹很相配。

剑奴心中自是欢喜，如果轩辕能娶得陶莹为妻，那时便可得到陶唐氏之助，若有陶唐氏相助的话，那对其日后的大业确是一桩大喜事，那天下间的各族再也不能小觑轩辕了。虽然此刻轩辕也拥有了数千可战之军，但因其为新生之士，故并不被一些大族放在眼里。

当然，轩辕自是希望此时不被人注意，只有在不被人注意的情况下，悄悄地壮大自己，方能在他日以奇兵出袭，杀敌人一个措手不及。

轩辕何尝不明白，此刻他所差的不是精锐战士，而是真正可靠的高手。

一个强族的力量之所以强大，并不仅仅是他们拥有英勇善战的战士，更是因为他们拥有以一挡百的高手，就如九黎族的绝世高手可以数出一大堆来，而如帝恨、帝十这类高手还不算数。但龙族战士之中如帝十这般的高手却寥寥无几，如郎氏三兄弟诸人也还不能够与帝十相提并论。因此，看上去龙族的力量十分强大，但实际上仍很薄弱，这便是一个经历了数百年下来的强族与一个新兴起的势力的本质差别。轩辕从不会低估敌人，也不会盲目地高估自己。是以，他要让龙族战士由明转暗，绝不再与敌人正面交锋，这方是保存实力迅速壮大的途径。

事实上，经历的事情越多，轩辕越是能看清自己的不足，在龙族刚刚兴起之时，他确实是有些盲目的自大，但后来这一路转战过来，才发现这个天下高手实在太多，这大概是当初神族四分五裂后，所有的高手也散落各地，只有在直接面对过他们之后，才知道这群人的厉害，这也是轩辕要让自己的力量退居二线的原因。

轩辕和陶莹再次行入大厅之时，又立刻成为众人的焦点。

轩辕依然是脸挂淡淡的微笑，让人有种高深莫测之感，倒是陶莹脸上也很意外地泛起甜甜的笑意，与刚才那种忧郁的美相比，众人的眼睛再次亮了起来。

颛臾无法掩饰内心的妒恨，自目光之中清楚地表现出来，他并不像是一个会控制情绪的人，或许因为他的表情本来就已经够阴冷了，所以更能刻画出他心中的怨毒。

轩辕却装作没有看见，落落大方地向四面一揖，道：“轩辕累大家久等，实不好意思，但若大家意欲罚酒，当以三杯为限，否则只怕轩辕又要早早退场了。”

众人稍怔，陶唐氏的众长老连唐宽在内也都给逗笑了，唯颛臾没有太多的表情。

“不知轩辕公子与二小姐刚才商量了些什么？可否跟大家讲讲？”风际突然道。

“是啊，我们也很想听听公子与二小姐到底谈了些什么。”风游下座的颛中和颛策也唯恐天下不乱地附和道。

轩辕哪还不明白这四位主祭护法是想探点口风？不由狡黠地笑了笑，道：“甜言蜜语大家当然想听，也喜欢听，不过，如果让我向大家将刚才的话重复一遍，只怕在对象不对的情况下，就会变得肉麻了，所以几位护法还是饶了我吧，或者我去找几位美人来代我重复也可以，那诸位肯定觉得中听。”

众人再愕，但随即有人发出了笑声，连陶基和唐宽也为之莞尔。谁还不明白，轩辕是在告诉大家，刚才两人只是在说一些悄悄话，故全是甜言蜜语，如果由一个大男人向另一群男子讲自然便成了肉麻的话了。

陶莹也不由得莞尔，轩辕的话当然是敷衍众人，但以这种逗笑的方式讲出来实能让人无可反驳，也无从追问，更等于承认了与陶莹的情人关系，使得陶莹心中欢喜。

第八十七章　龙虎结盟

轩辕自然知道娶了陶莹的好处，何况以他多情的个性，说不喜欢这美丽且性格独特的佳人那是骗人，既然如此，这从天而降的艳福岂能不好好把握？

“爹爹，如果没有其他的事，女儿想先退下去。”陶莹与轩辕并肩而立，那高挑的身材犹如出水芙蓉，配以轩辕那伟岸而完美的体形，确让人感到是一对绝配。

陶基看了看轩辕，又看了看陶莹，他也有些糊涂，他自然知道轩辕与陶莹绝对不会是说一些甜言蜜语的悄悄话，因为他敢肯定，轩辕在今日之前从未曾来过陶唐氏的辖地，更别说是见过陶莹了，那他们之间根本就无悄悄话可讲。可是看此时轩辕与陶莹之间的关系，的确有情侣的味道，这又是怎么回事？以他过来人的眼光也看不懂两人之间弄了什么鬼。其实，何止陶基看不懂，事实上唐宽也同样一塌糊涂，搞不懂两个年轻人弄什么鬼。不过他对轩辕还是比较放心，皆因轩辕是连他都信奉的神——木神所欣赏之人，而且抛开别的不说，轩辕还真的是一个非常优秀的年轻人。

陶基见轩辕似乎没有多大的意见，心下稍安，不管怎样，至少此刻他可以有推托颛臾的理由，大不了若要联姻的话，他大可以再商量，有轩辕在中间顶着，颛臾也不能太过追究。毕竟轩辕很可能与伏朗是好朋友，颛臾拿他也没辙。

“好吧，这里没你的事了，先退下去吧。”陶基缓和了口气道。

“谢谢爹！”陶莹说完，瞥了轩辕一眼，悄声道，“我先走了，什么时候来看我？我等你。”

轩辕一呆，旋又好笑地回望了她一眼，不置可否地耸了耸肩。

陶莹不由得白了他一眼，似乎有些威胁，道：“待会儿我来找你，可不许溜。”说完便一阵风般离开了，唯留下一脸苦笑的轩辕。

轩辕回过神来，发现周围的所有人都以一种怪异的目光瞪着他，包括剑奴在内，不由大感尴尬地咳嗽两声，才反问道：“大家干吗这样看着我？”

众人愕然，不少人发出哄然大笑。

轩辕立刻明白，刚刚陶莹说的那些悄悄话被这群人全都听到了，适才大厅中那么安静，而且这群人无不是一流高手，耳目之灵，那种悄悄话岂能瞒过他们？不由也跟着傻笑起来，摊了摊手道：“没办法，想必大家年轻时也有过这类经历。”

众人再愕，笑声更响，便连那紧绷着脸的颛臾大主祭的神情也为之松动了，那四位护法亦为之莞尔，他们不得不承认，排开轩辕夺亲之事不说，这个年轻人的确很逗人喜爱。此刻四位护法虽恨轩辕坏了他们的计划，但恨意也消减了不少，笑声最具感染力。

陶基对轩辕这种轻松惬意的表达方式极表欣赏，也只有轩辕才能将厅中的僵局解开，使凝固的气氛活跃起来。事实上，轩辕一走入大厅，便立刻控制了大厅中宴会的气氛，这是一种外人都学不到的魅力。

轩辕迅速返回座位，立刻端起酒杯向颛臾敬道：“都怪轩辕不好，累得大主祭千里迢迢空跑一趟，这杯酒就算是轩辕聊表歉意，如果大主祭能给轩辕一个补偿的机会，别忘了跟轩辕说一声，否则轩辕会心里不安的。”

颛臾只得跟着举起杯来，轩辕如此表态，使得他欲怪不能，否则也显得太过小气，而轩辕如此一来更占尽主动，他不由得暗暗对这个年轻人重新估计，实是因为他已经深感轩辕绝不简单。

“好说，好说，如果老夫早知公子与二小姐情投意合，也不会发生如此误会。以公子之才智，能得如天仙般的二小姐青睐，实为天造地设，珠联璧合，老夫应该为这个结局感到高兴才是。”颛臾稍稍缓和了语气，脸色依然冷硬如故。

轩辕与颛臾同饮而敬，正要说几句客气话，风际却已举杯向陶基道：“风际此杯却是要敬首领，首领若能得轩辕公子如此乘龙快婿，他日定是如虎添翼，确让人惊羡。”

陶基不由得心中大慰，忙举杯相应，风际正说中了他的心事，于是爽快地道：“承蒙轩辕公子能看得起小女，老夫也深感荣幸。”

“唉，首领何出此言，两情相悦，岂能用‘看得起’这个词？这应是天命所定，缘分所归，大家只需为之欢喜，何用为之客气？”一直未出声的剑奴也突然开口道。

“好，好，剑奴兄此语正合我意，大家只需为之欢喜，何用为之客气？来！这一杯应该大家同饮！”唐宽大声叫好道。

厅中气氛再次被挑高，又达到了另一个高潮。

宴会的主角本来是颛臾大主祭，但后来注意力似乎全都转移到了轩辕身上，所有人皆为轩辕那挥洒自如的气度和表现所折服，更是被轩辕那时不时的妙语逗得开怀大笑，本来严肃的场面，竟显得无比融洽，后来连颛臾大主祭对轩辕的恨意也消于无形。

这一转变就连剑奴也感到有些惊讶，轩辕在一夜之间竟似乎变了个人似的，无论是气度还是情绪，都变得更具魅力，收放自如。

事实上，轩辕也感觉到了自己的变化，在再次见到歧富之后，无论是整个人的信心还是气势，都完全可以轻松地融入到一举一动、一言一行之中，这才能够做到收放自如，轻松惬意地去面对一切。或许，当他知道自己并不再孤独，而且拥有了足以克服困难的力量后，他对任何场面都更为投入，更有信心成为任何场面的主宰，抑或当他得知一干兄弟无恙时，那沉郁的心情立刻卸下，在无比轻松的情况之下自然更能充分享受每一件事，也恢复了离开有邑族之后那段日子的本性，与猎豹、花猛诸人嬉笑怒骂的自在。因此，他才能够将其本性任意发挥，而且此刻的轩辕更非昔日所能比拟，举手投足间无不显示出高手的风范、强者的气势，配合着那无拘无束、随和的性格，也便生出了一种让人心折的魅力。

轩辕知道自己从昨日见到歧富那一刻起，整个人复活了，无论是斗志还是精神状态，都达到了前所未有的巅峰，他有信心去面对任何困难，面对任何挑战。

酒宴刚散，轩辕在唐宽和唐德诸人的相陪下行下山，陶基则因陪颛臾未能相陪轩辕。才下山一会儿，便被陶莹给截住了。

“我说过会来等你的，这里不用宽伯和德叔了。”陶莹狡黠地道。

轩辕和唐宽诸人不由得面面相觑，哪想到陶莹一上来就给他们来个下马威，真叫他们哭笑不得，不过唐宽诸人早在席间听到了陶莹的悄悄话，对此也不是太过惊讶。

“轩辕公子可是我的客人哦，你不能欺负他，知道吗？”唐宽不由得打趣道。

“我知道，我哪敢？要是他不理人家，人家才急呢。”陶莹在这几人面前似乎并不害羞，大胆直白地道。说完，一把拉住轩辕的衣袖，急道：“走，我带你去见一个人。”

轩辕大窘，唐宽大乐，唐德也大乐，唯剑奴愕然，也有些哭笑不得。

“对了，宽伯和德叔请代我招待一下剑奴伯伯，待会儿我们再来找他。”陶莹强拉着轩辕走了几步，突然记起什么似的忙扭头向唐宽喊道。

唐宽和唐德也为之一愕，几人你看着我，我看着你，最后见轩辕那一脸的苦笑，终于忍不住爆笑起来，而轩辕很快便被陶莹拉得走远了。

“我的二小姐，没有这么急吧？你看，那些人都在看着我们笑呢。”轩辕很难得有在这种场面下脸红的经历，他确实没有想到今日会有这种际遇。

陶莹突然止步，回头望着轩辕，似笑非笑地道：“你会害怕这么多人的眼光吗？”

轩辕干笑道：“这不是怕不怕的问题，只是我觉得这样会不太好吧？不知情的人还以为你是个急色鬼呢。”

“你才是急色鬼呢。”陶莹忍不住扑哧一笑，没好气地笑骂道，旋又定定地望着轩辕，神情专注至极。

轩辕只被看得心里发毛，他实在猜不透陶莹这时动时静究竟是弄什么玄虚，不由问道："你这么看着我干什么？"

陶莹又是一笑，悠然道："真的，我现在觉得很开心，因为我觉得自己不再是孤独的彩虹，而是自在的浮云，可以随心所欲地放开自己幽闭的心灵，为我的思想，为我的知音去坦露一切，剥去虚伪的外壳之后，心中有一种解脱和无比轻松的感觉。所以，我不怕任何人笑话我，不怕任何世俗的目光。活着，就是要让自己快乐，世俗和畏怯只会使人变得虚伪和俗气，你能理解我吗？"

轩辕一震，心中顿时涌起了无尽的感触，此时，他已经完全可以读懂陶莹的心情，更明白陶莹为什么会不顾一切地选择他，只因为她对生命的明悟已远超出任何世俗，正如她自己所说，她只想凭着感觉而活……

陶莹笑了，她看到了轩辕眼睛中的变化，也读懂了轩辕眸子里的情绪，所以她笑了。

轩辕也笑了，坦然而自在地笑了，伸手握住陶莹的柔荑，淡然道："走吧，无论见谁都行，当然，阎王除外。"

陶莹不由得扑哧一声又被逗笑了，娇媚无限地白了轩辕一眼，笑道："你这人哪，尽逗笑，我是带你去见我娘。"

"不会吧？"轩辕这下又一次吃了一惊，一切都是来得这么快。

轩辕简直是被陶莹弄得晕头转向，一口气之下，强迫着被拉去展览了五次，因为陶莹有五位娘亲。

到后来，轩辕差点已经麻木了，只知道机械性地回答问题，不仅如此，还被陶莹强拉着见过了她的三位兄长和三个弟弟，若非陶莹的一个姐姐和四个妹妹不在陶唐氏中，只怕还有得轩辕头大。

经过这一折腾，竟到了黄昏时分，而轩辕却已是欲走不能，如果可以选择的话，他大概会选择去大战一场，也不愿意做这劳什子认亲之举。倒是陶莹意兴高昂，欢喜之情溢于言表，皆因人人对爱郎大为满意，甚至赞不绝口，她自是喜上眉梢。

在轩辕实在不能不走之时，陶莹的三娘还一再叮嘱要让轩辕和陶莹一起去吃晚餐，只让轩辕有些哭笑不得，而陶莹一副大获全胜的样子更让轩辕摇头苦笑。

“怎么样?”陶莹拉着轩辕的手，狡黠地问道。

“如果不是我意志够坚定，只怕此刻已经昏倒在地了。”轩辕没好气地道。

陶莹不由得白了轩辕一眼，显然也是拿轩辕没办法。

轩辕大概也知道自己话语过分了一些，忙揽过陶莹的肩头，柔声道:“轩辕语气有些过重，莹儿别怪。不过说真的，这样的应酬的确是让我一个头两个大，这么多的好话让我一时怎么能够消化得了呢?”

陶莹微感欢喜，欢悦地靠紧轩辕道:“你说的是实话，虽然没假话好听，但莹儿喜欢听，至少你不会作伪骗人!”

轩辕摇头苦笑道:“这一切便像是一场梦，还没睡着便做了这场梦。”

“还没睡着所做的梦便不是梦，是现实!”陶莹纠正道。

“你爹大概也清楚这是一场荒谬的闹剧了，他定明白我们往日从未见过面。你猜他现在心里怎么想?”轩辕故意提醒陶莹这个残酷的现实。

“我猜爹爹先是惊讶，后是欢喜。”陶莹自信地道。

“我看不见得。”轩辕吸了口气道。

“你没看见，他对你的印象的确是好极，他在我们入厅之后，那看你的目光之中多了许多我以前经常看到的神色，那是他赞赏我和弟弟们时所露出的神色，因此，我相信爹爹对你的印象非常好，绝不会反对莹儿爱你!”陶莹娇憨地道。

轩辕唯有再次苦笑，正在此时，却见唐德已大步向他们所在之地行来。

“首领请轩辕公子去一趟。”唐德一见轩辕便呼道。

陶莹霎时与轩辕面面相觑，都露出了一丝异样的笑容。

陶基只是单独面见轩辕，陶莹也被挡在门外，其实，这一切正在轩辕的意料之中。

“知道我找你前来的原因吗?”陶基挥退身边的所有亲卫，仅与轩辕独处一室。

“首领当然是想知道我与二小姐之间究竟发生了些什么，是吗?”轩辕反问道。

陶基点了点头，对轩辕的直率和反应能力极为欣赏，与这样的人谈话用不着转弯抹角，也算是一种痛快了。

“其实，我也感到这像是一场梦，但我知道这不是梦。首领应该知道，在今日之前，我从未与二小姐见过面，甚至在今日才听说二小姐的芳名，可是这一切就这般意外地发生了，的确像是一场梦。”

说到这里轩辕顿了一顿，又继续道：“本以为二小姐只是在为自己拒婚找一个理由，因为我根本就不相信二小姐所说是真的。尽管我对自己很自信，但是还不至于自信到盲目的地步，当时如果我说出事实的话，只怕场面会尴尬得无法收拾。因此，我只好让二小姐借一步说话，我想问清楚二小姐心中究竟是怎么想的，才能想出解决的办法。我知道，在此事之上，若不解决好，会让首领很为难。”

陶基点了点头，轩辕之语应算是极为直接了，也十分诚恳，想想当时的场面，若轩辕没有这般将场面控制好的话，所引起的后果可能会很糟糕。是以，他同意轩辕的说法，只是他没有发言，因为他知道轩辕定会继续说下去。

“我本以为二小姐只是一时任性，但我却猜错了，她告诉我，其实她并不是第一天知道我的存在……”轩辕后来将他与陶莹的对话原原本本、丝毫不漏地跟陶基复述了一遍。说到后来，不由感叹道：“轩辕从未试过会有当时的那般感触，让我觉得若是自己辜负了二小姐，便像是在摧残一个热爱生命的灵魂。轩辕知道，自己已经忍不住喜欢上了二小姐，一切便是这样发生了。”

陶基的脸色变得极为沉郁，冷冷地盯着轩辕，淡漠地问道：“你不觉得你这样下定论也很草率吗?”

“是的，但感情或许是这个世界上最难以捉摸的东西，没有任何人敢言超脱。我只是说出了自己当时的感受罢了，至少，我开始喜欢上了二小姐，我不忍心伤害她，甚至不想让她远嫁伏羲氏。无论这是出于私心还是其他的原因，都是出于我内心的感受，这绝对不能否认。事实上，一日的相识相交，能建立起多么深厚的感情呢？谁也不能肯定，但可以肯定的却是，只要有开始，就会有所发展和结果，我相信首领能够理解轩辕。要知道，以二小姐的美丽和聪慧，天下没有男人是可以拒绝的，轩辕也是凡夫俗子，更不是一个善于作伪的人，若首领要怪，便怪轩辕好了，请不要为难二小姐。”轩辕语气坚决，但又不失个性地嘘了口气道。

“那你准备怎样处理这件事情？”陶基神色没有丝毫缓和。

“首先自然是必须征求首领的意见，希望首领教教轩辕。虽然我不想失去这个天赐的际遇，但如果这样会让首领为难的话，轩辕可以立刻起程远走。”轩辕望着陶基坚决地道。他便是要逼陶基表态，同时也表示对陶基的尊重。因为他明白，如果不这么说的话，陶基甚至会认为他只是想靠近陶唐氏才作出这样的决定，但这么一说，轩辕便等于是以示清白，表示对陶莹的感情是单纯而没有目的的。当然，若说没有一点目的，只怕唯有鬼才相信，这叫宁可让人知，莫要让人见。

陶基果然再次打量着轩辕，审视了半晌，才吸了口气道：“你们年轻人的事由你们年轻人去处理，我这个做父亲的只要将她养大也便完成了责任，但如果你对莹儿只是耍弄，就休怪我无情了！”

轩辕大喜，迅速跪下，诚恳地发誓道：“若轩辕对二小姐心存耍弄之心，定让轩辕遭受五雷轰顶，不得好死！”

陶基没想到轩辕竟以此发誓，但他也禁不住心中大喜，忙扶起轩辕，语气立刻变得客气多了，道：“公子何必这样？”

“若不如此，轩辕又怎能有感首领和二小姐对我的相惜之恩？”轩辕认真地道。

“很好，有你这番话，我可以放心地将莹儿交给你了，不过，男儿当以大业为重，不能太过耽误在儿女情长之上，希望你能好好地把握分寸！”陶基拍拍轩辕的肩膀，肃然道。

“谢谢首领提醒，轩辕明白！”轩辕自然明白，欲取得陶基的信任，便要从这一刻起，只要此刻过去了，就可以争取到陶唐氏的支持。

“你有一群朋友自忘忧谷而来，我已经将他们安顿在偏厅中休息，你现在要不要去见见他们？”陶基问道。

轩辕大喜而起，立刻明白是猎豹等人恢复了神志，被歧富派人送来此地找他，他心里自是大喜，更有些迫不及待之感。

猎豹诸人再见轩辕，皆若再世为人，人人都清晰地感觉到轩辕热情依旧，而整个人的气势却全变了，但所有人还是紧紧地相拥在一起，似乎也不怕天气的炎热。

凡三最是激动，如一个小孩子似的，但却没有人说话，所有人只是在最开始之时一声欢呼后，便似乎有默契般相互不语，八只大手紧紧地堆叠在一起，便连一旁的陶基和陶莹也为这种场面深深地震撼了。

似乎没有任何言语可以表达此刻众人的心情，没有任何言语可以陈述这种生死战友的感情。

凡三、燕五、花战的年龄最小，甚至忍不住激动得双目含泪，事实上，每个人都是双目含泪，在经历了生与死的洗礼之后，每个人都变得更坚强，而此刻大概便是坚强之中的最后一次脆弱。

陶基确实被眼前的一切给震撼了，呆立了半晌才道："我为众位安排了晚宴，大家便痛痛快快地醉一场吧！"

"对，是该好好地醉一场，明日我们便再获重生，放开手脚大干一场！"轩辕激动地道。

众人立刻又逐渐自情绪之中回过神来，尽露欢颜。

次日，传来发现龙歌部属的消息，而且据传这群人与鬼方高手曾交过手，而后双方各有伤亡。

轩辕便顾不得陶基的挽留，一大早就与剑奴及叶七诸人出发，一行九人迅速追逐着龙歌部属的方向赶去。

陶唐氏本欲遣高手相伴，但轩辕却拒绝了。陶莹定要随轩辕而去，却被其母劝下，而且轩辕也觉得路途艰险，不欲让陶莹共同赴险，何况他也不好让跂燕与陶莹相见。

龙歌部属与鬼方高手交手之地是在唐城东二十里处的一片谷地，那里有被大火灼过的痕迹，仍有些余烟升起。

显然两方人马早已离开此地，不过，轩辕极为迅速地联络上郎氏三兄弟，这群优秀的战士见轩辕安然返回自是高兴，同时也向猎豹诸人表示欢迎。

这群人并不是不做事的，这里的一场决斗，他们看得极为明白，也知道了龙歌的部属全向熊城方向撤离，已有人去跟踪这群人了。是以，轩辕一问，他们便立刻知道该怎么办，于是郎大领着十余名战士前往盖山氏，让柳庄诸人赶来，他们在那里与前来接应的龙族战士会合，将盖山氏迁走。而轩辕也必须抽出时间去范林一趟，然后才能够再赴熊城。

山林间欲追寻大量的敌踪并不是一件难事，只需仔细判断那些折断的树枝，辨清对方所行的方向，便不容易失去对方的下落。

毕竟在这个洪荒的年代，无处不是森林，无处不是杂草丛生，便是被人们刀耕火种弄出的那些小面积的地方也极有限，唯一无法留下痕迹的方式便是走水路，但自唐城到熊城水路更是不畅。因此，唯有走山道一途，所幸，这里的山岭都不高，多为坡野之地，不很险峻。

轩辕诸人以急速前进，他们都可谓是最佳的猎人，在此山野之中追寻敌踪只是轻而易举的事情，何况龙歌的部属还存在着一批伤员，无论是速度还是隐避性，都大打折扣，路旁被踩断的草茎极为明显，显然这群人也与轩辕一样，以步行的方式赶路。

急追了三十余里，轩辕才发现这群人弃用的营地，但显然只是刚弃之不久，应该才走不过一盏茶的时间。

轩辕只想早点见到蛟梦诸人，以探知有侨族中的情况，他最想知道的自是雁菲菲和黑豆儿人，至于其他的人，他并不在意，在这经历了无数次生死的一年之中，他一刻也不曾忘记那善良奔放的雁菲菲，她的善良已深深地在轩辕心中烙上了永不磨灭的痕迹，就因为这与自己有一夕之缘的美女那伟大的情操激励着轩辕更坚强地活着，让轩辕在面对每一次生死之时都怀着必胜的信念，因为他仍想活着去见雁菲菲。

在姬水河畔，轩辕知道自己有愧两个人，这一个便是曾青梅竹马相互深爱的蛟幽，另外一人便是有虢的娇女雁菲菲。只可惜蛟幽永远地失踪了，或许是死了，所以轩辕要用自己的一切力量去爱护雁菲菲，这是为蛟幽，也是为自己。

“大家别放箭！”突然一声清喝自杂草丛中传来，惊醒了急匆匆赶路的轩辕诸人。

“轩辕，是轩辕！”杂草丛中突地人影幢幢，还有路边的几棵大树之上，人影如猿般疾坠而下。

轩辕先是一惊，再是大喜，竟是姜昆和白夜诸人，另外还有一二十位有侨族的勇士及另外一群竟是来自少典的战士。

轩辕曾与少典战士交过几次手，故能记得其中几个印象极为深刻的人。

“怎会是你们？”轩辕同时欢喜地冲了过去。

“轩辕，你没死就好了……”白夜欢天喜地将大弓向背上一挂，笑得可是甜极。

“大家还为你伤心了好久呢。”另有两名曾与轩辕一起大战沚曲人的不知名战士也欢喜地围了过来。

“轩辕，你他奶奶的这一年死到哪里去了？怎连个屁也不放一个……”

“他娘的，这小子比那时候更精神了……”

噗！一个年轻人走过来当胸便给了轩辕一拳，笑骂道：“你他娘的春风得意了，忘了我们这群兄弟了是不是？这一拳是我白极的，另外我还要代黑豆打你一拳，你忍着点……”

剑奴和猎豹诸人在一旁见着这等场面却是半点也帮不上忙，只看这群人七嘴八舌你一拳我一掌的样子，只差点没把轩辕给拆开来吃了。

“嘿，你小子害得人家菲菲小姐为你不知道流了多少眼泪，看你回去不被有虢人给煎皮拆骨才解恨……”

“菲菲怎样了？”轩辕终于找到机会，冒出一句话来，他实在是连半句插嘴的机会也没有，这群兄弟便像是饿得慌极的劫匪突然遇到了一个腰缠万贯的富商，场面乱成了一团。

“小子，你真行，现在有人叫你爹了。”不知道谁在一旁喊了一句。

“什么？”轩辕浑身一震。

“哈，原来你这先斩后奏的小子还不知道哇，菲菲小姐为你生了一个大胖小子，可把雁虎那老头子气坏了……”

“是呀，那模样儿像头老虎，嘿嘿，不过他还是斗不过菲菲小姐……”

“是呀，要不是菲菲小姐以死相胁，你这儿子可就玩完了……”

“大家静静！”白夜竟被一群人给挤到外边去了，轩辕反被这群久违的兄弟们给围得密不透风。

白夜这一声大吼还真有效，众人顿时稍稍静了下来。

“你们怎像一群麻雀似的，叽叽喳喳个没完？你们也不一个个地说，乱七八糟的……”白夜说到这里顿觉周围气氛有些不对劲，所有人的目光全都盯在他的身上，每个人都是瞪大着一双眼睛，像欲择人而噬的饿狼。

“你……你们这么瞪着我干什么？”白夜一阵心虚地退了两步，吃惊地问道。

“你说错了，我们是老鹰，不是麻雀，给我扁他……”围着轩辕的众人齐声回答道。

“啊，不要……”白夜这才意识到不妙，正转身欲逃，但为时已晚，那群人已如一窝蜂般围了上来，几十双手全都直抓过来，目标却是白夜扎起的头发。

“别弄乱了我的头发……”白夜一声惨哼，双手抱头蹲在地上毫无反抗之力，他的声音也全都被笑声淹没。

众人目瞪口呆之际，这群自称老鹰的人全都散开，只见白夜的头发乱得像个狗窝似的，有的竟被打出一个小结来，一蓬蓬的头发衬着白夜那哭丧着的脸，周围之人禁不住哄笑起来。

“你们也太没同情心了吧？”白夜哭丧着脸哀怨地道，同时伸手掩住那乱得不能再乱的头发，向轩辕求救道，“轩辕，你武功好，替我报仇吧！”

轩辕不由得伸手摸了一下自己光秃秃的头顶，嘿嘿苦笑道：“这个嘛，我，我也是无能为力，不过，要是你想剃个我这样的发型，我可以帮忙。”

“天哪，这是什么世道啊，那寸草不生之地也可称为发型？”白夜故意一声长泣，顿时场中又是一片欢声。

猎豹诸人不由得只觉好笑，又是羡慕，这种相见，才真的是人生一大乐事，连剑奴和那群龙族战士也感叹不已，这种无拘无束的活法实为一种洒脱，谁能够拥有这样的一群兄弟实是一种幸运。

姜昆和那群少典战士也在那里笑得前仰后合，这一路上与有侨族战士接触多了，他们才发现这群人其实都非常有趣，也很好交往。往日处在敌对的位置，那也是形势所逼，不过此刻仇隙尽去，自可享受其共同的乐趣。

“族长在哪里？我想见他。”轩辕待众人稍定之后，一正神色道。

众人忙都神色一肃，道：“族长领着伤者前行，我们这群兄弟因感觉有追兵，便留下断后，却没想到是你们。”

“走，我这就领着你去见族长，保证把他吓一跳……”

“废话，喜一跳才是真的！”立刻有人打断前者所言。

“对，对，是喜一跳，嘿嘿……还不都一样，一跳就行……”

轩辕的到来，让整个队伍都轰动了，皆因谁都知道轩辕出自有侨氏，却能以一己之力独挡曲妙和鬼三这两大高手，更在数十名泏曲高手环伺之下成功而逃。这等英雄事迹实让有侨人的脸上光彩大增。

轩辕也便成了有侨的英雄，成了这支队伍的生力之军，他数度大难不死，这本就是一个谜。许多人都想知道有关轩辕在这一年多之中所发生的事，就像轩辕想知道家乡这一年之中所发生的事一样，但众人皆大喜则是必定的。

轩辕身边的二十多名好手中高手几占一半，叶七诸人因在失去本性后，接受改造，功力都激增逾倍，其本身的武功本就不俗，如此一来，便足以跻身高手之林。当日若非被木神万花大阵所困，这群人也不能够全部被擒，再加上剑奴这个顶级剑手，使得轩辕身边高手云集，这让蛟梦和虎叶诸人都感到惊喜和惊讶。

蛟梦却知道，轩辕身边至少还有二十名使剑的高手未至，而轩辕能使如此众多的高手相依附，其本身就是一个传奇色彩极浓的故事，自然会引起外人好奇。

轩辕却是关心雁菲菲之事，关心雁虎和有虢部及黑豆之事，因此，也是有些迫不及待地要问，但是这些年来，他已经学会了让自己如何镇定，更不会急躁。是以虽心情急切，但一切应付得还是井井有条，尽显他确已成熟的气度，同时更将自己这一年多来所发生的事情简要地述说了一遍，但关系到某些重要的环节，却是一笔带过，甚至忽略不提。因为他并不希望别人尽知他的秘密，当然，这一切都做得极为自然，根本就没有人会怀疑。

不过，像龙族战士、君子国这等众所周知之事，他自不能相瞒，但在人数方面和龙族战士的内部情况及君子国的情况上却是只字不提或少提。

半晌过后，双方都大概了解了这一年多来彼此间所发生的事。

原来，有虢氏并不属于有熊分支，又由于雁虎那段时间心情极度不好，是以并不愿意派族中好手相助龙歌。

有侨也并非举族而来，只是将族中的好手调来了大半，剩下之人仍得留守族中，哑叔和黑豆便不欲远行，而留守族中。

雁菲菲因怀了轩辕的孩子，以死相胁才保住其子，使得雁虎气得不再理她，与蛟龙的亲事自是休提，虽然许多人仍愿意娶雁菲菲，甚至愿意做孩子之父，但雁菲菲坚决不嫁，要为轩辕守一辈子寡。在雁虎不理她后，她便让人在姬水河畔搭建一座草棚独住，隔河守望龙潭和建起的神庙，静待孩子出生。

由于哑叔一家子对轩辕极好，是以每天朱婶必去照顾雁菲菲，木青之妻青月及有侨族中的妇女们也都对雁菲菲极好，因为轩辕当日在祭坛所说的一番话与斗龙的传说，使两族人心中认为轩辕乃是姬水之神身边的灵童，因此雁菲菲所生既然是灵童之子，自是有人愿意照顾，雁菲菲的日子也不是非常难过。

时至今日，雁菲菲应该已经将孩子生下了，只是蛟梦说到这里，所有人的心情都稍稍有些沉重，轩辕更是恨不能插翅飞回姬水之畔，可是他却知道这是不可能的，现实也不允许他这么做，此刻他要做的事情实在太多，这或许便是人在江湖，身不由己吧。

想到江湖，轩辕心中不由得有些苦涩，如果是在江中或者湖中，他可能还会轻松许多，但在这人世的莽莽江湖之中，求存却是那么艰难。

“如果菲儿知道你仍活着，一定会非常高兴！”蛟梦感叹地道。

“我想让木青兄代我返回姬水一趟。”轩辕突然道。

“让木青替你返回姬水?”蛟龙生气地插嘴反问道。

“不错，如果可以的话，我想让他将菲菲和孩子接到一个安全的地方居住。”轩辕道。

“你干吗不回去?”蛟龙没好气地质问道。

轩辕神色间闪过一丝莫名的伤感，道：“我会回去的，但是这时候我却不能分身，还必须将几件事情办妥!”

“难道老婆与儿子还不如你这些事情重要吗?”

“龙儿!”蛟梦呵斥道。

蛟龙没有再出声，但显然他对轩辕的成见极深，或许是因为他一向与轩辕不太和睦的原因吧，当然，他可不敢与蛟梦顶嘴。

“木青此刻伤势不轻，只怕……”

“没事，如果轩辕要让我回去一趟，我就回去一趟吧。”木青那浑厚的声音自屋外传了进来。

众人不由一愣，却见木青在白夜的搀扶之下走了进来。

“木青兄!”轩辕再见木青，激动得立刻上前相扶。

木青的确是条硬汉，他悠然一笑，右手搭住轩辕的肩膀，欢颜道：“见到兄弟你能有今日的成就，为兄心中极为痛快！我知道兄弟不能回去定有苦衷，因此，只要为兄伤势一好，立刻回返有侨。”

“可是，龙歌说等木大哥到了熊城，便为你……”

“唉……那名与利又算得了什么？能为自己的兄弟出力，那才是心安理得的欢喜，你可告诉王子，他的好意我心领了，若有机会，我或许会再来熊城!”木青打断蛟龙的话，坚决地道。

“好汉子!”与轩辕同入客厅，静立于轩辕之后的剑奴出言赞道。

“这位是……”木青惑然问道。

“他便是与轩辕一起出手相阻曲妙的剑奴先生。”蛟梦客气地介绍道，他知道这个老头的剑术之高只怕还在他之上，是以，虽然剑奴是轩辕的手下，但仍很尊敬。

“哦，木青见过先生!”木青欲要行礼，却被轩辕扶住。

“你有伤在身，应好好休养，待伤势一好，我便让剑奴领一百名好手随你去将菲菲和孩子接过来。至于其他的事，以后再说。”轩辕心情也有些急切。

“让他领百名好手?”木青惊讶地反问道。

“不错，如果人手不够，我可以多给你一些。”轩辕想到未见面的孩子和受苦的雁菲菲，心神就有些乱了。

轩辕此话一出，连蛟梦也为之变色了，他们本来惊讶轩辕竟能轻易调动百名好手，是以木青怀疑轩辕是否说错了，才有此一问，谁知轩辕误解其意，竟要再多调人马，一下子让人弄不清轩辕怎会有如此强的力量。

“哈，不是太少了，而是我觉得太多了，我们此去又不是打仗，要这么多人干吗?”木青好笑地问道。

轩辕一愣，也自觉好笑地搔了一下光光的头皮，自言自语道：“我也乱了套。不过，不管木青兄要多少人，你可以亲自挑选，我希望一路上能够保证菲菲和孩子的平安，因为你们很可能也会遭遇鬼方人马和东夷人马，更要提防其他部落的偷袭。因此，我想让你最少挑选一百名最精英的战士!”

“圣王放心，我立刻可以从族中调派一百名精英剑手，让他们连夜赶来，明日黄昏定可赶到。”剑奴自信地道。

“不，就让他们在常山将我君子城建好好了，此时人心未稳，不宜太过调迁，就让我在龙族战士之中选一批高手吧。”轩辕刹那间似乎又变回了睥睨三军的强者。

蛟梦此刻立即想到了轩辕所领君子国的那一干高手，还有被天下人认为最神秘的战士——龙族战士，这两股不知深浅的实力，实是任何人都绝不能轻视的。

木青也听说过有关轩辕的一些传说，但是见轩辕这般似乎随意可调聚数百高手的气势也不由得心惊。要知道，便是整个有侨族，也不过那么一百多名好手，再加上一些年龄大点的，能战之力也不过三百人左右，可与轩辕一比，立即黯然失色。

“天祭司到!”门外的战士喊道。

第八十八章　破开死结

轩辕眉头微皱之时，天祭司便已跨入了营中。

“祭司好!”轩辕仍不失礼数地打了个招呼。

“能见得轩辕有所成就，为我有侨族增光，本祭司实是非常欢喜!”天祭司大笑道。

“皆靠往日众位教导有功。”轩辕淡然一笑，然后拍了一下木青的肩膀道，“木青大哥先去休息，待会儿我为你疗伤。”

“你?”木青惊奇地问道。

“对，我知道破开死结之法，往后你就可放手而为了!”轩辕自信地道。

木青大喜，他自然知道轩辕口中所说的死结是指什么，那便是他父亲一直无法突破的大限，也是神山鬼剑的死门，一不小心便会走火入魔。如果轩辕可为他解开死结，那他的神山鬼剑便可大成。到时，其武功将一下子飞跃，甚至在极快的时间内超过蛟梦。破开死结一直是他的梦，此刻被轩辕这样随意说出来，怎叫他不喜?

天祭司和蛟梦也大感惊讶，他们自也知道死结的意思，当年木孟练剑之事，族中长者皆清楚，是以他们对轩辕之语都大感惊讶。不过，此刻的轩辕，身上似乎透着一种无尽的神秘之感，处处总有惊人之举，他们也无法猜透轩辕下一步举措会是什么。

木青在白夜的相扶之下退了出去。

“近日相传轩辕大展神威，不知此事可是真的……”

“唉，当然应是真的，难道你还不相信轩辕吗?”蛟梦打断天祭司的话道。

“虽然这些传闻并不全假，但这些传闻总会有些夸大其词，实不足为凭。”轩辕淡然道。

“昨日收到龙歌王子的信，说如果轩辕能去有熊助他，他定热情相待，更可让你在熊城之中担任要职。”天祭司试探着望向轩辕，同时自怀中掏出一个小竹筒，竹筒之中露出一块羊皮的一角。

蛟龙心中忍不住升起一股妒火，他没有想到龙歌也这么看重轩辕，还特意送来密信。

轩辕却并不接那信筒，只是淡淡地笑道：“熊城我是一定要去的，这信我不用看，麻烦祭司告诉龙歌，轩辕与圣女有约，熊城的事便是我的事。”

众人一阵惊讶，天祭司最为惊讶，蛟梦和蛟龙诸人刚刚听过轩辕的经历，对此还稍好一些，但却没想到轩辕竟与圣女凤妮真的有约。

“我想与梦伯单独谈谈。”轩辕突然道。

包括蛟梦在内，所有人都微微有些错愕，但蛟梦并没有反对。

“龙歌此刻应该已经到了熊城！”轩辕认真而肃然道。

蛟梦一震，道：“你怎么知道?”

“我有确切的消息证明他根本就不在你们这三队人马中的任何一队，而从另外的分析也可以知道，他单独行动实比与你们同行安全多了，只要仔细想想，龙歌怎会如此不知道轻重?他之所以兵分三路，只是惑敌之计，使得所有人的注意力都集中在你们身上，他也便能更自由地独行！以他的武功，要在敌人未曾防备的情况下回到熊城可说是易如反掌，而我更怀疑，这三队人马的行踪是龙歌故意暴露给敌人的，以便自己更易脱身。”轩辕肯定而悠然地道。

蛟梦的脸色变得有些难看，因为轩辕所分析的并不是没有道理。

“他为什么要这样做?你的消息又是自哪里得到的?”蛟梦问道。

“他自然是想自己更安全地抵达熊城。如果不暴露你们这群人，便无法转移敌人的注意力，在敌人无法找到他的行踪之时，定会围守在熊城附近，那时候他便会危险多了。因此，只要暴露你们的行踪，就可将熊城之外的敌人引开，这自是一种战术的需要。至于我的消息来源暂时先卖个关子，但消息绝对准确！”轩辕自信地道。

“难道就为了让自己稍稍安全一些便置我们兄弟的生死于不顾吗？”蛟梦愤然道。

“龙歌确是一个足智多谋之人，不过每个人都会有自私的一面，这也不能怪他。但是，你们必须要小心熊城之外的埋伏，敌人很可能会派大量的高手聚于熊城之外，在他们没有发现龙歌行踪时，定会对你们施以辣手。就我所知，鬼方第二高手刑天也在癸城之外出现过，以刑天的武功，我们之中没有一人是他的对手，而且就鬼方而言，尚有地神土计、鬼三、曲妙，这几人无一不是绝世高手，以你们的实力根本就不可能自这群人的手中闯过。何况还有东夷诸族的高手，到时候说不定连少昊也会亲自出手，那样一来，试问谁还能敌？传说少昊比刑天的武功还要胜过一筹，与荤育王罗修绝属于同一级别之人，我们根本就不可能胜过他。”轩辕担心地道。

“如果龙歌是如此自私之人，我们还不如返回姬水过我们平静的日子，为了他，我们已经损失了三十几名好儿郎。”蛟梦也意识到了前途的危险，不由有些灰心意冷。

“当然，返回有侨族不失为一个办法，但这件事说易行难，首先难以说服众人，比如虎叶和那少典神农。若就这样回去，也会让兄弟们的斗志大弱，被人笑话……”

“反正就算我们到了熊城，仍要派人回去，接众乡亲过来，我们就以此为名，谁又能说什么呢？”蛟梦吸了口气道。

“问题的关键是，我们现在仍不能证实龙歌确已回到了熊城，不过，我有一计，应该可行。”轩辕道。

“什么计？”蛟梦喜问道。

“与梦伯一样的法子，但梦伯是先行，我们则是后行。我们却仍可以安全抵达熊城，我曾到过癸城，见过圣女凤妮，对于熊城内部的情况也了解一些。因此，我明白熊城内部的斗争实比外敌更可怕，一不小心便可能会倾覆于其中。所以，我们对待任何事情都必须谨慎，而这后行的好处便是可以看清熊城之内的动静，然后才在有准备之下进入熊城，而不至于一入熊城便如无头苍蝇一般找不到感觉。”轩辕狡黠地道。

“此法怎行?”蛟梦迫不及待地问道。

“说出来，其实很简单!”轩辕胸有成竹地道。

轩辕独见木青，便将青云所留剑谱的复制品交给了木青，由于原本轩辕已毁，此乃这两晚所赶制而出的。以轩辕此时的功力，要替木青破开死结那是极轻易之事，他强大的真气几乎将木青体内的经络全部通洗了一遍，使他所有的内伤霍然而愈，所剩的便只是皮外之伤。

木青对轩辕那沛然无可匹御的强大真气感到莫名的惊讶，但此刻他已经没有什么心思去细想其他问题，唯静心敛神催发体内的真气，以使自己的功力再攀上一个新的高峰，但他心中明白，今日之后，他将会成为一个新的自己。

“圣王!”剑奴的声音在营外传来。

轩辕不再打扰木青，走出营帐，却见营外人声俱寂，唯剑奴立于营边。

“像是鬼方的人追赶过来了。”剑奴小声地道。

“哦，族长他们呢?”轩辕问道。

“他们去设伏了，但恐怕这次不行，鬼方似乎来了极多高手。”剑奴担心地道。

“那便让他们按计划撤离好了!”轩辕道。

“虎叶主战，蛟梦似乎劝阻不了。”剑奴摇摇头道。

“好，你让郎二去将木筏全都准备好，我去看看!”轩辕眉头一皱，吩咐道。

山林空寂得可怕，有侨族与少典族的战士散伏于山道路口，人人静若待食之豹，借草丛绿叶相掩，让人看不出一丝痕迹。

轩辕心中却涌起了一丝忧虑，如果以这群人来对付那些鬼方的战士，或许确可将对方杀得大败而归，但此刻鬼方所来的却是一些可怕的高手，这些伏击的招式根本就不起作用，以那些人的警觉，岂会感觉不到这里存在的伏兵？因此，此刻看似隐秘的埋伏，实际上并没有太大的作用。

轩辕急速来到蛟梦的身边，低声道：“希望族长先退为妙，若是与鬼方硬拼，吃亏的只是我们，他们的高手，我们根本就无法抗衡！”

蛟梦惑然问道：“你知道他们来了多少高手？”

“如果我估计未错，此刻他们知道你们离开陶唐氏，必倾其全力而追。因此，至少会有地神土计、鬼三和曲妙，或许另外还会有高手，当然，追兵之中可能会有东夷的高手及其他的敌人，如果被鬼方缠住，接踵而来的可能会有东夷高手，一拨接一拨，到时候根本就没有机会撤走。”轩辕也稍稍有些焦虑，分析道。

蛟梦眉头大皱，他也意识到事情的严重性，一带轩辕，拖着他迅速赶到虎叶所坐的地方。

那是几块巨石的缝隙之间。

“梦兄是否仍是主张撤走一事？”虎叶见轩辕和蛟梦联袂而来，似乎已经知道其所欲讲之事，开口问道。

蛟梦向虎叶身边一坐，点头道：“不错，我认为此刻与他们不宜力敌。”

“事实上，我们绝不能拿自己兄弟的生命开玩笑，若要战他们，等我们到了熊城之后，再与之决战不迟……”

“你的话，梦兄已经告诉我了，但我却不相信龙歌王子会置我们于死地。因此，我要证实一下你的话。”虎叶打断轩辕的话道。

轩辕心中担忧，反问道：“族长想要怎样证实？”

“如果龙歌王子真的已经到了熊城，那这群人定然不会闻不到一点风声，正如你所说，在熊城之外定会有许多敌人设伏，难道说这些人连龙歌入城也不会得到一点风声？我不相信在熊城之中会没有鬼方或东夷的奸细，正如贵族曾出了地祭司这个奸细一般。因此，若是龙歌王子仍在熊城之外，我们便必须阻一阻这些追兵，为龙歌王子争取一些时间；如果龙歌王子已入熊城，则这群人定心无斗志，急着赶去熊城外会合同伴，我们在此伏击，定会让他们大栽跟斗，也可为我们死去的兄弟报仇！”虎叶目光之中杀机闪烁。

轩辕冷冷一笑道：“如果我是龙歌，就算到了熊城也不会这么早露面，而定会等到你们这三股人马赶到了熊城时才露面，因为这样既可以让你们以为他是与你们同步，并未出卖你们。同时，也可以对城中的局势多一些了解。等你们入城之时，也好从容安排一切事宜。谁都知道，熊城内部并不是想象中的那样平静，如果我一入城便显身的话，很多精彩和真实的东西就会被别人故意掩藏起来，更如笼子里的鸟雀，根本就无法领略笼子之外的空间。”

虎叶一呆，显然轩辕的话并非没有说服力，那他以这种方式试探龙歌是否已到了熊城，实是莽撞之举。

“就算你欲伏击鬼方追兵，但也不能不为自己留后路，更不需全体伏击，让人感觉似是想决一死战，我们何不分批撤走，也好过到时候匆忙而逃，被对方追得无喘息之机。我们可以安排一半的人马先撤，以作接应之用，这样岂不胜过孤注一掷?”轩辕对虎叶这莽撞的做法有些恼火，是以说话之间语气稍重了一些。

虎叶神色微变，他毕竟也是身份地位极高的人物，哪轮到轩辕如此说？正欲发火，却被蛟梦抢先叱道：“你怎可对虎叶王如此无礼?!”

虎叶见蛟梦如此叱责轩辕，也不好太过计较，他自是个聪明人，虽然轩辕语气有些不客气，但却是非常有道理的。是以，他吸了口气道：“轩辕说的也不无道理。好！我们便先撤走大部分人手，留下一部分好手，一击即退!”

轩辕正欲松一口气之时，蓦地一种极不舒服的感觉涌上心头。

轰……十余丈外一名有侨战士身边的地面蓦地被炸开。

“哈哈哈哈……”一阵怪笑划破了林间的寂静。

“呀……”一声惨叫，一阵惊呼。

“不好!”轩辕脸色大变，在他身子弹射而起之时，只见土计抓着那名战士没入了土中。

嗖……劲箭全部落空，对于土计来说，这些利箭根本就不起作用。

虎叶和蛟梦也大惊，对这个竟可遁地而行的侏儒，他们显然也被镇住了。

“快，梦伯组织兄弟撤离，我来会会他!”轩辕仍不忘向蛟梦叮嘱道。

轰……十五丈外的泥土再次被炸开，一道身影冲上天空。

嗖嗖……又是一轮劲箭。

箭矢尽中目标，众人却发现那只是刚才被土计所抓的有侨战士的尸体。

“哈哈……”土计如疯子一般桀桀怪笑，在他附近的两名少典战士还没有弄清是怎么回事时已被捏断了喉咙，皆因土计自地下突然而出，根本就没有半点征兆。

“一群乌合之众也敢跟我斗？哈哈哈……全都给我去死吧！”土计大开杀戒，这群少典、有侨的战士虽然武功不俗，但却没有人可硬拒土计一击，便是功力稍高的白夜，也只抵抗了四个回合，便被击飞而出。

“土计休狂，让轩辕来会会你！”轩辕心中杀机狂涌，对土计如此狠下杀手，他实是痛心至极，这群曾与自己生死相随的战士却是如此轻易地死去，当然激怒了轩辕。

土计厚掌一挥，强大汹涌如潮的功力将其周围十余人扫得东倒西歪，其功力是何等深厚可想而知，这群优秀的战士对付虎狼还可以，但与真正的高手对敌，却显得太过薄弱了一些。

虎叶也是大怒，提刀飞扑而至。

土计一听轩辕大喊，也吓了一跳，他似乎并没有料到轩辕会出现在这里，在他愣神之际，有侨战士和少典战士纷纷攻至。

“不知死活！”土计大怒，双手再扫，震开数十件兵刃，却怪笑一声遁地而走。

轩辕飞扑而至却扑了个空，不由得大急，知道土计不欲与他正面交锋，但在这里，土计随时可取人性命，这可如何是好？

虎叶再惊，他也看出了土计不欲与轩辕正面交手，是以这才遁走，可是他却知道，土计绝不会就此罢手，因为鬼方高手将陆续而至，轩辕说得没错。

蛟梦此刻哪还怀疑轩辕之说？知道此刻已经顾不了太多，唯有让人先撤。

轰……虎叶一怔之际，他身前的地面炸开，无数的土块犹如雨点般带着强劲的冲击力向他扑面而至。

虎叶虽然处在警惕状态，但对这突发之变故仍然有些措手不及，这才明白为什么刚才那几名战士会在毫无反抗之力下被击杀，皆因这一切是如此的突然，也是如此的狂暴，便连虎叶也不得不惊退，再出刀！

刀如拨云见日之霓虹，带起一阵催人心寒的锐啸，只是凭着感觉划出。

土计一声怪笑，矮小的身子直逼而入，对虎叶的刀似乎丝毫不在意，因为虎叶忘记了他的高度。

“矮鬼，别忘了还有我少典神农！”

土计双掌直取虎叶腹部之时，一柄利刃自一侧直逼而来，刀锋尖利，似乎来势不弱，而且所取的时间和方位也极准，使得土计也不敢小视。不过，这里除了轩辕是他所惧之人外，其他的人，他根本就不放在心上。

“小鬼找死！”土计抽回一只手，以极为诡异的弧度竟一下子抓住了神农的刀锋，正欲运功震开神农之时，虎叶的刀锋翻转已直切他的颈项，刀势之快之猛之霸烈，让土计也大吃一惊，他这才意识到在这群人中实不止轩辕一个高手，至少虎叶的武功也可以威胁到他。

“好样的！”土计一抖手，身子倒翻而出。

虎叶刀锋贴地划过，但土计已再次没入土中无影，少典神农禁不住倒退数步。

“你逃不了的！”轩辕见土计根本就不与他正面相对，不由大恨，但对于这样一个潜踪匿迹的高手来说，他也莫可奈何。

“撤！”轩辕向虎叶低喝一声，身子竟贴地倒立起来，在此同时，他立刻以最敏锐的目光察觉到四丈之外泥土的异样。

虎叶正对轩辕的举动感到莫名惊讶之时，轩辕已如云雀一般冲天而起，但却是头下脚上，更拂手射出一道银芒。

轰……银芒刚入土中，地面便炸裂开来，土计竟被那道银芒给逼出了地面。

轩辕一声长啸，背上之刀脱鞘射出，而他的身子也化为一缕刀形幻影直逼土计。

土计无可奈何，他再一次被轩辕逼得正面相对，已是第三次。

有侨族和少典族的战士们皆为轩辕这一刀所慑，全都屏息观之。

“小子休狂！”土计袖间竟滑出一根短棒，直迎轩辕的刀锋。

轩辕此刻杀机已经狂升，更知若无法伤土计，只会被他再次逃逸，是以这一刀已倾其全力而为。

土计只感轩辕无论是气势还是压力都似比上次更强了一些，不过他并不疑惑，皆因轩辕在封神台所表现出来的那惊世骇俗的武功比此刻不知高明多少，是以，他仍怀疑轩辕此刻未尽全力。

轩辕追上那柄飞射而出的刀，竟在虚空中加快了三次速度，然后带着全身的重量以天打雷劈之势全在一刀之间爆发出来。

轰……一声疯狂的爆炸之声后，泥土和碎枝、断草夹杂着强大的气流四散冲出，仿若有千万道无形之刀气以轩辕和土计为中心四散辐射开来。

那种足以让人永生难忘的巨响几乎使整个山谷都在回应。

同时，轩辕和土计全都消失在这混乱的泥土碎物之中。

蓦地，在四溅乱飞的杂物之中，轩辕如林鸟一般疾射而出。

土计已走，轩辕在混乱之中一时也无法找到土计的踪迹。是以，他只得冲出那片被劲气冲击成废墟的地方。

众人见轩辕无恙，全都松了口气，但见轩辕四处探望，便知道仍让那矮鬼逃走了。

“快撤，这里不是久留之地！”轩辕急了。

虎叶和蛟梦此刻哪还会怀疑，率众有侨战士和少典战士迅速向营地撤去。

“圣王，木筏已备好！”郎二迅速奔来禀告道。

蛟梦这才知道轩辕早有准备，不由得大为折服，面对这个眼看着其长大的轩辕，他心中却涌起了许多莫名的感触，目光再次移向虎叶，心中更是酸涩，他似欲说点什么，但却终于忍住了。

“很好，立刻撤离，包括你们！”轩辕沉声道，他已不想这群人留下来，虽然龙族战士英勇善战，但与鬼三这等高手交手却是毫无用处，是以他不想作无谓的牺牲。

虎叶身子却立在轩辕与土计刚才交手的土坑边，仔细地打量着那丈许方圆陷落近尺的土坑，及坑地蓬松的泥土，心中禁不住一阵骇异。他只是骇异土计竟能在这种情况下仍能遁土而逸，这的确是一个极为可怕的高手，也就是说，根本就没有人可以杀得了土计。只要他不战而逃，谁还能相阻？

虎叶是第一次与土计交手，此时才知道天下的奇人异士确是多不胜数，单只轩辕此时的功力，便要胜过他数筹。

“他们来了！”轩辕深深地吸了口气，望着迅速撤离的有侨战士和少典战士，突然道。

虎叶自然知道轩辕此语所指，不由神色肃然。

“族王不走吗？”轩辕向虎叶反问道。

“我为什么要走？要走大家一起走！”虎叶豪气上冲，断然道。

轩辕没有再说什么，剑奴却已经悄然来到他身边，还有猎豹、叶七诸人，倒是郎二及那群龙族战士已经撤走，抑或可以说是在后方接应。

虎叶身后却立着少典氏的十余名高手，蛟梦则领着众人先行撤离了。

“就让我们来会会这群人！”猎豹能再次与轩辕并肩作战，其情绪的确很高昂，斗志和杀机似乎已提升到一个前所未有的境界。

“哈哈哈……”轩辕蓦地爆出一阵长笑，半晌才高声向那似乎毫无动静的来路之上高喝道，“曲妙，我知道你们已经来了，快快现身吧，我们等你多时了！”

轩辕这一高喝，确让虎叶微微吃了一惊，他并没有感应到曲妙的存在，但轩辕竟如此肯定曲妙已经到了。

远处道路上树叶一阵晃动，似乎有一阵激烈的山风吹过，肃杀的气息顿时弥漫了整个山谷，仿若秋日早临一般。

鬼方的战士迅速出现在山路之上，人人手执大弓，满弦而备，似有欲射穿轩辕诸人之意，这群人竟有两百之众。

曲妙和鬼三那高大的身影顿时也出现在山路之间，唯独不见土计。

“哈哈，该来的都来了，倒省了不少事。”轩辕刹那间已似成竹在胸，拥有了对付曲妙和鬼三的把握，豪情大发地道，连虎叶都有些惊讶。

虎叶的确有些惊讶，他不明白轩辕凭什么能够与曲妙和鬼三相抗衡，而且此刻沚曲氏似乎已经调集了极多的战士，之中自不少是极厉害的高手，仅凭自己眼下的这二十余人又怎能与之相抗衡？

猎豹诸人并不知道鬼三和曲妙的厉害，但见两百多支利箭全都指向自己，心中也打了个突，单从这群人遥遥散发出来的气势便可知道，这群人之中有着极为可怕的高手。不过，再次与轩辕并肩作战，竟有破开一切困难的动力，似乎根本就没有任何东西可以压抑自己那疯涨的斗志。

剑奴不语，他知道眼前这群敌人的可怕，且在暗处仍潜伏着地神土计，这个人随时都可能会给少典高手致命的一击，而曲妙和鬼三更要比偃金之辈胜出两筹。

剑奴虽然与偃金交过手，但却明白偃金的武功只是与童旦处于伯仲之间，较之鬼三仍有一些差距，这在封神台上剑奴便领教过。若论武功，鬼三甚至比土计还要略胜一筹，但土计的厉害之处便是在其诡异莫测的遁地之术，这使得他成了这群高手之中最难缠的角色。事实上，如果不是因为土计如此难缠的话，恐怕他早死了数十年，哪里还会活到今日？

轩辕的存在让曲妙和鬼三稍感意外，不过也没有太多的惊讶。

“小子，想不到你也凑合在这里，我正想找你，你却自己送上门来了，那就让本座今日一并送你下地狱吧！”曲妙语气极为冷酷。

“哈哈……”轩辕故作不屑地笑了笑，道，“那就要看你有没有这个能耐了！”

那群沚曲战士竟止步不前，因为他们根本就不知道轩辕身边有没有人埋伏，只看轩辕那成竹在胸的样子，使人不自觉地生出一丝高深莫测之感，好像事情并不简单。而且，他们只见到这二十余人无畏无惧地立于山坡之上，谁知山坡之后会是什么？竟使得沚曲人不敢轻举妄动。

虎叶自是欲将沚曲追兵拖上一拖，这样蛟梦等人才有更多的时间顺利撤走，到后来只剩下他这些人撤走也便容易多了，此刻沚曲人不抢攻可谓正中其下怀。

“放箭！”曲妙身后的一名老者一挥手，低喝道。

众沚曲战士等的就是这句话，哪里还会有丝毫的犹豫？两百余支劲箭顿时如雨般洒落虚空。

猎豹诸人早在戒备这群沚曲战士手中之箭，这玩意儿可不认人，是以在弦响之际，众人身子迅速跃至早就看好的障碍物之后，同时挥动着手中的兵刃挑落射向自己的劲箭，这一簇簇劲箭对于这群身手极为利落的好手来说根本就不算回事。

轩辕、剑奴和虎叶没有丝毫移动，轩辕甚至连眼皮也未曾眨一下，仿佛根本就未曾见到这夺命的劲箭似的，但剑奴的剑与虎叶的刀却轻松地为轩辕拨开了所有的劲箭。

剑奴与虎叶一左一右，而轩辕则稳如泰山地立于中间，目光越过虚空与曲妙相交。

曲妙和轩辕同时一震，皆感到了来自对方心中必胜的信念和决战的决心。

毕竟曲妙没有如土计和鬼三那般在封神台上领教过轩辕那惊世骇俗的异力，感受轩辕重创风绝时的那种强烈的震撼，是以曲妙虽然明白轩辕很可怕，却绝不会如鬼三和土计那般见了他便毫无斗志地欲一走了之。因此，轩辕此刻最大的对手便是曲妙，如果由曲妙挑起了鬼三和土计的斗志，那形势就很可能非常不妙了。

“哈哈，如此小儿之作何必拿来丢人现眼？鬼三、曲妙，你们一齐出手吧，就让我看看你们鬼方的绝妙之学有何妙处！”轩辕丝毫不以为意地对刚才那一簇劲箭加以鄙视，摆出一副有恃无恐之状。

曲妙大怒，倒是鬼三沉得住气，或许是因为他对轩辕本身就存在着深深的惧意，是以，他对轩辕这种轻蔑的口气反而并没有多大的反应，可曲妙何尝受过如此怨气？早因轩辕三天前在他和鬼三合围之下轻松逃逸，并戏耍了他们一通，因此对轩辕简直是恨之入骨，此刻再遭轩辕讥嘲，他自然是受不了。

“无知小子，就让我曲终来掂量掂量你有多少斤两吧！”曲妙身后那位刚才指挥放箭的老者比曲妙更无法忍受轩辕的轻狂。

噗……一声轻响自轩辕身后不远之处传来，接着便是姜昆一声惊呼和一声惨叫。

“曲老弟，攻吧，这小子虚张声势！”土计一声怪笑，竟然再次破土而出，一出手便伤了姜昆，更杀了一名少典好手。

“矮鬼，去死吧!”猎豹和花猛两人行动一致得惊人，双双以最快的速度狂袭土计。

土计“嘿嘿”一声怪笑，双掌一摆，直迎猎豹那一往无回的铁拳。

花猛却已踢出了漫天腿影，封住了土计所有攻击的方向。

土计微微有些惊讶，猎豹和花猛这一刚一柔的配合竟然无比默契，且威力绝不能小觑。

轰……猎豹铁掌重重地击中土计那厚厚的肉掌，那狂野的劲力竟若泥牛入海一般消失无形，更有一股强大的反冲之力将他震得急退三步，但土计根本就没有机会伤他，因为花猛那无处不在的腿影也让土计头痛，使之不得不分出一半的功力来对付花猛。是以，土计只能以五成功力将猎豹震退。

花猛的腿法快绝无伦，这乃是他的拿手绝技，便连土计也不敢稍有小视之心。不过，花猛却突然发现自己的腿似乎如同踢入了烂泥旋涡中一般，根本就无着力之处，他的眼角余光却瞥见土计的左手在虚空中圈出一道虚弧，那旋涡之力正是来自这虚弧之中，他心中不禁大惊，欲抽身已是不及。

“哼，不知天高地厚!”土计手掌顺着花猛的左腿呈弧形滑进。

花猛猛地再出右腿，他知道，如果让土计如此出手，他的左腿便会废掉，是以，他已不再去解救左腿，而是在废腿之际给土计一记重击，只怕只是让对方受一点点小伤。

土计怎会不知花猛的用意?他的战斗经验何等丰富，不过，他却不得不对花猛的狠劲感到一丝惊讶，但就在他心中稍有惊讶之时，蓦觉眼前一缕白光闪过，准狠无比地扎向他的心窝。

这一切的发生快若电闪，事实上猎豹的败退与刚才所述的一切都是同时进行的，只不过是眨眼间的工夫。

土计吃了一惊，扎向他心窝的是一柄刀，快若疾电的飞刀。

飞刀，是凡三的，没有人比他们更精于相互配合，无论是长攻还是短攻，及角度速度之间的配合，猎豹、花猛和凡三都配合得亲密无间。

土计顾不了伤花猛，只得迅速回身挑开那柄飞刀。

砰……花猛的右腿却毫不留情地踢在土计的身上。

土计身子一震，却没有退后半步，竟这样硬生生扛下了花猛的狂力一击，但他也在此同时挑开了凡三的飞刀。

花猛竟被土计的护体真气震退，但凡三的飞刀又自动旋了回去，因为凡三的刀后有一根细绳相系，所以能够灵活自如地操控。

轩辕和虎叶扭头之时清楚地看到了这一幕，两人心头不由得大喜。凡三、猎豹、花猛三人的联手一击竟能够让土计也吃点小亏，这确实让他们感到意外，但也极为高兴。

虎叶知道土计的厉害，无论是功力还是招式，都绝对可称得上是超级高手，却被眼下这三个年轻人的联手攻击打得连连失利，使得他不得不对轩辕身边的这群年轻人另作估计，同时对轩辕也不得不另作估计。

轩辕知道，这段时间以来，花猛和猎豹及凡三诸人的功力确有很大的进步，否则以他们以前的功力若想威胁到土计，那根本就不可能。但此刻三人那无间的配合本就显示着他们在武学修为上更进了一步，不过，轩辕更明白，以花猛和凡三的功力仍不能损伤土计。若刚才花猛的那一脚换作是猎豹的一拳，那可就有得土计受了。

土计大怒，他竟被花猛占了一脚便宜，这一脚虽然没有对他造成什么伤害，但是却让他的颜面大损。在这群人中，他唯一忌讳的人便是轩辕，但却没想到，在这群年轻人联手之下，他也有些应接不暇，抑或是因为太大意了，不过他却怒了。

土计怒也没用，因为攻击一波接着一波，如怒潮江涛一般丝毫不给他喘息的机会，那是叶七的剑。

叶七的功力比之花猛和凡三便要更胜一筹，完全可与猎豹的神力相媲美，虽无猎豹之神勇，但他手中却有剑！

叶七的眼光犀利至极，所选的时机也极为精准，攻其必救，攻其无救，所选角度十分刁钻，使得土计几乎避无可避，甚至没有避走的机会。

土计暗忖："今日真是遇到鬼了。"叶七、猎豹、花猛和凡三的配合竟像是一个可怕的阵势，配合不仅亲密无间，而且杀机似乎绵绵不绝，让人仿佛陷入了一个连环的杀局之中，而且这四人的武功都绝不弱，比之那群有侨族的战士和少典氏的战士难缠多了。当然，叶七的剑自是伤不了土计，但却可以让土计脱身不得，而土计绝不想被人缠住。

土计不想被人缠住是欲避开轩辕和剑奴这群高手的攻击，只要他不被缠住，这群高手也拿他没有办法。

叮……土计伸指弹开叶七的剑，却又换来了燕绝和花战的剑，这些人似乎全都没完没了地抢攻，而且猎豹的攻势又再一次重组而上，如果场面这样发展下去的话，连土计都不敢相信自己不会饮恨收场。毕竟他只有双手双脚，总会有失误的时候，而这几人似乎不让他有半点喘息之机，但猎豹、花猛诸人却可轻松休歇。

土计确实是被这群死缠烂打的人缠得有些心乱，皆因一开始他便想到了轩辕的威胁，此刻禁不住一声狂喝，再次显出他的兵刃，一根模样古怪的铁棒。

叮叮……燕绝和花战的剑尖竟被铁棒击断，骇得两人迅速惊退。

“今日是你的死期!”轩辕连人带剑已撞向土计的怀中，快得像是一道电光。

土计魂飞魄散，他所担心的轩辕终于还是杀来了，而且一来竟是如此狂野，事实上，有猎豹诸人缠住他这么一阵子，足够轩辕组织好一记凶狠的杀招，而轩辕确实没有让他失望。

叮……土计匆忙回棒横截，身子借轩辕剑身的震力疾射而退，他已是骑虎难下了，轩辕根本就不可能再给他一次遁土的机会。此刻，轩辕似乎也明白了如果与土计硬拼的话，定会给土计喘息之机，只要土计有喘息之机，便会遁地而走，那时候谁也奈何不了他。因此轩辕一开始便是以快打快，以细密绵长的剑招务必要重创土计。

“杀呀……”泚曲人哪里还会犹豫？这群人一旦知道对方这里没有伏兵，就不会再有任何惧意。

嗖……

几轮劲箭急速划破虚空，直射泚曲战士。这群少典的好手岂会让泚曲人轻易得偿所愿，是以全以利箭相阻。

近二十人连珠箭齐射，每人至少射出了四箭之多。

“撤!”虎叶只得低吼一声，他自然知道，凭他这么一些人，绝对阻止不了这群沚曲战士的进攻，与其白白战死，倒不如尽快撤离。而此时，沚曲战士与山坡仅隔十余丈，不过，却被这一阵乱箭放倒了三十余人。

当然，如果不是鬼三和曲妙及曲终为这群人拨散了大部分劲箭，只怕伤亡会更为惨重。

事实上，这群少典战士似乎知道鬼三和曲妙的厉害，所以他们的劲箭并不以这几人为目标，反尽量避开这几人射杀沚曲的普通战士。

虎叶喊出这个命令之时，身形已与剑奴一起分别射向鬼三和曲妙。此时，这两大高手已经赶到了他们的近前，虎叶自然不能让这两人妨碍少典战士的撤离，若是让这两大高手出手相阻，只怕今日没有一人可以安然离此而去，这是谁都明白的事实。

曲终却直取轩辕，他似乎已经看出了土计那极不乐观的战况。

土计几乎没有还手之力，轩辕的剑招并不是异常霸烈，但却快得不可思议，犹如无孔不入的气体，自千千万万个角度欲将他分解成千百块，而且轩辕的身法之奇诡更是无可挑剔，几乎不让土计有半点喘息的机会。

在地面之上，土计欲与轩辕比速度，那实在是一件可怜的事，当然土计的功力高绝，若非遇上了轩辕这个功力比他更胜一筹、速度更比他快得多的高手，那反击和获得逃生的机会则大得多，但很不幸的是他遇上了轩辕。

曲终手中所持的竟是一个形状古怪的扁头锤，一开始，便欲狠砸轩辕的脑袋，但遗憾的却是换来了燕五的截击。

燕五的功力自然要比曲终逊色两筹，但是他的剑式也极快，极为灵巧，他能成为有邑族最精锐的战士并不是侥幸所致。不过曲终乃是鬼方一等一的高手，年龄足可做燕五的爷爷，其功力自不是燕五所能比拟的。

哧……

燕五的剑选择了与曲终同归于尽的打法，自扁头锤底部直挑向曲终的心脏，而曲终的扁头锤正无情地奔砸燕五的脑袋。

这当然不会成为最后的结局，曲终怎愿与燕五同归于尽、两败俱伤?

其实他大为恼怒，燕五一上来便使出这等同归于尽的打法，实在是让他大感意外，这简直像是在耍无赖。他还从未见人一上来便拼命的，但他不得不承认这是一种最有效的战术。

曲终当然不欲与燕五同归于尽，只得止住身子锤端下压，同时迅速踢出一脚。

“老鬼，你上当了！”燕五一声轻啸，剑如灵蛇一般轻翻而上，竟脱出曲终的锤势，左手更滑出一柄尺余长的短剑，上下齐攻曲终。

曲终大惊，燕五似乎早就在等他这一招，长剑斜挑曲终下颌，短剑斜切曲终大腿，双手分攻竟丝毫不乱其方寸。

曲终骇然而退，他进也快，退亦快，但仍然被燕五挑破了衣衫。在他来不及惊怒之时，倏觉背后风声大作，却是猎豹的铁拳轰至。

第八十九章　神鬼之战

剑奴并不是第一次与鬼三交手，在功力上，他知道自己比鬼三尚要逊色许多，但剑奴的剑法之灵动和玄奇，却是不容任何人小觑的。

鬼三自不会将这个手下败将放在眼里，但剑奴这老头也不是他三下两下便可以打发的，若要击杀这老鬼他也的确要花上一番周折。

虎叶当然也非曲妙的对手，但虎叶亦是个极为厉害的角色，曲妙也无法在短短数招之间放倒虎叶，反观土计，形势却已危矣。

鬼三一声低啸，一招逼退剑奴之时，便迅速扑向轩辕，他已经知道土计再难保十招不失。实因为轩辕的剑式太过诡异了，而且快得骇人。

轩辕也一声低吼，手中之剑竟一改绵密之势为充满霸杀之气的狂烈剑式。

叮……土计再挡一剑之时，骇然发现手中古怪的铁棒竟拦腰被轩辕手中之剑斩断，皆因轩辕手中之物乃神族十大神器之一，锋利无伦，这一轮疾攻，尽管土计皆能够挡开，但是每挡一剑，他手中的兵刃便受到一点损伤，而到了这一刻，轩辕故意凝劲而击，便是早已知道土计的兵刃此刻根本就不堪一击。而轩辕更知道鬼三已自一旁攻来，那强大的气势已经触动了他敏感的神经。是以，如果他再不对土计作出最后一击的话，恐怕就没有机会了。甚至，他将很可能死于这两人的联手一击中。

“呀……”土计一声低号，身形暴退，带着一蓬血雨，整个肩头几乎被轩辕这一剑的剑气给割裂。

是鬼三救了土计，如果不是鬼三的攻势突然加速，轩辕绝对可以在剩下的一剑之中夺去土计的命，但因为鬼三的攻势，轩辕不能不撤回攻势。

少典战士迅速后撤，叶七诸人也不例外，以他们这单薄的力量欲抗击这一百多鬼方战士，绝对唯有败亡一途。

“走!”剑奴分开燕五与猎豹，向曲终强攻数剑。

猎豹和燕五双战也无法在曲终手下占到任何便宜，只好跟着撤走。他们本还想向重伤的土计出手，但是土计已经退到了鬼方战士之中，他们再也没有这个机会，也便放弃了这个极为诱人的想法。

“杀……”鬼方战士蜂拥而至，他们也似乎都杀红了眼，见少典战士欲撤走，怎肯善罢甘休?

轩辕在眨眼间与鬼三连连交手十数招，全部是以快打快。

鬼三的速度比之土计似乎快多了，与轩辕相比也不会有多大的差距，而且鬼三的功力比土计更高一筹，这般猛杀猛打，也让轩辕头痛，而且此刻鬼方战士已将他团团围住。当然，根本没有任何外人能够插入到他们的战斗之中，只凭那四射的剑气和飞扬的尘石已让人退避不已，那强大的杀机使得方圆三丈之内的空间布满了死亡的气息。

轩辕却不想这样，他也知道绝对不能这样耗下去，否则用不了多久，曲妙便会击杀虎叶，那时候两大绝世高手左右夹击，只怕他想逃也逃不了。

事实上，岂只是轩辕看出了这一点?虎叶也同样看清了这一点，当他真正与曲妙交手之时，才知道天外有天，人外有人，这可怕的敌人被誉为鬼方第六高手并不是浪得虚名。平时他虽然十分自负，但是也明白战争所凭的只是实力，没有半点侥幸。

“你们先走，别管我!”虎叶低吼道，他明白，在轩辕和剑奴两人此刻稍占优势的情况下，尚能够逃脱，但对于他而言，走，只能是一种奢望。

剑奴此际也并不好受，与曲终交手，他可以占得了少许优势，但是他们交手却没有如轩辕与鬼三那般存在着强大的气场。是以，鬼方的另外一群好手也可以偶尔对他进行一轮攻击，使之处于劣势，反而要受到四周鬼方好手的围击。

“圣王，别管我们，你先走!”剑奴也在大呼，剑锋狂转，他已大开杀戒，虽然也受了点伤，却亦让对方损失了三名好手。

轩辕恨火中烧，望着四下面目狰狞的鬼方战士，他的心中涌出了从未有过的战意。对于鬼方之人，他并没有什么真正的深仇大恨，毕竟他并未在鬼方人手中吃过什么亏，没有切身地感受到深仇大恨，但此刻见两名同伴陷入战局之中无法抽身，心中便禁不住大急。

鬼三也感受到了轩辕心中的焦急，轩辕的焦急似乎已经完全表露在外，那是一股灼热而强烈的气息。

热力，以轩辕为中心向四面扩散，轩辕自身便像是一堆巨大的火炭，这种异常的表现确实让人吃惊，连鬼三也不例外。

轩辕的剑锋之上也散出犹如烈火一般的热力，剑气更是炽烈无比。

鬼三并不敢与轩辕的剑锋硬接，因为他根本就难以抵触轩辕神剑的锋刃，因此，只是以极为灵巧的手法绞住轩辕的剑式，而其绝技修罗鬼手本就以诡异灵巧见长，以近身相搏而让人胆寒。事实上，鬼三对剑道的了解也绝不少，只是此刻对手却是轩辕这个用剑的高手，他便只好弃巧用拙，近身相搏以抗轩辕神剑之锋。当然，这还得归功于鬼三指头之上以金属打造的鬼爪。

轩辕也感到身体在不断地升温，体内似乎有股灼热的气流在涌动、扩散，他禁不住狂吼一声，身上似乎纵出了一层幽幽的火焰，那强大的气势再次疯涨，他的身体也似被高涨的热力浮了起来，一声大啸之下，身形扶摇直上。

鬼三岂会给轩辕机会？也同样身形腾空，直逼轩辕，化出漫天的爪影，几乎封锁了轩辕进退的所有方位。

“山裂——”轩辕凭空一声狂喝，犹如炸雷般震得所有鬼方战士心摇神颤。

在轩辕的狂喝声中，鬼三蓦地发现轩辕的身体似乎化成了一团火球，而亿万道火舌闪耀着刺眼的火光弥漫了整个天幕，方圆五丈之内的空间似乎在刹那间塌陷，枝折、叶飞、土扬、石散……一切都变得混乱不堪，但在这种疯狂的无序之中似乎又包含着有序的规律——这便是轩辕那无处不在的气机，是轩辕那霸烈而疯狂的剑气。

天地时明时暗，所有旁观者在这刺眼的光亮之中都似无法忍受地闭上了眼睛，而且惊呼着急退。

任何人都想离轩辕越远越好，那似乎来自四面八方的无数道气流灼热地撕扯着五丈之内所有人的肌肤，几欲让人肢体破裂……

鬼三惊骇至极，这便是轩辕的剑招，绝对充满杀意和霸烈的剑招，如此之招，如此之剑，如此之气势，谁可抗衡？谁能阻拦？鬼三也被轩辕的气势所慑，但他毕竟是一个了不起的不世高手，一生之中也不知道见过多少足以震惊当世的高手，所以在这个时候，他反倒冷静了下来。

"我就让你见识见识我的神厄寡煞手吧！"鬼三泰然不惧地冷喝道，同时身子一缩，猩红的血袍一抖，整个身子犹如一团烈焰，但却散发出一股青紫色的气雾。

轰……一声惊天动地的巨响，天空似乎在陡然之间被撕裂成无数碎片，本来明亮至极的虚空顿时陷入了一片无情的昏暗，只有由气劲激起的阴冷气流四散冲击。

轩辕被弹上了虚空，鬼三如一块陨石般坠落，手中却多了一支箭。

箭身乌黑，非金非铁，赫然竟是极乐神箭。

鬼三到最后终不能不用那一支他极尽辛劳以命换来的极乐神箭，否则，他根本就无法抵御轩辕利剑的神锋。他是个聪明人，自然明白土计之败是在兵刃上吃了大亏，他怎会再上这个当？是以在全力硬接轩辕这一击之时，立刻撤出了极乐神箭，要知道这也是神族十大神器之一，比之普通兵刃不知坚韧了多少倍。是以，鬼三这才能硬挡轩辕惊煞三击的第一式。不过，轩辕那强大的剑气几乎割散了鬼三的护体真气，这使得鬼三惊骇莫名。

轩辕也是大惊，这是第一次有人硬生生挡开他的山裂而丝毫无伤。以前他两次与土计交手，土计都遁土而逃，并未真正全部硬受轩辕这要命的一击。不过轩辕却不放过这个机会，在他被鬼三的气劲反冲上虚空之时，扭身横掠向曲妙，俯冲直下。他从这个方位攻击曲妙是最有利的方位，实则虎叶的形势已危在旦夕，他不能袖手旁观。

曲妙大惊，轩辕的身形犹如经天长虹般向他疯狂地扑至。

场上除鬼三外，根本没有人能够阻止轩辕的行动，但此时鬼三却因被轩辕重压逼落地面，稍顿才缓过气来，他想阻止已是不及。

“曲妙，受死吧！”轩辕一声长喝，剑已逼入曲妙的攻势范围之内，根本就没有半点阻隔。

曲妙一声冷哼，不得不放弃虎叶，提钺上挡时更错步后移，他也不敢硬接轩辕这俯冲的一击，何况他并无把握能够承受得住轩辕手中的神剑之锋。

虎叶心神稍松，对轩辕更生出了无限的感激，在这种情况下，轩辕仍来救他，而此刻那群鬼方战士皆被轩辕和鬼三交手时的气劲冲击波给冲得阵脚大乱，此时不走更待何时？

虎叶一退，却撞入了身后剑奴和曲终的战圈中，他根本想都没想就挥刀而斩。

曲终身边之人都是鬼方族中的一群好手，武功并不差，甚至可算得上是高手。这群人又怎不知形势？他们根本就不想让虎叶和剑奴逃走。

剑奴见虎叶来助，精神大振，身子急退，撞入自身后攻来之人的怀中，那人只是哼了一声便已内腑尽碎，在曲终攻来之时，这具尸体竟自剑奴的肩头翻了过来，拦住了曲终的攻击路线。

剑奴曲身扫断一人的腿骨，肩头却又中了一剑。

“走！”剑奴低吼一声，他欲与虎叶靠拢，此刻他实不能再战，否则的话只可能深陷此地死无全尸，这群如狼似虎的鬼方战士的确是极为难缠，此刻唯有杀出一条血路。

虎叶也明白这时候是突围的关键，而难得这群鬼方战士也是阵脚大乱，他不由得回头高喊：“轩辕！”

叮叮叮……轩辕俯冲直下，借身子凌空之力疾出三十余剑，这才落地，竟将曲妙逼退八大步，然后刚好听到虎叶的叫喊，一声长笑之下，身形如疾风般倒撤而回，向虎叶靠拢。

鬼三此时也如利箭般横截上来，他怎能眼睁睁望着轩辕如此撤走？

而轩辕又怎会让鬼三有截住他的机会？身形一扭，以古怪奇诡的步法与之擦肩而过，但自四面却标射来十余杆长枪，以及四柄利剑、一把尖刀，十多件兵刃几乎如绽开的花瓣一般将轩辕的退路全部封死。

“去死吧！”轩辕以剑护身，身子如一只陀螺般带起一股旋风竟自枪隙之间滑了过去，枪头受轩辕所带起的旋风劲气滑向一边。

四下的鬼方战士皆惊呼，但他们根本就来不及反应，便已被轩辕撞飞。

鬼三如影随形，在轩辕正欲闯过之时，竟然赶上，手中的极乐神箭飞速划出。

轩辕再也不能回身耽误，哪怕只有半秒钟，否则他便永远只能被堵死在这群鬼方战士之中，因为曲妙也随后而来，那时候他所面对的将是两大绝世高手。因此，他一咬牙，不再回头搭理鬼三划出的一箭，而是蓦地再次加速。

哧……鬼三的极乐神箭划开了轩辕的衣衫，在肩头留下一道深深的血糟，却因轩辕的蓦然加速，而未能对其造成更大的伤害。

轩辕哼都未哼一声，身子已撞出了这一重包围圈，但他却仍没有走出这群鬼方战士的范围。

“杀……”轩辕暴喝道，背上的刀化出一片凄迷的光影横划而出，在这种人群之中，刀比剑更具杀伤力，他的肩头受伤，已经严重地影响了用剑的灵活度，只好用刀。刀身可借全身的力量使出，而剑却不能，是以轩辕只能弃剑用刀。

“呀呀……”根本就没有人可以挡得了轩辕的刀锋，此刻轩辕状若疯虎，见人就杀，脚下却一刻也不停留，纵跃之间，血光一片。

虎叶和剑奴大喜，两人会合后也向外狂杀，唯曲终的纠缠使得他们压力重重。

“曲终，拿命来！”轩辕几乎是踏着鬼方战士的尸体和头颅扑向曲终。

曲终也被轩辕的气势所慑，竟然在轩辕赶到之时骇然惊退，他根本就没有胆量与轩辕正面相对。

鬼方战士也为轩辕那状似疯狂的气势给震慑，纷纷走避，即使有几个不怕死的人攻上，也只是在顷刻之间惨死当场，根本就没有第二种结果。

曲终骇然飞退，轩辕自是不追，他也实在不想去追击，更没有心情去追击，在这紧要时刻，逃命当然更重要。

轩辕长啸声中，与剑奴会合一处，却闻虎叶一声惨哼，背上中了一箭，这支箭竟不知自何方射来，或许是因为场面太乱，抑或是因为虎叶实在太过疲惫。

“你们快走！别管我！”虎叶悲壮地吼道，这一箭几乎将他逃走的信心全部击碎。

“要走，大家一起走！”剑奴连连挑死两名攻向虎叶的鬼方战士，正欲拉住虎叶时，他自己却挨了一枪。

轩辕一声怒吼，一脚将那枪手踢得倒飞而出，竟撞倒七八个围攻而上的鬼方战士，此时他却发现鬼三和曲妙已经追了上来。

“圣王，你先走！”剑奴也一声悲呼。

“不行！”轩辕那受伤的手一拉剑奴，斜撞向攻向虎叶的四名鬼方好手。

虎叶大吼一声，也劈死两人，但他已实在疲惫不堪，与曲妙交手本就几乎使之力竭，此刻再经这番激战，更是欲走也力不从心，轩辕和剑奴也都伤势不轻，他知道如果还要靠这两人相助的话，只会拖累他们。想到这里，他竟立足不走，横刀回头而杀。

砰……轩辕横撞之力竟让那四人跌成一团，有两人腰肋尽折，但轩辕却发现虎叶向回而杀，不由得大惊，更是悲从心来。

“族王！”轩辕悲呼道。

“走！”虎叶早已将生死置之度外，吼道。同时，依然出刀如风，那种王者的霸气和傲气依然显露无遗。

剑奴一声悲呼，也欲向回杀去，但却被轩辕拉住，喝道：“走！”剑奴这才清醒，迅速出剑狂杀。

鬼三见轩辕欲走，大急之下飞身掠起。

“先过我这一关！”虎叶奋不顾身地起身飞迎而上，他已经根本就不在意自己的生死，只要能护着轩辕离开，他便已经满足了。

鬼三大怒，双手幻出无数血影，低吼道：“去死吧！”

虎叶那疲惫不堪的刀势哪能对鬼三构成丝毫威胁？无数血影使他的刀势立刻土崩瓦解，更直取他的咽喉。这下子，他知道自己死定了，但其心境竟无比平静。死亡，其实也并不是怎么可怕，也是在这一刻，昔日美好的记忆全都复活于脑中，他想到了那苦命的姬梦，那可怜的爱人……

鬼三竟发现虎叶嘴角边露出了一丝笑意，诡异而恬静的笑意，正当他手指欲插入虎叶心脏之时，横过来伸出一只手竟带走了虎叶。

“手下留情！”抓走虎叶的是曲妙。

“这人还有利用价值！”曲妙随即解释道。

鬼三这才记起虎叶为少典王的身份，刚才他差点一时冲动杀了这颗极有价值的棋子。

虎叶心中暗叹，正欲自尽时，却被曲妙击昏。

轩辕和剑奴自然目睹了这一变故，但他们却无能为力。而正在此时，轩辕赫然发现刚才撤走的十余名少典氏的好手又杀了回来，这些人似乎知道虎叶处境危险，竟不顾一切地杀了回来。

“走！”轩辕又气又急，大吼道，他急的是这群人竟如此不知死活、不自量力地杀了回来。

嗖嗖……这十余人射出的劲箭极为有力，将轩辕身边的鬼方战士射得人仰马翻，使得轩辕和剑奴的压力大减。

“公子先走，我们誓与大王共存亡！”姜昆不听轩辕的话，坚决而悲壮地道。同时也射出了最后一箭，再将大弓运劲甩入了那群追兵之中，领着十余名少典好手冲入鬼方战士之中一气拼命似的大杀，人人不顾自己的死活，全以同归于尽的打法对敌。

轩辕一声叹息，他知道即使自己杀回去也是无济于事，早知这样，便将有侨战士和少典战士全都留下，那样或许还有一战之力。尽管那样硬拼实不划算，但总比这群人白白送死要强，可现实往往便是这么残酷，或许这就是命运，没有谁能够改变。

剑奴心中也在叹息，这时他与轩辕的功力消耗实在是太巨大了，能否逃得过这群人亡命的追击尚是未知之数，此刻他知道虎叶未死自不会傻得掉头杀回去，就算虎叶死了，他也不可能掉头杀回去，俗话说，留得青山在，不怕没柴烧。

轩辕的功力消耗的确很大，此刻唯有勉强逃命之力，如果再次被这群人追上的话，他恐怕也实在是不可能有什么机会活命了。

“不能让他跑了！”曲终吼道，立刻有许多鬼方战士腾出身来追袭轩辕，至于姜昆那十余名少典高手并不能对这众多的鬼方战士制造多大的威胁。何况曲妙亲自出手，这群少典高手没有人能硬接下曲妙三招，鬼三也顺便宰掉一个，便由他带着曲终对轩辕猛追。

此刻鬼方仍有一百余名可战之士，其中也有数十名是好手，他们至少分出了八十人对轩辕追击。

在鬼方人的眼中，轩辕已经成了一个极大的威胁，这个年轻人的力量让人心骇，竟能使土计受伤，更在这么多人的围攻之下负伤而逃。如果此刻仍不能杀了他的话，日后要杀他只怕会难上加难了，而且谁也不知道日后会不会有比这更好的机会。所以，这群人绝不放过受伤的轩辕和剑奴。

嗖……一支劲箭竟射中剑奴的腿。

剑奴身子一软，滚倒在地，轩辕忙扶起剑奴，仍拖着他跑。

剑奴实在是疲惫至极，耗力过巨，所以这一箭竟未能避过，若是在平时，他根本就不会在意这样一支小小的利箭，可是此刻却是无能为力。

“圣王，你快走，为我报仇就行！”剑奴一下子甩开轩辕的手，也涌出一股悲壮而沧桑的情感道。

“走！这是命令！”轩辕一把带起剑奴，勉强提一口真气，拉着剑奴就逃，而此刻他也感到一阵极度的口干，甚至头部有些发晕，因为肩头失血实在太多，以他强壮如虎的躯体也有些承受不了，这一口气疾奔了两三里路才清晰地感觉到这种昏眩是难以抗拒的。不过，在轩辕心中却有着无尽的期望，那便是快到那河畔了，他们在那里预留了木筏，还有蛟梦这支救兵。

剑奴无奈，心中又是感动又是焦急，但却因不能拖累轩辕，只得一拐一瘸地奔逃，他也是失血过多。

“他们快不行了……”那群鬼方追兵欢呼着。

“谁能割下轩辕的头颅，奖他十个女奴五头大牛！”鬼三高喝道。

众鬼方战士立刻斗志大盛，人人皆加快速度猛追，如此丰厚的奖赏，试问谁不为之心动？

轩辕心中暗暗叫苦，事实上，以他们此刻的速度，若是鬼三全力追击的话，也会很快追及，鬼三之所以如此发话，只是因为想看看他落难的惨状，抑或是因为鬼三刚才与轩辕的那一轮强攻，硬接那一式山裂，也已大耗功力。但不管怎样，轩辕唯有咬牙狂奔，此刻乃生死存亡之时，而这里距河流仍有两里多路，这就像是一段死亡的距离。

如果此刻换了是曲妙来追，而不是鬼三，只怕轩辕两人连半点逃生的机会也没有。鬼三心中也急，刚才他使出神厄寡煞手之时，几乎耗去了大部分心力，所以此刻他也感到心神极为疲惫，使得追赶的速度大打折扣，禁不住恨起歧富来，若非去年与歧富一战使得他苦练了二十几年的神厄寡煞魔功在快要大功告成之际被毁了，此刻轩辕休想如此轻松逃脱。那一战确是鬼三最为艰苦的一战，也使得鬼三的功力大打折扣，几乎是永久性的无法修复。而今日的功力最多只能达到昔日功力的七成，这可算是他心中的一大痛。

当然，鬼三却又没有寻找歧富复仇的念头，对于那个死对头，他心中甚至有些畏惧。事实上，便是他的师父天魔罗修绝也不敢轻易招惹广成仙派的人物，这个世间或许也只有广成子是修罗绝畏惧的人，是以，鬼三吃了歧富的亏，也就只好忍气吞声。

不过，鬼三知道，按眼下的速度，轩辕拖着剑奴，连鬼方战士也跑不过，因为那群战士中的确不乏好手，双方很快便将二十多丈的距离拉近为十丈。而且轩辕和剑奴的速度还在减慢，浑身已被鲜血染红，他们根本就没有止血的机会，对于他们而言，这的确是一种悲哀。

嗖嗖……这群鬼方战士一边追袭一边放箭，使得轩辕和剑奴几乎有些绝望，只得借树木的掩护奔逃，但轩辕仍是中了一箭。

“轩辕，今日你的死期到了，你逃不了的！”鬼三桀桀怪笑道，想到能够除此心头大患，他便禁不住心头一阵兴奋。他确实对轩辕有种打心底升起的寒意，单凭土计也在轩辕的手中受到重创便可知这样一个年轻人定是潜力无限。若是让轩辕继续话着，还不知道会造成多大的威胁，是以，今日他必杀轩辕！

正当鬼三想得得意之时，陡闻一阵惨叫声传了过来。

惨叫声却是鬼方战士所发出，只见一排排竹箭自林内四处横射乱飞，树顶之上网落箭射，还有一些粗大的树木以泰山压顶之势倒下，甚至地面之上陷开了一个个大洞，那群一心注意轩辕的鬼方战士便如此不明不白地陷了进去，而陷阱之中却是一支支削尖的长竹，落入里面几乎没有活命的机会。

林中竟布满了陷阱，立时将这群兴奋的鬼方战士拉回了现实。

轩辕和剑奴仍是一拐一瘸地奔逃，但他们却没有触动一处机关。

鬼三大怒，也大惊，一不小心之下，竟又损失了二十余名战士，真可算是出师未捷身先死，但他怎能如此眼睁睁地看着轩辕逃脱？呼喝余兵，倾力而追。

“别让他们跑了，跟在他们身后走！”鬼三喝道，他立刻醒悟，这陷阱定是有侨人所设，所以轩辕一眼便可看出哪里安全，哪里危险。

这群鬼方战士自也不是笨人，哪还不明白循着轩辕行过的脚步疾追？

轩辕此时却跌了一跤，心叫：“完了！”他与剑奴翻滚到两处，心中却在暗恨蛟梦竟如此不识大体，不知道在这里安排人接应，枉自己奋力为其断后。

那群鬼方追兵见轩辕和剑奴跌倒，不由大喜，迅速逼近。

“圣王，你走，不要管我！”剑奴挺身艰难站起，欲拼着余力杀回去，却听轩辕一声轻喝：“趴下！”

剑奴一呆，陡觉一阵弦响，他忙顺势趴下，箭雨自他头顶平掠而过。

“呀……”那群鬼方追兵乐极生悲，竟被一轮迎面射来的劲箭射得东倒西歪。

鬼三和鬼方战士皆大惊，纷纷倚树而立。

轩辕这才迅速爬起，拉着剑奴踉跄前爬行。

“轩辕……”猎豹和花猛诸人迅速掠来相扶，白夜与蛟梦也亲自赶来。

那群鬼方战士欲举箭相射，但却被几轮疯狂的箭雨射得他们根本就探不出头来。

轩辕一见这群人终于来了，心头一松，竟再次摔倒。

蛟梦和花猛掩护着猎豹与白夜背起轩辕、剑奴迅速撤离。

鬼三心中大急，眼看就要手到擒来的猎物，就这样被人夺走了，怎叫他不怒不急？禁不住哇呀呀怪叫不迭，但他知道，以他此刻的状况，也绝对难在这群人手上占到任何便宜，即使是在土计全力以赴之时，也被轩辕的那群属下杀得左支右绌，何况此刻还有一个武功不逊于虎叶的蛟梦？兼且这批有侨战士又是生力军，根本就没有可能自其手中夺下轩辕，除非曲妙立刻赶来，但曲妙也不是说来便能来的。

“追！”鬼三有些不舍，仍命令这群鬼方战士对撤离的有侨战士追杀。

这当然是没有任何效果的，他们才追了一里多路便看到了一条水流湍急的大河，而郎二所领的那群龙族战士及一群有侨战士已守候在大木筏之上。

“走！”蛟梦喝道。

猎豹迅速为轩辕和剑奴止血。

鬼方战士根本就无法靠近河边，因为河边尚有一群由蛟梦亲自指挥的剑手。

载着轩辕的大木筏迅速远去，河两岸尽是密林和荆棘，根本就不可能自两岸追赶，因为没有人能够来得及开路追击。

鬼三诸人想自河边追赶也是枉然，若是在他精神最佳、功力丝毫未损之时，或许还可以做到这一点，但此刻他的确是心有余而力不足。

望着轩辕远去，蛟梦一声轻笑也跃上剩下的两张大木筏。

木筏之上有一排矮木挡板，可以防止岸上射来的劲箭。是以，鬼方战士根本就不可能追及蛟梦。当曲妙赶来之时，也只能目送蛟梦等人悠然远去。这一役，鬼方竟损失了近百战士，但却无可奈何。当然，他们抓到了虎叶，也还不算是全无收获。他们自然知道，少典王虎叶可称得上是一个极为重要的人物。

轩辕的伤势并不是太重，只是失血过多，剑奴所受之伤也尽是外伤，他们的疲惫是因体力透支，真正致命的伤却并不存在。

失血过多，使得轩辕感到疲惫不堪，倒在大木筏上竟沉沉睡去了，四周的龙族战士为两人围成了一堵人墙。他们担心有人自河面上偷袭，不过，此时谁都知道虎叶和那群少典氏的好手已全都凶多吉少了，众人思忖着该如何向少典神农及那群少典战士交代。

轩辕再次醒来，是被一阵喧闹杂乱的声音所惊醒，剑奴似乎伤势比轩辕重一些，或许是因他失血更多，此刻仍在沉睡之中。

“首领，你醒了?”郎二见轩辕醒来，惊喜地低问道。

“发生了什么事?”轩辕感到口中十分干渴，头脑仍有些昏沉，但体力似乎恢复了不少，望了望河水，惊奇地问道。因为大木筏竟已经停在了一片芦苇丛中。

“我想，应该是前面的兄弟们遇上了敌人，我已让人去察看了。”郎二道。

“这是哪里?”轩辕稍稍移动了一下身子，问道。

“这是距几路人马会合之地尚有几百米之处，我们见前面发生了事情，也便没有上前与少典神农他们会合，将木筏撑到芦苇荡里来了。”郎三解释道。

轩辕心中稍安，他自然明白在未明前方情况之下，郎氏兄弟当然不敢将已经伤疲不堪的他送入险境，是以，这才避入芦苇荡。

轩辕也知道，以他此刻的状况，别说是应付高手，便是应付普通战士也有些困难，没有一两天的休息时间，他就不可能完全恢复到最佳状态。毕竟失血太多，这可是人动力的来源，若非他身体极为强壮，只怕此刻仍没有苏醒过来。

“首领先好好休息，这里面没人会找来。”一旁的郎二安慰道。

猎豹也自另一张木筏上跃了过来，他们的三张木筏全都驶进了芦苇荡，蛟梦似乎也明白了前面所发生的事情，领人迅速将木筏驶入芦苇荡。

“轩辕没事吗？”蛟梦关心地问道。

“没什么大碍，休息一段时间就会好。”郎二淡淡地应了声。

“前面发生了什么事？”蛟梦又问道。

“我想应是遇上了敌人，已派人去察看了。”郎三回答道。

蛟梦微有些着急，但他知道此刻不宜驱筏去助，倒是应尽快上岸，自岸上对对方施以袭击。

哗……水声响起，一颗脑袋自水中冒起，却是一名龙族战士。

“前面发生了什么事？”郎二问道，此人正是被派去探消息的三人之一。

“是东夷族的战士在河道上设下了陷阱，并把我们的人给包围了。”那名龙族战士忙道。

“东夷族的战士？多少人？”蛟梦神色一变，急问道。

“应该有两百余人，岸上和水中都有他们的人，少典神农似乎是被困在那河谷之中，仍在坚持死守着。”

蛟梦抽了口凉气，竟又是两百余人，这股实力比他们的总和加起来还多。如此看来，东夷和鬼方两部实在是有些急了，才会将人马越调越多。

“我们便从陆路偷袭他们，趁其不备，杀他个落花流水！”竹山出言提议道。

郎二望了望自己的这群熟知水性的龙族战士，道：“水中的敌人就交由我们好了，而猎豹兄弟便与众位有邑族兄弟保护好首领和剑奴。”

猎豹和叶七诸人并不反对。

一切都显得有些残酷，轩辕所推测的没错，东夷部的人终于还是追了上来，只是没想到竟是在这个地方被追上。

如果轩辕不是有伤在身，定叫这群东夷人吃足苦头，没有人比他更熟悉水中生存的方式。若是入了水，别说鬼三、曲妙，就是刑天，轩辕也有足够的信心击败他，但是此刻轩辕却无法下水搏杀这群东夷的敌人。

当然，轩辕相信他的这群龙族战士在水中也绝对不弱，因为他们的训练根本就不曾离开过水，也便使得这群龙族战士足以成为水中的无敌奇兵。在岸上，他们或许无法与高手相斗，但在水中却是另外一回事，就算你是个了不起的高手，在水中却根本施展不开手脚，唯有任人宰割的份儿。

河谷，所谓的河谷，只是在两道山崖之间，有两块不大的平地，河水自峡谷之中流过，地势极为险要。

山崖两壁极陡，或许是因为河水退了些的原因，在山崖与河水之间有道狭长之地，狭长之地的一边靠山壁，一边靠水，而少典神农和蛟龙所领的近百战士便被困守于此。河中被东夷人设了河障，使得大木筏撞坏了几张，几名不会水性的战士被河水冲走。少典神农只得急忙将后面跟来的大木筏向两岸靠，但两岸之上却有东夷的伏兵，只好被逼到这个河谷中死守方寸之地。

至于东夷人怎会知道他们自这条河道经过，那是外人所不知道的。或许是因为奸细，抑或是因为东夷人早就跟踪了他们。

东夷人的大木筏渐渐向河谷逼近，而岸上的战士也欲自山顶攻来，少典神农的处境确实是极为不妙，因为现在少典神农是欲走不能，在下游还驻守着九黎族的数张大木筏，显然是欲将之封死在其中。

有侨族和少典族的大木筏都在河边，但却只是停在河边而已。

倏的，少典神农发现自上游漂来许多芦苇花，在水面上浮着如同一片棉絮，而且这些芦苇花越来越多。

东夷战士也发现了这一异状，他们不仅发现了这些，更发现了几张以皮帛盖得高高的大木筏悠然自上游漂淌而下。

那几张木筏全都以皮帛盖着，木筏之上似乎堆积着一堆堆东西，但由于皮帛遮住了众人的目光，让人无法得知木筏之上究竟是堆积着一些什么。

东夷战士都感到极为古怪，不明白这些木筏之上究竟是什么东西，但却是没有半点反应，那几大木筏仍然悠哉闲哉地向下流淌。

“截住它们！”有人下令，要挡住这几张大木筏，实没有人知道这几张木筏之上是什么玩意儿，会不会对他们构成威胁。

立刻有几张大木筏向那顺流淌下的木筏靠去。

少典神农自然也发现了这一异状，立刻暗打手势，因为他已经认出了那几张顺流淌下的大木筏上那盖着木筏的皮帛，正是他们曾用来做帐篷的兽皮。

众东夷战士小心翼翼地靠近顺流而下的木筏，并以竹篙将之向自己的木筏带近。

六七张东夷的木筏迅速围成一圈，将几张淌来的木筏围在中间，人人小心戒备，似乎是怕皮帛之中藏着敌人。

几张木筏在缓缓地靠近，每个东夷战士的心都绷得极紧，他们对谷河之中的少典神农似乎并不在意，似乎已当少典神农乃是瓮中之鳖，根本就搅不起什么大浪。

有人用竹篙挑起那皮帛，但皮帛似乎被扎在木筏的木头之上，竟挑不开，于是只好由几人跳上那四张大木筏，以利剑急速划破皮帛，但他们全都惊愕了。

原来皮帛之下竟是一堆堆芦苇花和干柴，不仅如此，干柴还在冒烟。

“火……”有人惊呼，皮帛一裂开，青烟便成了火苗，一下子蹿了起来。

是的，火，那四张大木筏之上装的竟全都是引火之物，皮帛未被划开之时已经在燃烧，这一切似乎都是经过精心计算的。

“有酒气！”还有人惊呼，其实酒的气味在皮帛被划开之时已经极度明显了。

呼……那四张大木筏上的火苗在瞬息间蹿升而起，像是被巨大的风箱鼓动了，发起狂来。

那跃上四张大木筏的几人惊呼着跳回自己的木筏，但是便在他们跃起的当儿，那四张大木筏一阵剧烈的震动。

那些带着烈酒的引火之物呼地飞了起来，强劲的火势铺天盖地般射向附近的几张大木筏。

这绝对不是偶然，也不可能是偶然，如果说这是偶然，谁也不会相信，任谁都看得出有人在操纵着这四堆火和四张着火的大木筏。

东夷族的木筏之上都有以枝叶搭起的顶棚，这是用来遮挡太阳的，也是为了减少攻击面，更是为阻拦敌人以石头攻击的可能，但这一刻却成了极为有效的火种。

沾上酒精的木筏顶棚迅速着火，而那火星四溅，更使得大木筏之上的东夷战士全都阵脚大乱。

“呀……木筏散了……”

“水底有人!”有人惊呼。

是的，那六七张围在起初四张着火的木筏周围的木筏竟然全部散裂而开，有人在水底割断了这些木筏绷扎的藤绳，甚至将这些木筏之上的木栓也全都切断。所以众东夷战士在慌乱之下，竟然将一根根木头踩裂开来。

第九十章　御水屠敌

圆木本就极滑，是以，木筏之上的人在惊呼声中也全都坠入河水之中，只有少数几个武功了得之人竟能控制两根木头，将自己撑在水面之上。

“呀……呀……”落水的东夷战士还没有弄清怎么回事之时，便纷纷惨叫起来。

“大家小心……”

河水立刻被鲜血染红。

“杀！”少典神农和蛟龙大喜，他们哪里还会不知道发生了什么事？更不会再作任何等待，率众便向河水下游冲杀，这顺流而下，占着速度的优势。

下游的那群东夷战士也遇到了同样的噩运，他们的木筏也在同时之间解体，几乎是溃不成军。

此时他们哪里还不知道，这一层如白云般的芦苇花只是一种掩护，唯有在这一层白云般的芦苇花的掩护下，才能使潜入水中之人的身体不在这清澈的河水中暴露出来。

而将那些木筏完全破坏之人便是潜在这些芦苇花下靠近那些木筏的，否则，如此清澈的河水中，便是小鱼也可以看得清楚，何况是一群大活人？但是，这群东夷人却忽略了这致命的芦苇花。

下手者正是郎二和郎三所带的那为数不多的一群龙族战士，这群人不仅接受了共工氏的水性训练，更接受了轩辕的水中强化训练，是以，在水中全都可算是数一数二的高手，利落若游鱼，灵活得让人吃惊。

这群落水的东夷战士想都没想到会出现这种场面，虽然他们也并非不会水性，但是在乍一落水之时，全都慌乱至极，立刻被早就伏在水中伺机而动的龙族战士杀死，待他们反应过来时，已经有二十余人丧命。

在下游，少典神农、蛟龙等人一出手，对手也同样是死伤了二十余人，众东夷战士的强弩硬弓根本就派不上用处。

“杀呀!”少典神农驱筏毫不留情地向下游冲杀，以乱箭对那群落水的东夷人一气狂射，那群人若是在岸上或许可以躲避，但在水中又怎能以比利箭更快的速度躲开呢？几乎一接触便死伤了七八成。

登上山头的东夷人见此情景，立知不好，但此刻少典神农等人皆已在木筏之上，入了河心，他们哪能奈何？唯有居高临下施以乱箭，却被对方高举的藤盾给挡住了，虽然有侨和少典两部的战士也有死伤，但却是极轻微的。

“枪矛手准备!”神农低喝，他们已经逼近了这群仍在水中挣扎的东夷人，此刻要以长兵刃如杀鱼一般刺杀他们，势必将这群人尽数消灭在河水之中。

战争没有任何仁慈可讲，不是你死便是我亡，这一切都是残忍的，也是任何人都改变不了的命运。

一切都发生得这么突然，使得东夷人阵脚大乱，他们仅剩两张可战之大木筏，但这两张木筏却显得那么单薄，怎能再阻止得了少典神农的十张大木筏逼近？

东夷人本欲以木筏之利阻截有侨和少典两部战士，但此刻那一道木筏阵竟在顷刻间土崩瓦解，怎叫他们不阵脚大乱？

先前少典神农之所以不敢下冲，是因为在那一排拦截的大木筏之上架起了一排排强弓劲弩，若硬闯只可能是全军覆没的结局，唯有以逸待劳，等别人来攻，他们或许才能够占回一点先机。是以，他便让所有人都滞留在峡谷之中，但此刻那群人落入水中，强弓劲弩根本就没有半点用处和威胁，他自然不再客气了。

偃金终于出现了，但他出现根本没有多大的用处，因为少典神农和那些人全都在水中，在木筏之上，河面宽达二十余丈，他根本就没有办法阻拦少典神农，若是在岸上，他或许谁也不惧，可是他实没有把握在水中能将这群人怎么办，因为他的水性并不好。

河水太清，若遣水手自水中攻击，恐怕还未接近那些木筏便会被射死水中，这根本就是行不通的，但若让偃金眼睁睁望着这群人自眼皮底下溜走，那是无论如何也不甘心的。

郎二领着这群龙族战士在水中击杀对手二三十人后，立刻及时撤走，他们的水性极好，但也有三名兄弟被对方杀死。事实上，东夷族中水性好的人也有，只是在对方猝不及防之时突然下手，这才使他们伤亡惨重，但一旦局面稳定下来，他们立刻便知道组织反击，这也使得郎二不得不撤走。

木筏之上，水底之下，这场大战也比较激烈，但龙族战士的人数毕竟太少，与东夷族人根本就不成比例，是以在水中交手之后，也便处于劣势。不过在下游，因为少典神农那一阵乱箭，使得东夷战士剩下不到三四成的人马，郎三诸人仍能应付。不过，他们也迅速靠上蛟龙的木筏，然后便轮到有侨战士与少典战士对水中的东夷战士进行屠戮了。

一切都是残忍的，更是无情的，血水使河面一片殷红，根本就没有人能接近这些大木筏，先是乱箭，再是长枪，若仍有少数东夷战士抢到木筏之边，就会遭到刀斧手一刀斩断双手，或脑袋，有人欲潜入水中破坏筏身，却被几名龙族战士迅速下水搏杀。在筏边，唯龙族战士是安全的，因为他们所面对的敌人少之又少，当然能够很轻易地将对手斩杀。

郎二也迅速赶来与蛟龙会合，他们在被东夷族水中好手追杀下又损失了两名龙族战士，连郎二自身也受了伤，但却也让对方伤亡惨重。郎二诸人上了木筏，那群东夷水中好手自不敢欺来。

那两张东夷族的大木筏尾随追来，但在一阵乱箭的交锋之下却根本占不到便宜。

行入峡谷，河畔是一片芦苇荡，显然两边是沼泽之地，偃金自然不可能自岸上追来，只是气得直跺脚，但又有什么用？这一切不能不说是郎二的战术运用恰当，一上来便将对手的木筏全部毁坏，使之根本就没有追击的本钱。

事实上，轩辕挑选走水路并非无因，在水路之中不容易被伏击，尤其是如这般宽阔的河面，就算是被伏击了，但有他们这群水中高手，也定能很轻易地便粉碎伏击，这绝对不是他盲目自大。如果此刻轩辕未曾受伤，由他在水中出手的话，那这群下水的东夷人只怕没有一个可以活着爬上岸。

如果说天空是属于满苍夷的，大地之下是属于地神土计，那么水域就绝对是属于他轩辕的，这是轩辕的自信。他觉得在水中比在岸上更自由、更自在，也更轻松，当他入水之时，就觉得整个生命都已与水流融合在一起了。水便是他，他便是水，一切都是那么协调，那么默契，他甚至可以清楚地感受到水的运动规律。他知道，与水的结合，是拜龙丹所赐。不过，轩辕此刻却只能轻轻地躺在芦苇荡中的大木筏上，枕着软软的兽皮。

当然，此刻轩辕知道他们已经顺利过关了，看到那火光，看到那群忙碌的东夷人，他便想笑。不过，他此刻没有笑的心情，只想好好地调息一番，养足精力以准备迎接新的挑战……

当轩辕再次醒过来之时，蛟梦又回到了他身边，但已是黑夜，而且众人已抵达岸上。

轩辕吃惊自己竟疲惫到了这种地步，被人抬离了大木筏居然也不知道，不过，幸亏是自己人，否则只怕他已死了一万次了。

轩辕是因为一阵诱人至极的香味才醒过来的，是的，他实在太饿了，但也感到体力已经逐渐在恢复，在凝聚。

剑奴也醒了，他也足足睡了四个时辰，精神仍有点委顿。毕竟他的年龄已高，恢复的速度自没有轩辕快，何况他的伤势比轩辕要重一些，能够在四个时辰之后醒来，足见他平时的功底极为深厚。

“轩辕，这是你的！”猎豹见轩辕醒来，不由得大为欢喜，将一只粗壮的獐腿送到他的面前，并顺手托起其头部。

“我自己来，我可不是你的伤员。”轩辕一笑，倔强地坐了起来，却牵动了肩部几乎快结疤的伤口，不由得一阵龇牙咧嘴，但却没有发出一声惨哼，只是抓过那条粗壮的獐腿，忍不住大嚼起来。

蛟梦也迅速递了一块鹿脯给剑奴，剑奴也勉力坐了起来，却由白夜扶着，其实白夜也受了一些震伤，在与土计交手之时，只不过才抵抗了三招便被震跌出去，使得他的内腑受了一些轻伤。不过，那并不碍事。

轩辕似乎从来都未曾吃过这么好吃的东西，可能是因为失血过多，肚子太饿之故吧，一口气竟至少吃了两斤多香喷喷的肉，满嘴油腻之下还意犹未尽。

“我们有没有和神农他们取得联系?”轩辕抹了一下嘴角的油腻，问道。

“没有，他们顺流而下，我们未能追上，相信他们应该会在前面等我们，事实上我们也没法与他们取得联系。”蛟梦吸了口气道。

事实也确是如此，如果他们能够联系上的话，只怕偃金也可以顺利追上神农了。

轩辕叹了口气，知道蛟梦说的是事实，但是，他想到被擒的虎叶，心头便有些不舒服。

“虎叶族长被曲妙给擒住了。”轩辕吸了口气道。

“他没有战死吗?”蛟梦惊讶地反问道。

轩辕心中有些气，蛟梦竟这样反问他，似乎对虎叶一点都不关心一般，想到蛟梦迟迟不去接应，害得他差点死于非命，就禁不住有些恼火，反问道：“难道族长希望他战死吗?”

蛟梦老脸一红，干笑道：“我自不是这个意思，我以为他已经……”

“我想问族长，你为什么不阻止姜昆和那群少典战士，让他们白白去送死?”轩辕语气有些不客气。

“如果我能阻止得了他们，自然会阻止，可是他们根本就不听我劝告。”蛟梦答道，此刻他并不想在这件事情上与轩辕过不去。

“如果你愿意阻止的话，一定可以阻止，问题是你不肯去阻止!”轩辕有些恼火。

“你是在说我故意让他们去送死了?”蛟梦也是一族之长，而且是轩辕的长辈，此刻却被轩辕一而再、再而三地责问，也有些恼火了。

“族长，轩辕，大家先冷静冷静，此刻不是为这件事情争吵的时候，我们应该想想办法怎么去将少典王救出来!”竹山吸了口气，打断两人的争论。

轩辕也吸了口气，知道自己刚才的确是动气了，不管怎么说，蛟梦都是自己的长辈，自己再怎么着也不该这般与他说话。何况这件事情本来就有些复杂，没有谁说得清。

“不错，虎叶族长我们是一定要救的!”轩辕嘘了口气，坚决地道。

“但是他们有曲妙、土计、鬼三这三大高手，我们能从他们手中夺回虎叶族长吗?”叶七吸了口气，担心地问道。

“我们也只能尽力而为，因为鬼方来的很可能并不止这三大高手，若只是这三人，还好对付，我就怕刑天也来了，那时候我们实在是连一战之力也没有了。”轩辕吸了口气道。

“那我们该如何去做?”竹山发问道。

“成事在天，谋事在人，只要我们从长计议，总会想出办法的。就算是刑天在，我们也得出手，迟早我们总会与刑天直面相对的，这是没有人可以改变的命运!”轩辕沉声道，心中却在暗忖:“这个被誉为鬼方第二高手的人究竟会可怕到一种怎样的程度呢?”

“我认为若只是逞匹夫之勇不足为取，我们不能因为虎叶一个人而连累了大家。”蛟梦道。

“族长这话就不对了，虎叶之所以被擒，还不是为了大家?我们为他去冒险也是情理之中，怎能说是连累了大家呢?”剑奴出言相驳道。

“是啊，人总是要死的，为义而死也是我们的骄傲，这不能算是逞匹夫之勇。”叶七也附和道。

轩辕不语，白夜和竹山对蛟梦的话也有些惊讶，他们不明白蛟梦怎会说出这样的话来。作为一起同生共死的战士，虽然虎叶曾经是有侨族的大敌，但如今两族既已结盟，而且又共同相处了这么长一段时间，有侨族的战士们也都接受了虎叶，可蛟梦说这话却有些见外了。

蛟梦被剑奴和叶七两人一说，脸上神色有些不太自然，但仍解释道:“我只是说，我们应该想一个万全之策，这样方能够行动。”

“在面对刑天这样的高手之时，没有什么策略是万全的，族长说得对，如果能救则救，不能救则只好作罢。不过，我相信他们擒去虎叶族长而不杀定会有目的，也一定会来找我们，或是找到熊城，只要鬼方人有目的，我们便并不是全没希望。”轩辕分析道。

“嗯，轩辕说得有道理。”蛟梦赞道。

“不如我们便借有熊族的力量去救少典王好了！”姬成出言道。

“若真是能够如此的话，我并不在意借有熊族之力。”轩辕坦然道。

“如果他们一路上无法追及我们，那他们一定会将少典王带到熊城之下。他们绝对不会浪费这颗棋子，因此只要在未与我们摊牌之前，他们是不会伤害少典王的。”花猛分析道。

“但愿如此。”白夜道。

“这个问题等到我们与神农和龙儿会合了之后再说吧，现在最要紧的是轩辕将伤养好。”蛟梦打断众人的话道。

轩辕不再说话，不过吃饱了之后，整个人的精神显得旺盛了许多，或许是因为他的体质胜过常人百倍之故，因此恢复起来的确是神速。就算此刻是曲终这样的高手前来，他也有把握轻易逃离，而且他背上的箭伤已迅速结疤。他知道，今晚过去之后，这些疤痕会完全消失。事实上，在君子国中与乐极七代交手之后又与帝恨交手，那次的伤势更为严重，但也只用了一个晚上的时间便好了个七七八八。此刻他已经过四个多时辰的休息，自然也快痊愈了。问题只是因为失血过多，体力没有以前充沛而已，但这并不存在多大的影响。

“我想，我们应该连夜赶路，只有在晚上，河道才无法被东夷人或鬼方人封锁！”轩辕道。

“可是晚上河道会很危险的。”蛟梦担心地道。

“这河道极为宽阔，不会有问题，以木筏下漂，水流又不是太急，我们根本就不用有这般担心。”轩辕沉声道。

“好吧，那就连夜赶路。”蛟梦道。

轩辕又突然不语，神情古怪地望了蛟梦一眼，又扫了所有人一眼，蓦然道：“我看是走不成了！”

“怎么走不成了？”

铿……轩辕背上的剑蓦地自己弹出，向蛟梦标射而至。

“轩辕！”白夜、竹山诸人惊呼。

蛟梦也大惊，同时身形倒翻而出，轩辕的举动实在是太突然了，突然得让所有人都没有回过神来。事实上，谁也没有料到伤重的轩辕竟然能够以如此快的速度出剑。

蛟梦的身法不谓不快，而且在他翻身而退之时，也同时出剑反挑轩辕。

轩辕本来平坐在地上的身子竟然仍保持着平坐的姿势平平射出，动的只是他的剑、他的手，自他出剑出手，完全不需要任何转折，自然、利落、惬意、轻松、洒脱，却有着无与伦比的气势。

叮……蛟梦的剑只刺出一半，轩辕的剑已自他的剑锋之下滑过，更将蛟梦的剑弹了开去。

一切都在刹那之间静止下来，所有的人才回过神来，白夜和竹山的呼叫之声此时刚落下，但是轩辕的剑已经轻轻地顶在蛟梦的咽喉处。

“轩辕，你疯了吗?”竹山和白夜的脸色都变了。

“你想干什么?”姬成和那一干有侨族的战士也是神色大变，这个变化实在是太出乎他们的意料之外，一个是他们尊敬的族长，一个是他们亲密的战友，更是他们倾心信任的兄弟。可是这一切便发生在这样两个人的身上，他们连出手的机会都没有，更没有料到蛟梦竟在一招不到之下便被轩辕制住。

蛟梦在有侨族可谓是最优秀的剑手，这是绝对毋庸置疑的，但却无法避开轩辕这要命的一击，何况轩辕此时是有伤在身。

事实上，正因为轩辕是有伤在身，才会被蛟梦所忽视，这才会在一招不到之下就被轩辕制住。

“轩辕，这是为何?”猎豹和花猛诸人也大为不解，但如果在选择轩辕和蛟梦的情况下，他们会毫不犹豫地选择轩辕，哪怕立刻与有侨族翻脸。无论轩辕是对是错，他们都如剑奴一般，绝对支持轩辕。只不过，他们对轩辕的做法有些微微的不解。

剑奴也是有些不解，但他却相信，轩辕这样做一定有其理由，是以他并没有言语。

蛟梦和轩辕的神情都极为冰冷。

“轩辕，你千万不要乱来啊！”有侨战士担心地道，他们哪还看不出轩辕的剑若再深入一点，蛟梦也便完了，这绝对不是吓唬人的。

“你想杀我?”蛟梦的语气极为冰冷，显然他已经对轩辕这一做法怒到了极点，也只有到了这种程度，方能够以如此平静的语气说话。

“你认为呢?”轩辕的话语之中有些残忍的意味，这告诉众人，击杀蛟梦并不是没有可能。

蛟梦不语，但他的目光却定定地盯着轩辕，似乎想在轩辕的眼中印证某件事情。

“你们立刻给我小心戒备，已有敌人潜来！”轩辕沉声吩咐道。

“轩辕，你快放开族长！”白夜有些怒意地道。

轩辕笑了笑，目光变得深邃而无可揣度，更没有人能够明白他这一笑中的含义，但是蛟梦心头竟有些发寒了。

噗……轩辕突然一掌拍在蛟梦的胸间。

蛟梦一声闷哼，软倒在地，似乎昏了过去。

“轩辕，你太过分了！”白夜和竹山诸人皆愤怒地拔出了利剑。

叶七和猎豹诸人忙将轩辕护在中心，与有侨战士形成对峙之局。

“我只是击昏了他，并没有杀他，东夷的敌人已经来了，还不灭火！”轩辕冷声道。

“你是在为自己找借口！”白夜愤然道。

轩辕看着旁边一个盛水的皮囊，忙拿来在众人不及反应之时尽数倾在蛟梦的脸上，同时道：“我没有时间跟你们解释，他根本就不是族长！”

“你……”众有侨战士的话才说一半便咽住了，因为他们发现轩辕自蛟梦的脸上撕下了一张皮膜，那本是蛟梦容颜的脸一下子变成了另外一个完全陌生的人。

“族长他……”众人不由得张口结舌，不知该如何说话，这之间的震骇确是无与伦比的，这个一直跟着他们的人竟不是族长蛟梦，而是另外一个陌生人，那蛟梦呢?

“小心！”轩辕一声低喝，身子带着剑奴向旁边一滚，此时一蓬箭雨漫天洒下。

这群有侨战士不愧为极优秀的猎人，更是身手不凡的好手，在这般震惊之下，仍能够以最快的速度对轩辕的呼喝作出极为快捷的反应。

猎豹诸人自是早有防备，他们从头到尾都没有怀疑过轩辕的话，是以，他们不仅以最快的速度避开了乱箭，更对之施以还击。

“呀……”有两名有侨战士躲避不及，中箭而倒，但却只是受了轻伤。

“退回木筏之上！”轩辕低喝道，同时掀起一张做帐篷的皮帛，呼的一声将那整个火堆盖住了。

山林间陡然一片漆黑，只听一阵哧哧的轻响，当皮帛也被燃着，火光再次亮起之时，火堆边已经没有人影了，轩辕和猎豹诸人皆已融入了黑暗，包括那假蛟梦也一同消失了。

轩辕的反应速度的确是超一流的，竟能够在短短的刹那之间作出如此反应，连敌人也有些意外。

但轩辕很快便发现，其实他们已经陷入了包围之中，暗箭似乎无处不在，只要他们稍稍发出声响，便立刻会引来一阵疾箭。

轩辕身形悠然顿住，与剑奴共同倚在一棵粗壮的大树之下。剑奴的体力根本就未曾恢复，虽然此刻有些行动能力，但若要与敌交手，那是不可能的，轩辕却不能将之抛下。

“轩辕，你根本就逃不了……”

嗖……那人话说到一半却被一支利箭给逼了回去，就因为其声音暴露了他的行踪。在这黑暗的林间，除轩辕的眼睛拥有绝对的优势之外，余者皆只能听风而动。这种游戏对于所有的人来说，都是又惊险又刺激，更没有人能够自认为了不起。

置身这里的都是最为优秀的猎人，谁都能够根据风声而动。因此，无论是敌我双方都不敢太过急躁地弄出声响。

轩辕的目光能够洞穿黑夜，这是他最大的优势。事实上，此刻林间仍燃着那堆篝火，也并不是暗无光亮，只是谁也不敢处在那片光亮之中成为众矢之的，众人都隐在绝对黑暗的角落。

放下剑奴，轩辕小心翼翼地移动着，他也拿了一张强弓，这是黑暗之中与敌周旋的本钱。不过，他也明白，这些东夷族人是有备而来，其力量绝对不好对付，何况还有假蛟梦这个奸细。

也难怪为何东夷人能够轻易得知他们会从这条河道行走，将少典神农堵死于河谷之中，原来一切的一切，只因为出了这个奸细。

真正的蛟梦很可能已经落入了东夷人手中，若这人不是假扮蛟梦，而是别人的话，只怕轩辕早就揭穿了，但蛟梦的身份特殊，谁敢怀疑，那便是对整个有侨族的不敬。是以，轩辕也从未想到过怀疑蛟梦，但今晚蛟梦的言语与今日所发生的一切却不能不使轩辕生疑，事实上，也只有轩辕方有能力和胆量去这么做。可是这又能怎样呢？此刻他们已经陷入了对方的包围圈之中，若是轩辕不曾受伤的话，倒可以杀出重围，但此刻他却是有伤在身，单凭偃金的武功，他们之中便无人可敌，又何谈突出重围呢？

眼下的形势其实极为无奈，如果此刻是天明的话，只怕东夷人早就大举围击了，但在黑暗之中他们不敢冒这个险，他们确没料到轩辕的警觉性竟如此之高，在他们刚刚接近之时便已觉察，并制住假蛟梦。否则，东夷族的包围网一缩小，到时候，轩辕诸人将不可能有任何抵抗之力，更不可能借助黑暗和地势之便进行反抗。

嗖……轩辕的目光可将二十丈内的景物明察秋毫，对于那些借树干隐藏的敌人更是看得清楚至极。

“呀……”轩辕的箭绝无虚发。

嗖嗖嗖嗖……轩辕再连发四箭，立刻又有四人惨死于箭下，发出四声凄长的惨叫，只让所有的人都毛骨悚然。

但在轩辕射出最后一箭时，有人已经估到了他的方位，向他存身的地方疾扑过来。

轩辕看清了来人正是偃金，也只有偃金才能根据箭风如此清楚地判断出他的位置，并予以疯狂的攻击。

轩辕吃了一惊，猎豹诸人自然也听出了偃金行动的声音，箭矢齐飞，但却被偃金尽数击落。

偃金如此张狂，显然是已经知道轩辕身受重伤，这才毫无顾忌地出手，随在偃金之后也掠来一群高手，只凭那利落的动作便可知这群人绝对不好惹。

轩辕忙错步轻灵地转换到另一个方位，借树木相掩，同时甩出一截树枝击在远处一棵树干上。

偃金的速度快，但轩辕的速度也不慢，何况轩辕在黑暗之中目光如炬，偃金的目力所及只不过数丈而已，如何能够真个看清轩辕移动的方位？当他扑到轩辕刚才的位置时，却未发现轩辕，只是听到不远处那树枝撞及树干的声音，还以为轩辕又躲到了那里，便迅速向那里扑去。

轩辕心中暗笑，说到身法，他虽然比不上满苍夷，但随着功力的狂增，其身法也已达到了一种常人无法想象的境界。尽管此刻受了伤，但身法却仍然比偃金更胜一筹。

嗖……轩辕此刻学乖了，放一箭换一个位置，更将偃金引离猎豹诸人的身边，如果没有偃金这样的高手存在，他相信猎豹等人定能够应付其他人，包括帝十在内，因为此际猎豹诸人的武功也今非昔比，即使与帝十相遇，也并非没有一战之力。

偃金发现自己上当，不由得大恨，但他绝不气馁，只是一个个东夷战士在轩辕那神出鬼没的暗箭之下死去，使他有些心痛。

东夷战士也为之心胆俱寒，在如此黑暗之中，他们的形踪却似乎完全无法遁迹，竟在片刻之间被射杀了十余人，这确实让他们心慌，仿若是赤裸着身子立在敌人的屠刀之下，他们竟毫无办法，甚至根本就找不到敌踪所在，这叫他们怎么不恐慌？

偃金心中也大为恼火，他竟然屡屡扑空，还连被轩辕耍了几记，怎不叫他恼火？他甚至连轩辕的踪影都没有见到。

当然，这只能怪他的目力与轩辕相比，实差上一个级别，若是他能拥有轩辕那般犀利的目力，定可发现轩辕移动的身影。

事实上，轩辕一直与偃金保持着一定的距离，而这个距离正是偃金目力的盲区，这也难怪偃金大为恼火，但恼火又有什么作用呢？

轩辕在黑暗之中犹如鬼魅一般，根本就没有人能够捕捉到他的身影，何况林子如此密，就算有人距轩辕不远，也被轩辕迅速避开，根本不与人照面。

呜……呜……号角声响起，显然东夷人已经不愿意再这般盲摸瞎打，更不愿如眼下一般处于绝对的劣势，开始组织缩小包围圈，大举进攻了。

轩辕心中轻叹，他知道自己一切的优势可能就要化为乌有，东夷人宁可多牺牲一些人，也要抓住先机，不等天亮，只怕除他之外，其他人的处境便更为不妙了。

当然，如果只是一个人突围的话，凭轩辕的身法和目力，那只是轻而易举的事，但是他怎能舍弃众兄弟独生呢？

轩辕猜得没错，东夷诸族的战士开始收拢合围之势，到此刻他们唯有拚死一战，是因为东夷战士至少是己方十倍以上的人力，这种比例之下，他们实没有多大的侥幸可存，也可见东夷诸族之人对他的确是非常重视。

轩辕不知道是应该悲哀还是应该骄傲。

嗖嗖……林间的箭矢变得密集起来，双方都听着声音发箭，视线模糊之中都在浪费着自己的箭矢，仅有一两箭中敌，皆因这群人都知道以树木的掩护逼近，使得劲箭根本就起不到多大的作用。

偃金似乎找到了攻击的目标，但此刻双方乱箭交织，他也不好出手，若夹在中间反而是作了轩辕诸人的掩护，但此时，他突然似听到了一些什么。

是的，轩辕也听到了，那是一阵急促的蹄声，蹄声越来越密集。

骤然，一道火光划破天空，竟是一支火箭落入林中。

火光相照之下，立刻暴露了一群东夷人的行踪，黑暗似乎一下子被打破。

猎豹诸人怎肯放过这个机会，利箭狂射，那身形暴露的几名东夷战士无人能够幸免，这当然也因他们被突然而来的火光给惊了一下。

嗖……又一道火光落在暗处，轩辕却发现几头身披藤甲的青牛发狂似的冲入林中，而火箭正是自牛背之上射出。

在火光一闪的同时，轩辕发现跑在最前面的那头牛背上所坐之人竟是与他分别一日之久的陶莹。

竟是陶莹在这要命的时刻赶来了，而陶莹的身后全都是身披藤甲的陶唐战士，这只是火光一闪的刹那之间轩辕所见，然后天地又陷入了一片黑暗之中，唯有蹄声而不知道来人多少。

轩辕大喜，哪还犹豫，向猎豹诸人低喝一声："跟我来！"

"呀呀……"火光亮处，东夷战士纷纷中箭而倒，这群人来不及倒戈相向，那几头披着藤甲的青牛已经闯入了他们的包围圈之中。

火光之下，陶莹一身戎装，身披青色藤甲，英姿勃发，一杆长枪左挑右刺，竟然没有人能够阻住她的攻势。

轩辕大惊，他没有想到陶莹竟然拥有如此好的枪法，那群东夷战士竟无人能挡上三个回合。

青牛疾奔，在陶莹的娇叱声中向轩辕所在之处靠近，陶莹身后的几头青牛之上的陶唐战士也是人人凶悍异常，长戟拖、刺、挑……使得东夷战士的防线迅速溃不成军。

东夷族的人当然不是好惹的，立刻有人自树枝之上横掠狂攻，他们也看出了来者不善，而且是个美人儿。

陶唐氏的战士似乎人数不少，跟在青牛之后仍有飞奔而至的好手。

偃金也看出了这是来自陶唐氏的战士，不由得大怒，吼道："截住他们！"同时身子向陶莹飞扑而上。

陶莹一声娇笑，挥枪挑开自头顶扑来的东夷高手，泰然不惧地迎向偃金，她竟不将偃金放在眼里。

轩辕大惊，喝道："莹莹，小心偃老鬼！"同时向偃金飞掠过去。

猎豹诸人哪里还会不知道是救命的人来了？趁东夷人阵脚大乱之时，疯狂杀出，若此时无法突围的话，只怕真是再没有机会了。

砰……砰……猎豹的猛拳几乎没有几人能够抗拒，他那一身硬功，便是普通兵刃也难有损伤，更不用说那些棍鞭之类的。他直接以铁拳硬挡劈来的刀剑，然后一拳击上对方的脑袋，毫无花巧，直接得让人心寒，一切的一切都以最简单最直接的形式发展，包括杀人和被杀。

花猛的速度更是惊心动魄，只有腿影不见人影，几乎无可抗拒，他更不作丝毫的停留，同时也避开那些高手的纠缠，一路冲杀。

偃金的身形不得不在空中顿住下沉，陶莹的枪组成了一道密不透风的枪网，封锁了他所有攻击的方位。

陶莹的枪影在虚空中抖起一朵朵美丽的花，绽放之间无不显现出她动作的优美。

“上牛！”陶莹向轩辕轻喝道。

轩辕大喜，哪还迟疑，身子猛踏过一名东夷战士的头颅，如大鸟般与另一名自树顶扑下的东夷好手错身而过，安然降落牛背。

砰……那与轩辕错身而过的东夷高手竟坠地而亡，竟是轩辕在错身的瞬间割破了他的咽喉。

轩辕一落牛背，便迎来了自侧面飞身来攻的十余名东夷好手，这群人全都是以轩辕为目标，也可以说，整个东夷族都对轩辕恨之入骨，更将轩辕列为头号大敌。

陶莹枪影如织，竟似在方圆丈许之间划上了一个球形护罩，那些人根本就无法近身。

轩辕还没见过比陶莹更精彩和可怕的枪法，便连帝恨那种矛法比之只怕也要逊色一筹。

“莹莹，好样的！”轩辕大为欢快，立在牛背之上如怒涛中的小舟飘摇不定。

陶莹大为欢喜，得爱郎夸奖使她搏杀更为卖力，她身后的陶唐好手也个个身手惊人。

猎豹诸人迅速与陶莹这边的人会合，剑奴和那假蛟梦全给送上了牛背之上，白夜诸人也领头向一个方向冲杀，此刻东夷人的阵脚已经乱了，唯有趁他们还没有来得及重整之前才有机会杀出重围。

偃金身子一顿，便已被陶莹和轩辕甩远了，待自后面疾追上来之时，轩辕却离开牛背向他扑去。

轩辕的身法灵活得让人吃惊，也快得让人心寒，而且他手中的神剑是普通兵刃无法比拟的，挡之立断，根本就没有丝毫还手之力。不过，轩辕却不想被纠缠，他之所以起身相挡偃金，只是因为他不欲让偃金追及陶莹。

陶莹的枪法虽然厉害，但在功力之上，仍与偃金相差一截，这是事实。

偃金是第一次与轩辕交手，但也为轩辕的速度感到惊讶，而在他惊讶之时，轩辕的剑已经刺到了他的面门，无论是角度、力道还是速度，都达到了无可挑剔的地步，使得他不得不全力相迎。但是，在他的兵刃即将与轩辕的神剑相接之时，轩辕的身子奇迹般地在虚空中一扭，竟如一只掠过的飞燕，以同样快绝的速度挑破旁边一名东夷战士的咽喉，而后脚尖在树上一点，悠然回掠，竟又自偃金的身后攻来。

偃金惊怒不已，惊的是轩辕身法灵动如斯，怒的是轩辕竟能够在他的眼皮下轻易杀人，这使他颜面大失，但对于轩辕的剑，他却不能不挡。

轩辕身形如同在浪谷之中浮游，身体和剑身似乎毫无定向，让人根本就无法猜透他究竟欲自哪个方向进攻。

偃金当然也绝非易与之辈，他并不选择退，而是趋步而上，似乎完全无视轩辕的剑，直撞向轩辕。他知道，无论剑式多虚，但人总会是真实的，而且，他明白轩辕定是伤势未愈，这才不敢与他硬拼，这也便是他欲取胜的优势。何况，这里的东夷实力仍占着绝对的优势，只要阵脚一稳住，便足以将敌人全部放倒。因此，他只要缠住轩辕，便会有足够的时间让这群战士们再组成合围之势。

陶莹终于与帝十短兵相接，两人都是用枪高手，这一战似乎有点看头，但帝十却是身在地上，陶莹乘骑牛背。

陶莹的枪快捷无伦，不似帝十之矛那般大开大阖，但陶莹的枪法在快中绵绵如织，如山间溪流源源不绝，虽然无磅礴之气势，但却拥有无与伦比的灵性，更是无孔不入，便连帝十也唯有退避三舍。

陶莹迅速冲杀过去，很快又冲杀回来，骑着青牛竟然纵横林间无人可阻，这确实让猎豹、偃金诸人大为惊讶，也更感兴奋，那群乱了阵脚的东夷人再也无法封住每个方位。

轩辕对这一切自然都尽数看在眼里，他无心恋战，偃金趋步逼上之时，他的剑只划了半道弧迹便立刻收敛。

偃金也为轩辕突地收剑而感到大惊，而在这时一道刀芒却自斜侧向他无声划至。

轩辕弃剑用刀，整个身子再次在空中转换角度。

偃金估不到轩辕如此狡猾，他当然明白轩辕改剑出刀仍只是为了迅速撤退，但仍不能不放弃近身纠缠轩辕的打算，因为他并不想成为轩辕刀下的祭品。

的确，轩辕是想退，他若不改用刀的话，偃金绝对不会放弃趋近相搏的打算。

事实上，偃金打一开始便有纠缠轩辕的念头，所以才会趋身近搏，定要使轩辕脱身不得，但轩辕也不是傻子，若是他被牵制住了，陶莹和猎豹诸人绝不会走，那时便是等于害了所有人，他岂会让偃金近身？其实，他改剑用刀，刀招并无多大的实际攻击力，但作为防守之招却是绰绰有余，如果偃金硬要逼近的话，定会自动送上刀锋，因此，轩辕不担心偃金不退。

偃金一退，轩辕一声低啸，身子冲天弹起，在几根树枝之上一阵疾点，如人鸟一般飞追向陶莹。

帝十纵空横截，但轩辕若是刻意不与他相对，帝十也只得徒呼奈何，因为他根本就无法在速度和身法上与轩辕相比，想拦截轩辕自是枉然。

陶莹见轩辕已摆脱偃金和帝十的纠缠，不由得大喜，再无顾忌，驱牛向包围圈外冲去。

林间乱箭横飞，但由于枝叶太密，箭矢大多失去了准头，而且这青牛皮粗肉厚，又有藤甲披身，即使中了一两箭也不影响其速度，甚至更会激起它的狂性。

陶莹领路，在猎豹、花猛、叶七诸人的相护之下杀开一条血路，陶唐氏的另外几头青牛之上的战士断后，对追来的东夷战士施以无情的杀戮，但陶唐战士也死伤极重，有侨战士亦遭到同样的噩运。

轩辕以快如鬼魅的身法在林间穿梭，避开那些足以缠住他的高手，专挑东夷战士击杀，这也为白夜诸人减少了许多后顾之忧。

偃金和帝十诸人狂追，却被轩辕若即若离地拖住。

轩辕是一击便走，根本就不与偃金正面相对，只气得偃金几欲吐血，但是以他的功力和武功，还不足让轩辕陷入必战的境地，而帝十也并不能阻住陶莹。是以，众人虽很快杀出了包围圈，却仍被东夷战士穷追猛打。

这自是难免，不过，随着时间的推移，东夷战士却越追越远，最后只剩下一些高手，在人数方面和力量声势之上都大弱从前，也不可能再对有侨战士和猎豹诸人造成什么伤害。追到最后，这群人也知道无望阻住对方，只得含恨止步。

轩辕诸人一口气再疾赶了十数里，一点人数，有侨战士损失了二十四人，白夜、竹山、姬成等人也是负伤累累，疲劳不堪。陶唐战士也损失了十余名好手，只剩下七八个人随陶莹之后逃了出来。猎豹、叶七诸人都不能避免地受了一些大伤小伤，但此刻也全都杀得脱力了，便是轩辕也有些疲惫。

陶莹带住坐骑，只剩下仅有的三头青牛，也受了几处箭伤，而剑奴就坐在其中一头青牛上。

她跃下牛背，在黑暗之中点亮火把，再轻松惬意地摘下头上的藤盔，一头青丝如瀑布般洒下，有种说不出的优雅，那俊俏无瑕的俏脸上泛出一丝得意和骄傲的神气。

轩辕心中顿时充满了欢悦的激情，也顾不了血染青衫，走过去一把揽过陶莹的腰肢，感激地问道："莹莹怎会出现得这么及时？"

陶莹毫不羞怯地白了轩辕一眼，无限风情地轻笑道："因为本姑娘一直都跟在你的身后，刚好得知东夷人设下诡计对付你，所以也就来了。"说到这里又妩媚地一笑，邀功似的接着道，"怎样，我的武功不赖吧？"

"二小姐的武功不只是不赖，简直是让我们佩服得五体投地！"花猛不待轩辕开口，便抢着说道。

陶莹只是淡淡一笑，仍逼着轩辕问道："你认为呢？"

轩辕不由好笑地道："当然是好得很，连偃金那贼老头都拿你没办法。"

陶莹这才欢喜地在轩辕额头上主动亲了一口，突然煞有其事地问道："那有没有资格做你阵前的小卒？"

轩辕和周围的诸人不由得全都愣住了，旋而猎豹和花猛诸人大力鼓起掌来，都为陶莹毫不避嫌的大胆动作而欢呼。